FLAVIO UNIA

NIENTE
DI PIÙ PREZIOSO

ROMANZO NEL CASSETTO 011

AUTORI - AUTHORS :

Flavio Unia è nato a Roma nel 1974 dove ha frequentato gli studi di grafica pubblicitaria. Successivamente si è iscritto alla scuola di scultura presso l'Accademia di Belle Arti di Carrara terminando il ciclo di studi all'Accademia di Belle Arti di Brera con il massimo dei voti. Vive e lavora a Bergamo come arredatore di case private, uffici ed enti pubblici. E' attivo come collaboratore per le scenografie presso il Teatro Donizetti di Bergamo e come scenografo presso compagnie teatrali private.
In qualità di designer collabora con un'azienda di illuminazione partecipando a mostre ed eventi con le sue creazioni.

NOTE EDITORIALI - PUBLISHING'S NOTE

Tutto i contenuti dei nostri libri, in qualsiasi forma prodotti (cartacei, elettronici o altro) sono copyright di Soldiershop.com. I diritti di traduzione, riproduzione, memorizzazione con qualsiasi mezzo, digitale, fotografico, fotocopie ecc. sono riservati per tutti i Paesi. Nessuna delle immagini presenti nei nostri libri può essere riprodotta senza il permesso scritto di Soldiershop.com. L'Editore rimane a disposizione degli eventuali aventi diritto per tutte le fonti iconografiche dubbie o per quelle immagini di cui non sia stato possibile reperire la fonte. I marchi Soldiershop Publishing ©, Bookmoon e i nomi delle nostre collane - Soldiers&Weapons, Battlefield, War in Colour e Historical Biographies sono di proprietà di Soldiershop.com; di conseguenza qualsiasi uso esterno non è consentito.

None of images or text of our book may be reproduced in any format without the expressed written permission of Soldiershop.com. The publisher remains to disposition of the possible having right for all the doubtful sources images or not identifies. Our trademark: Soldiershop Publishing ©, The names of our series: Soldiers&Weapons, Battlefield, War in colour and Historical Biographies are herein © by Soldiershop.com.

ISBN: 9788893272346 prima edizione Luglio 2017
Title: **Niente di più prezioso (Romanzo nel cassetto RNC011)**
di Flavio Unia
Editor: Soldiershop Publishing per i tipi Bookmoon.
Cover & Art Design: L. S. Cristini.

NIENTE
DI PIÙ PREZIOSO

Niente di più prezioso

Il mondo attraverso le lacrime. Il suo pianto taceva per qualche attimo, sospendendosi nell'incanto di una visione baluginante, straordinariamente illuminata dai riflessi delle gocce oleose negli occhi. Intravedeva le sagome che lo circondavano ma non ne capiva più i contorni, né poteva in nessun modo distinguere le espressioni dei volti che continuavano a parlargli con una voce disarmonicamente nitida, precisa. In fondo, quella visione indefinita del circostante lo consolava, lo metteva per un poco in salvo dandogli la sensazione che fosse un provvidenziale sipario che, scendendo, lo nascondeva a tutti, permettendogli allo stesso tempo di osservare l'intera platea.
Un raggio di sole contribuì ad acuire la sensazione di avere intorno dei fantasmi riverberanti fino a renderlo cieco per qualche secondo doloroso. Chiuse le palpebre per riposarsi e toccò con le guance il petto della madre che lo abbracciava cullandolo in armonia con il dondolio della macchina. Sentì, vicino alla bocca, in contrasto con la tenera levigatezza della pelle materna, le punte del gioiello che le pendeva al collo. Aprì gli occhi e lo vide brillare vicinissimo, come una stella fredda e tagliente, quasi un oggetto pericoloso, simile ad uno dei tanti coltelli che gli era vietato toccare in cucina. Lo volle toccare. Le sue dita si soffermarono sulle piccole parti acuminate, sugli angoli strettissimi di metallo nei quali terminava quella figuretta inaspettatamente dolce, così dissimile da un giocattolo. La madre, vedendo che la collana contribuiva a tranquillizzarlo, lo lasciò fare, ed intanto, diede un'occhiata al marito che osservava la scena dallo specchietto retrovisore. L'uomo capì il messaggio senza parole ma non riuscì a trattenersi dal ripetere con voce più calma l'ordine che poco prima aveva fatto piangere il bambino.
- Ti ho già detto tante volte che se mamma e papà hanno da fare puoi essere paziente per un paio d'ore. Dopo andremo dove ti pare.
Cercò gli occhi del figlio sporgendo i suoi verso il basso e distraendosi per un attimo dalla guida. Li incontrò ma subito gli sfuggirono, imbarazzati e madidi, comunque consapevoli e arresi.

Ancora uno sguardo alla moglie e poi tornò alla strada che lo fronteggiava abbagliante e calda.
C'era poco traffico perché era sabato pomeriggio e molta gente approfittava ormai da diverse settimane per andare in spiaggia.
-Comunque siamo quasi arrivati
-E' vicino alla casa di Paolo mi hai detto, vero ? -chiese sua moglie.
-Si infatti.
Lei fece un gesto di disapprovazione.
-Che c'è ?domandò l'uomo.
-Avevo capito la zona, ed infatti ho sempre pensato che Paolo ha avuto un'idea poco felice nel venire ad abitare da queste parti.
-Beh in effetti,qui le case si sono fatte spazio tra i capannoni, ma lui voleva un'ampia metratura ed in centro non aveva trovato niente che gli andasse a genio. Non sarà un granché, in quanto ad urbanistica, ma hanno fatto dei loft veramente grandi,spettacolari, e per lui che come esce di casa sale in macchina e viaggia per tutta la settimana, un posto vale l'altro.
La moglie fece un lieve sospiro, oppressa dalla noia del tragitto e dal peso del figlio che le si era del tutto abbandonato sul petto e continuava a giocherellare con la sua collana.
Nel momento in cui avvertì che il marito rallentava per imboccare una strada secondaria lo mise a sedere al suo fianco,e, togliendogli il gioiello dalle dita, gli sistemò la camicia.

- Buongiorno ingegnere, come sta ?
- Buongiorno a lei, molto bene grazie, e voi ? Avete avuto difficoltà a trovare lo studio ?
- No assolutamente, abbiamo un amico che abita da queste parti ed è stato facile individuare l'indirizzo.
- Bene bene. Prego accomodatevi
- Ci dispiace disturbarla di sabato, e di pomeriggio per giunta - disse gentilmente la signora
- Ma si immagini! Nessun disturbo; ricevo spesso di sabato pomeriggio, i clienti hanno più tempo e sono più rilassati che durante la settimana.

- Ma la conseguenza è che lei deve lavorare più degli altri – commentò la giovane donna

L'ingegnere ne rimase affascinato. Era bella e discreta, elegante e perfettamente misurata in ogni suo gesto e parola.

_ Nessun problema, davvero signora.

- Bene- riprese il marito – non facciamo perdere troppo tempo all'ingegnere, vediamo di decidere il rimanente-
- Certo avvocato. Dobbiamo mettere a fuoco alcuni particolari della sistemazione delle cabine. Prego signora, se vuole accomodarsi qui, in questo modo riuscirà senz'altro a vedere meglio i disegni
- Oh non si preoccupi ingegnere, lo yacht è il giocattolo di mio marito, pensa lui a tutti e decide lui ogni cosa. Fai pure caro, mi fido di te. Piuttosto, ingegnere, le posso chiedere di ingannare l'attesa sul suo bel terrazzo ?
- Certamente signora ! Permetta che l'accompagni. Si accomodi pure.....posso offrirle qualcosa di fresco ?
- Magari per il mio piccolo...avrebbe un succo di frutta ?
- Certo, glielo porto subito.

Andò nella piccola cucina a servizio dello studio; mentre apriva il frigorifero poteva vedere il suo cliente seduto al grande tavolo, già immerso nella contemplazione dei progetti. Aveva un'espressione seria e concentrata e immaginò quel viso durante il corso della settimana, sempre immobile in quell'aria assorta e severa. Sebbene fosse un pomeriggio libero, l'avvocato portava ancora la cravatta ben aggiustata, ed il suo completo era impeccabile. Forse aveva dovuto ricevere anch'egli, poco prima, un cliente, e la divisa gli era rimasta cucita addosso. Tornando al terrazzo vide che la giovane donna era in piedi, e si sporgeva appena sulla barriera in acciaio, per rincorrere con gli occhi chissà quale obiettivo. Ne ammirò la figura invasa dalla luce, il vestito leggero, i capelli quasi immobili nel taglio e nella piega fresca del parrucchiere. Pensò che all'eleganza naturale dell'intera persona era stato aggiunto solo qualche tocco, una sottolineatura che preludeva ad un'occasione mondana. Probabilmente li attendeva una serata particolare.

- Ecco il succo per questo bel giovanotto !-
- Ringrazia il signore che è stato così gentile -

Il bambino espresse un grazie silenzioso e pieno d'imbarazzo che fece sorridere un po' tutti.
- Signora, se davvero non posso offrirle nulla...tornerei al progetto..
- La ringrazio ancora per la bibita, faccia pure con calma, si dedichi a mio marito, lei sa quanto è scrupoloso !-
- Allora...con permesso-

Ci vollero quasi due ore per mettere a fuoco tutti i particolari del progetto, ma la signora attese paziente, velandosi sotto il gazebo che era stato completato da sedie in legno scuro e profumato. Suo figlio le parlava, poi si allontanava per andare a spiare la strada, tornava da lei con il racconto di quanto aveva visto, si allontanava ancora.

Quando diede segni di una noia frustrata che sembrava aver contagiato anche la donna, le decisioni del marito erano ormai tutte prese. I due si alzarono dal tavolo soffiando le ultime argomentazioni in un sospiro comune, manifestando così la stanchezza di quella concentrazione che, finalmente, li lasciava liberi. Poco dopo, si congedarono e lasciarono l'ingegnere da solo, in mezzo ai suoi fogli e ai computer spenti. Egli rimase un attimo immobile, ad ascoltare il silenzio che era seguito a quelle voci gentili. Gli parve delicato e provvisorio, in pericolo come un bicchiere ai margini di un tavolo. La stanchezza si fece immediatamente sentire. Finalmente poteva rilassarsi, abbandonare l'impostazione professionale di poco prima, il tono della voce sostenuto, la cortese inamidazione dei gesti. Si godette l'insorgenza di un desiderio di libertà e pensò di raggiungere subito la città e di rimanere tra le sue vie fino a sera. Lasciò che i disegni ingombrassero il tavolo delle riunioni, spense l'aria condizionata, e guardò quello spazio perdere di senso, come un palcoscenico rimasto senza sipario dopo lo spettacolo, impudicamente, con le scenografie disabitate, senza luci, senza voci, nella forma di un animale assopito. Chiuso il portoncino che dava sulle scale, ebbe la stessa sensazione anche dalla grande vetrata dei vani in comune. Nulla più sapeva del suo lavoro, della sua attività e di quella dei suoi soci; un disarmo generale che lo liberava di tutto. Silenzio, il rumore delle porte dell'ascensore; per quel giorno era tutto.

Rimaneva la sua distrazione, il riposo che iniziava in quel momento e che già lo gratificava, mentre apriva la sella dello scooter parcheggiato accanto al marciapiede e ne estraeva il casco caldo di sole estivo. L'aria lo carezzò fino al centro della città. Si gustò un gelato, vide riflessa la sua figura nello scuro delle vetrine. Il suo passo disordinato come quello di un ragazzo, il profumo accaldato delle passanti, l'ombra dei balconi. Pensò che non sarebbe andato a cena da nessun amico, che sarebbe scomparso al suo indirizzo, senza lasciare dietro di sé neanche una scia telefonica nel quale ritrovarlo. Niente cellulare, lo scooter nascosto in garage, il citofono scollegato. Per quel giorno era tutto.

Perché la lampadina si fulmina ? Gli era sorta questa domanda una sera, quando prima di entrare nella stanza aveva tentato di accendere la luce. Il suono secco della resistenza spezzata lo aveva quasi spaventato. Si chiese perché la lampadina si fulmina, sapendo che accade quando il filamento al suo interno viene attraversato dall'elettricità ma il suo corpo è ormai così debole da morire di quella scossa. In quel momento, si esprime la sua fine, rimasta in agguato nel buio. Non era come nel caso degli esseri animati, che si abbattono interrompendo i gesti, i suoni, le funzioni primarie; essa moriva nel momento in cui veniva richiamata alla vitalità. Dalla morte apparente alla vera morte. Quel pensiero gli era tornato in mente un attimo prima che l'impatto con l'asfalto gli spezzasse la tibia sinistra. Nel tempo rimanente che consumò il suo strisciare sull'asfalto, egli si tranquillizzò, non sentendo dolore in nessun' altra parte del corpo; soltanto quello schiocco secco e preciso, in fondo alla gamba. Rimase comunque disteso ed immobile, come sempre si raccomanda di fare dopo un incidente stradale, in attesa che la gente sconosciuta lo circondasse, che arrivassero i medici a sollevarlo come una larva stretta nella bende gonfiabili. Così immobilizzato, non sentì quasi le buche che correvano sotto l'ambulanza. Poche ore dopo, sdraiato in una stanza dal soffitto altissimo e di un bianco esausto, ritornò al pensiero della lampadina, e capì che non si era accesa nella sua mente con l'intento di voler essere la metafora della vita

che si spegne all'improvviso; piuttosto, era balenata rappresentando la totale arbitrarietà di una giornata comune, identica a tutte quelle che l'hanno preceduta, e che nell'alveo della sua generalità conserva l'imprevedibile ipotesi di interrompersi, rompendosi in una conseguenza del tutto impensata e spesso dolorosamente diversa. Quel letto di lenzuola sconosciute, senza profumo, ospitava gli ultimi tratti di una giornata spezzata che a fatica riprendeva il cammino. In fondo stava bene, solo una gamba rotta, e lo scooter da riparare. Ricominciava a pensare ai fatti del lavoro, ai problemi delle consegne, alle frasi di circostanza dei suoi clienti che senza dubbio masticavano, tra una parola e l'altra, la seccatura di un probabile ritardo sul molo, di un'altra domenica trascorsa sulla barca del loro amico al quale avevano promesso la sconfitta di uno yacht più bello. I parenti stavano arrivando, le visite si sarebbero succedute e il loro abbraccio non sarebbe mancato. Pensò a quella lampadina come pensò all'istante prima in cui cadde. Un appuntamento di lunedì mattina, attraverso il traffico di Trieste, nelle sue strade severe ed animate, dirette dai semafori e dal sangue denso dei veicoli che si era già così rappreso alle otto del mattino. Un incidente semplice e sbrigativo, lui sdraiato in terra, l'automobilista impaurito che abbandonava la macchina per correre in suo aiuto, chiedendo senza delicatezza come stesse; e dopo il primo spavento, la corsa a riordinare le idee, ad accettare che era successo proprio a lui e che ogni cosa che lo circondava non gli porgeva aiuto. Lo scooter poco lontano, che sembrava avesse il viso in terra, con il faro fisso sull'asfalto, sciocato. Gli alberi e le insegne che erano intervenuti ancor prima dei passanti a circondarlo in silenzio, insensibili al suo spavento. E così i palazzi di sempre, incapaci di far retrocedere l'avvenuto, di collaborare in qualche modo a cambiare gli ultimi minuti trascorsi nello schianto. Se soltanto avesse prestato più attenzione, se non si fosse abbandonato all'abitudine di guidare come ogni giorno senza dedicare tutte le energie necessarie; se soltanto si fosse concentrato quel tanto che sembrava fin troppo, per una semplice traiettoria, talmente risaputa.
Ma ora era calmo, e quel rimorso lo aveva lasciato. Ormai era successo, ma andava tutto bene, comunque.

- Ragazzi, per oggi ho finito-
- Ok, lasciaci aperto il disegno che lo rifiniamo a dovere.-
- Le piante sono tutte ultimate, potete stamparle. -
- E il cassero ? -
- Ne devo parlare con il cliente perché non ho capito cosa aveva in mente, di che idea mi parlava....insomma, vi faccio sapere. Credo che si tratti di una decorazione da aggiungere.-
- Ok, nessun problema. Ti fa male la gamba ?-
- No direi che se la cava bene, quindi approfitterò per camminare una mezz'ora, il dottore me lo ha raccomandato.-
- Fai una bella cosa Ludovico, domani mattina prenditi un po' di tempo, fai la riabilitazione ed evita di venire a studio perché ho idea che tu non stia facendo proprio quello che ti hanno detto in ospedale .-
- Ma sì và, tanto direi che mi sono portato abbastanza avanti con i disegni. Ci vediamo comunque domani pomeriggio. Ciao ragazzi, e mi raccomando, non fate guai senza di me. -

Erano sempre andati d'amore e d'accordo. Avevano aperto lo studio nove anni prima, e fortunatamente i clienti non erano mai mancati. Collaboravano con dei bravi armatori, gente con la quale ci si poteva spiegare bene, e di solito il lavoro filava senza grandi intoppi. Tra lui e i suoi soci c'era anche affetto, in particolare con i compagni di università, i quali avevano creduto nel progetto di aprire un'attività in proprio, abbandonando gli studi di progettazione dove ormai avevano maturato l'esperienza necessaria per poter lavorare autonomamente.

L'incidente di Ludovico non aveva creato grandi difficoltà perché lui per primo non ne aveva volute creare ed era tornato al lavoro quasi immediatamente. Dopotutto, si trattava di una gamba rotta che non gli impediva di stare seduto e lavorare al pc. Il suo unico dovere, era quello di seguire il piano di riabilitazione dal momento che la frattura aveva comportato un intervento secondario alla prima ingessatura e i tempi di ripresa si erano allungati rispetto a quanto previsto.

Il pomeriggio si era quasi del tutto consumato, e rimaneva il tempo per una breve passeggiata, prima della sera. Ludovico attese il fratello davanti l'ingresso del palazzo in cui aveva lo studio. Dopo averlo chiamato al cellulare, per avvertirlo che poteva venire a prenderlo, era sceso in strada ad aspettare che arrivasse, con la voglia di ingannare l'attesa guardando i passanti. Era un suo vezzo, osservare la gente sconosciuta, spiarne le espressioni, immaginare i loro pensieri. Non ebbe però il tempo di concentrarsi su nessuno perché vide, nel giro di poco, la macchina arrivare.

- Tutto bene ? Come va la gamba ? Ti ha fatto male ? Sei rimasto seduto parecchio oggi...-
- Beh, un po' mi fa male, però vorrei fare due passi comunque.-

Si portarono in una zona tranquilla del paese, dove c'erano dei giardini e scesero dalla macchina. Ludovico si aiutò con le stampelle e imboccarono il viale che tagliava i piccoli prati adorni di scivoli e altalene.

- Il lavoro procede bene ?
- Si, tutto sotto controllo. E tu ? A scuola ? -
- Impegnato con gli esami, i miei studenti sono un po' in ansia.
- Come lo eri tu ! -
- Si infatti, li capisco -
- Ma tu non avevi paura degli esami, il fatto è che eri un perfezionista e ti creavi i problemi da solo. E poi andava sempre tutto benissimo. Ancora mi ricordo la faccia del professore di italiano quando gli portasti la tesina per la maturità; non dubitò che fosse tutta farina del tuo sacco perché ti conosceva da cinque anni ma, ammettilo, quella volta fosti eccessivo !-
- Dici ? -
- Certo che dico ! Centoquattordici pagine su Cesare Pavese ! -
- Si, ed erano solo quelle che riguardavano le ricerche storiche del suo periodo, poi gli consegnai le mie considerazioni sullo stile, i contenuti, le note ai testi, insomma tutto il resto..- rise divertito, con un'espressione volutamente ironica e furbesca.
- Che sgobbone che eri ! Bocciarti avrebbero dovuto ! Così magari ti davi una calmata e facevi pure un giro all'aria aperta ! -
- Arriviamo alla fontana ? -

- No, direi che per oggi basta, e poi mi sono stancato di passeggiare qui. Sono venuto a noia anche ai pensionati!-
- Allora torniamo indietro, che si avvicina pure l'ora di cena e io sento una certa famina -
- Domani mattina sono libero, vorrei fare due passi in un posto nuovo, ma non saprei dove. Il fatto è che per strada non va bene perché non devo sforzare la gamba e quando sento il bisogno di riposo non ho un posto dove fermarmi.
- Poi dicono che domani il tempo si guasterà un po', quindi non so se ti conviene andare in giro.
- Allora che faccio? Dove vado? Non mi parlare di centri commerciali, preferirei andare sull'autostrada a schivare i camion -
- E se ti accompagnassi al museo navale? E' una vita che non ci vai! Lì avresti di che distrarti, sederti, camminare un po', insomma, tutto quello che ti serve, ora come ora -
- E ti pare che non ti veniva in mente un museo!... Però non è mica una cattiva idea. Magari, se mi ci potessi accompagnare verso le nove... -
- Si, non c'è problema, tanto domani sono a casa a correggere un po' di lavori dei ragazzi -
- Va bene, allora faremo così. Sarà una cosa nostalgica? -
- Senz'altro! -
- Si si, mi hai convinto. Adesso a casa. A proposito, volevo chiederti se mi inviti a cena -
- Il fatto è che ti sei già invitato da solo -
- Va bene, se proprio ci tieni vengo. -

Suo fratello lo aiutò a chiudere lo sportello, e quel gesto lo fece sembrare involontariamente un autista diligente. Raggiunse Ludovico entrando dalla parte opposta della macchina e si sporse volutamente verso di lui, fingendo di aver bisogno di spazio per accomodarsi sul sedile ed urtandolo in modo eccessivo e buffo. Se qualcuno avesse spiato i due dal lunotto posteriore, avrebbe di certo sorriso a quella scena, cogliendo, anche attraverso il vetro leggermente azzurrato, l'allegria di quelle due figure vicine.

La bacheca rifletteva una parte del viso. Si indovinava la linea del naso, gentile e breve. I capelli le cadevano intorno alle guance e la frangetta sfiorava le labbra, abbandonando mollemente la posizione imposta dalla pettinatura e facendo gradualmente scomparire i suoi tratti. Non era possibile vedere gli occhi. Poco più in basso, un piccolo gesto quasi febbrile animava appena la piccola figura. La ragazza stava annotando qualcosa sul taccuino e la sua attenzione si addiceva bene al silenzio imperturbabile del museo. A quell'ora non c'era nessuno, e i reperti esposti nelle teche sembravano fissare incuriositi quella persona solitaria, così dissimile dalle masse agitate degli studenti che si raggruppavano davanti a loro spingendosi ed insultandosi sotto voce, mentre gli insegnanti li opprimevano con sguardi severi. I pesci colorati, sospesi ad un filo trasparente, tramutati in fogli immobili, esasperavano il loro sguardo vuoto, la bocca aperta quasi a meraviglia, lasciando che la donna li catturasse con i suoi gesti minimi. Partecipavano allo stupore generale aggiungendo il vantaggio di un volto, che seppur inferiore a quello umano per smorfie ed intensità, rifletteva almeno un indizio di animo passato, la facoltà di essere colti alla sprovvista, da una corrente fredda, un banco di cibo, la rete di un pescatore. Qualsiasi visitatore un po' fantasioso avrebbe potuto costruire la propria vicenda di emozioni in quell'ambiente reso irreale dalle ore del mattino. Si sarebbe fatto vincere dalla suggestione dei legni scavati dall'acqua che, messi in piedi da protesi d'acciaio ed etichette, raccontavano la loro vita passata mimandola meccanicamente, senza l'aiuto delle mani umane. Così disposti, i vecchi remi, gli scalmi, le schegge dei fasciami, sbiadivano il loro passato, e sembravano più facilmente le parti di animali rubati all'abisso. In alcuni casi erano più feroci degli squali che sbadigliavano nella stanza vicina, con le loro bocche arrese alla polvere. Facendo un giro su se stesso, poteva quasi intimorirsi di quel recinto di ossa, resistendo appena alla tentazione di chiedersi se ne aveva davvero vista muovere qualcuna. In fondo, le cose del mare, avevano sempre spaventato Ludovico, e persino quella mattina, entrando nel museo che non visitava da più di vent'anni provò lo stesso brivido. Camminò appoggiando piano la gamba, con le mani ingombre di stampelle, e prestò molta attenzione a tutto quanto era esposto. Si riempì di ricordi, e una quantità di particolari lo risvegliò ad un sapore che non gustava da tanto tempo:

quella pinna trasparente, nella teca accanto alla finestra, ancora attraversata dallo stesso sole,era rimasta in posa per tutti quegli anni che li avevano separati. Il museo non aveva cambiato neanche i cartelli che indicavano le varie stanze, e la loro calligrafia desueta era un po' sbiadita. A piccoli passi entrò nei vari ambienti, gustando il silenzio nel quale erano immerse le cose, la luce, quella ragazza. La sua penna camminava sui piccoli fogli del taccuino ma si interruppe quando le si avvicinò.

– Buongiorno-
– Buongiorno- rispose lei.

Si sorrisero gentilmente, soffermandosi un istante negli occhi reciproci. Tornarono ai loro impegni; lei scrisse ancora, ferma nel punto dove si era fatta trovare, lui compì il giro della stanza, e tornò al punto di partenza. Poi si sedette per far riposare la gamba. Lei lo guardò per cortesia, e per cortesia gli chiese se la gamba gli faceva male.

– Un po'… in effetti oggi la sto mettendo a dura prova. E' la prima volta che resto così tanto in piedi da quando mi hanno tolto il gesso -
– Un incidente ? -
– Si, una distrazione e paff, ero in terra. -
– Stia attento, non la sforzi troppo -
– Il medico mi ha raccomandato di fare movimento, e a dir la verità, ho idea che non intendesse passare la mattinata al museo, in piedi, fermo come un palo davanti ai reperti nautici.
– Forse intendeva altro, ha ragione-
– Però era tanto che non venivo qui. Mi sono detto che non mi avrebbe fatto male camminare sui pavimenti lisci del museo, piuttosto che rischiare di inciampare nei vialetti del parco. Ed invece, vedo che faccio più danno. Ma del resto, sono così interessanti le cose esposte….che non riesco a non sostare…-
– Ha ragione, sono molto interessanti.-
– Mi scusi, le sto rubando tempo.-

La ragazza sorrise con gentilezza, chiuse il taccuino e si sedette sulla sedia che gli era accanto. Lui rimase un po' stupito ed in qualche modo lusingato. Si emozionò quando il profumo di lei lo raggiunse,

ed impiegò pochi istanti per osservarla stando attento a non farsi notare, a non sembrare invadente. Il fatto che si era seduta vicino a lui lo mise a suo agio e gli diede la sensazione che quella donna avesse un carattere aperto e sicuro, facile all'amicizia ma allo stesso tempo selettivo. In qualche modo si sentì esaminato, preso in considerazione per un ipotetico scambio di pensieri, di tempo, di interessi. Eppure non seguirono domande da parte di lei; capì che quella ragazza gli concedeva qualche prezioso minuto per dargli l'opportunità di convincerla che sarebbe stato un degno interlocutore. Nello spazio di pochi attimi intuì questa cosa e si mosse immediatamente.
Azzardò il tu – Sei una studentessa ? -
La ragazza sorrise di nuovo, raccogliendo la domanda come un complimento per rompere il ghiaccio, un velato apprezzamento per il suo bell'aspetto, e la richiesta di deporre da subito certi convenevoli.

- No magari, è passato il tempo. Però sono qui per studiare una certa cosa..-
- Dimmi dimmi, posso sapere ?-
- Prendo appunti da alcuni documenti che sono esposti qui -
- Quelli nella bacheca ? - chiese indicando un leggio chiuso da un vetro che si trovava davanti a loro
- Si , ed anche altri; ma in particolare proprio quelli. Cioè i fogli contenuti in quel volume - Ludovico si alzò e andò a guardare nella teca; vide al suo interno un libro molto rovinato, aperto sulle pagine che recavano una sorta di lista, di rendiconto molto minuzioso.
- Di che si tratta ? -
- E' una specie di nota di carico, una via di mezzo tra un diario di bordo e un DDT-

Ludovico sorrise a quell'espressione. La ragazza lo raggiunse e posò un dito sul vetro, indicandogli una riga del manoscritto

- Vedi qui ? Capisci cosa c'è scritto ? -
- Non direi proprio. Perché tu si ?
- Si, con un po' di pazienza riesco a leggere tutto.-
- Accidenti ! Come fai ? A me sembra tutto incomprensibile !-

La ragazza sorrise ma non rispose. Aveva un'espressione dolce e paziente, come quella che hanno certe maestre amabili che si dedicano ai piccoli alunni con delicata fermezza.

- Qui c'è una nota che riguarda il trasporto di alcune pietre particolari, piuttosto preziose -
- Interessante. Di cosa si tratta ? Apparteneva a qualche nobile ? A qualche persona importante ? -
- Più o meno.... ed è stata rinvenuta sull'imbarcazione che è esposta nella stanza accanto .-
- Quella stanza lì ? -
- Si quella -

Il ragazzo fece un'espressione di sorpresa e rimase per un momento muto e pensieroso.

- Strano ! -
- Cosa ? -
- Voglio dire... la barca che è esposta qui accanto è un trabaccolo -
- Cioè ? -
- Si tratta di un'imbarcazione che veniva utilizzata per il trasporto di merci generiche, di poco valore. E' strano che vi sia stato ritrovato un elenco di preziosi -

Disse queste parole provando un certo piacere che non volle nascondersi e sentì di avere l'occasione per apparire interessante a quella bella ragazza la quale dimostrava, sempre di più, di essere una persona colta e raffinata. Si affrettò a giocare le sue carte preparando istantaneamente un discorso, e prese il pretesto del dolore alla gamba per invitare la giovane a sedersi accanto a lui e creare un'atmosfera più complice, una sorta d'intimità che sentì di desiderare.

- Dunque, il trabaccolo è stato utilizzato molto, fin dal mille e settecento, nel mare Adriatico, ed era l'imbarcazione destinata al trasporto di masserizie, generi alimentari facili da conservare, materiali vari. Insomma, quello che voglio dire è che non capitava mai, almeno per quanto ne so io, che trasportasse oggetti di lusso o gioielli e cose del genere. -
- Eppure questo libro di bordo proviene da quel barcone -
- Non capisco come sia possibile. E poi, non so neanche se i marinai che lavoravano su quelle barche fossero in grado di redigere un elenco del genere, specialmente nel mille e settecento. Conoscevano appena le parole che

> riguardavano le cose che di solito trasportavano. -
- Ed infatti, se noti bene, l'elenco è scritto in una calligrafia curata, molto ordinata, e fu redatto da una persona istruita che destinava il suo prezioso carico a qualcuno dello stesso livello.

Ludovico si dolse della sicurezza della ragazza; capì che il suo slancio era stato indirizzato un po' incautamente e che lei sapesse bene di cosa parlava. Forse l'occasione si stupirla era sfumata, ma non quella di interessarla. Cercò di recuperare terreno.

- Ah si certo, non ci avevo pensato. Comunque rimane singolare il fatto che un trabaccolo venisse utilizzato per trasportare oggetti di valore. Insomma, non era mica un ambiente tanto raccomandabile quello del porto ! -
- Posso immaginarlo..-

La ragazza rimaneva laconica ed aveva un'espressione lievemente divertita. I suoi occhi erano attenti ed in qualche modo opprimenti. Ludovico provò un certo imbarazzo, si rese conto di trovarsi accanto ad una persona esperta, anche se non sapeva ancora di cosa, ma si rincuorò al pensiero che potesse non intendersi anche di nautica.

- Se questo individuo si risolse ad utilizzare un simile mezzo di trasporto per i suoi traffici lo fece a suo rischio e pericolo. -
- Magari si trattò di un'unica occasione.... ma come mai hai fatto subito riferimento al settecento ? Hai detto che il trabaccolo apparve nell'Adriatico fin da quell'epoca ma non è detto che stiamo parlando di quel periodo. -

Ludovico non poté non notare l'espressione di lei che nascondeva, e neanche troppo, un'aria da professoressa che interroga il suo alunno, indecisa se il ragazzo abbia davvero studiato o se se ne vanti soltanto. Gli aveva teso un semplice trabocchetto dal quale si salvò con facilità.

- Ho parlato di quel periodo perché mi hai detto che il libro proviene dal reperto che c'è nell'altra stanza, e quello è appunto quanto rimane di un trabaccolo risalente alla prima metà del settecento.-

La ragazza annuì, sorridendo lievemente,lo guardò per un istante, si alzò, e si diresse verso la stanza dove era esposto il relitto di cui stavano parlando. Giunta davanti alla porta guardò davanti a sé

in direzione dell'imbarcazione che Ludovico, dal punto in cui era seduto, non poteva vedere. Aprì la borsa e vi ripose il suo taccuino, si girò verso di lui, e sempre mantenendo il sorriso gentile di prima gli chiese – Parlami di questo trabaccolo -
Ludovico si alzò aiutandosi con le stampelle, raggiunse la ragazza e le disse – A proposito, mi chiamo Ludovico -
– Anna -
Uno dei custodi del museo, approssimandosi in quel momento, vide i due entrare nella " Sala del piccolo veliero "; socchiuse una finestra, ed entrò l'aria inconfondibile del mattino.

– Professore mi scusi ! -
Alfredo si girò riconoscendo subito la voce del ragazzo ed intuendo altrettanto istantaneamente il motivo per il quale veniva chiamato.
– Professore mi scusi ! -
– Si lo hai già detto, dimmi qualcos'altro -
Il ragazzo sorrise un po' imbarazzato, conosceva l'amabile ironia del suo professore, l'atteggiamento vagamente paterno che aveva con lui e con i suoi compagni. Se ne sentì confortato e allo stesso tempo messo sull'attenti. Al professore piacevano parole concrete, richieste fondate, era singolarmente severo in certi momenti, e sempre, sempre esigente. Eppure, la dolcezza di ogni suo gesto e i suoi occhi così dediti, quando ascoltava le voci tremanti dei suoi allievi, li confortava e li incoraggiava.
– Professore le volevo chiedere se poteva…diciamo concedermi ancora una settimana per la consegna della mia ricerca. -
Alfredo non rispose nulla, e rimase a guardarlo con un'espressione bonaria. Il ragazzo si rincuorò
– Magari dieci giorni ? -
– Lo sapevo che mi chiedevi questa cosa. Allora, una settimana o dieci giorni ? -
– Dieci ! Dieci giorni e le giuro che le consegno un capolavoro ! -
Alfredo accettò quell'ironia, insieme alla richiesta. Dopotutto,

avrebbe messo la mano sul fuoco in merito alla buona volontà del suo alunno; era bravo ed interessato, e si meritava senz'altro una certa elasticità.
– Concesso, ma...-
– Si si ! - Lo interruppe il ragazzo – Vedrà che... - Non terminò la frase e fece una sorta di
minimo inchino con la testa, a mo' di saluto ossequioso. Si girò dall'altra parte e si avviò velocemente verso la fermata del bus spingendo lo sguardo verso i suoi compagni che lo guardavano nascondendo qualche timida risata, sapendo di essere visti dal professore, ma desiderando sdrammatizzare la tensione del loro amico.
Alfredo distolse subito lo sguardo dalla scena, per non invadere quel loro momento e provando un lieto rispetto per quelle piccole persone così agitate da semplici emozioni, ingenuità inestimabili, che si sarebbero ossidate inevitabilmente nel giro di pochi anni, tra tante cose pronte ad accadere.
Si diresse alla macchina, la trovò calda del sole primaverile e dovette aprire i finestrini per rinfrescarla, prima di partire. Senza telefonargli preventivamente, partì per raggiungere suo fratello, sapendo che lo avrebbe trovato all'ingresso del museo, probabilmente esausto e pentito di aver voluto trascorrere tutte quelle ore in piedi. Era stato lui a consigliargli quel posto, per passare la mattina e riabituare la gamba al passeggio, ma si era altresì raccomandato di rincasare dopo un paio d'ore. Ludovico invece lo aveva pregato di tornare verso mezzogiorno, quando si sarebbe liberato dagli impegni scolastici. Alfredo conosceva bene il carattere del fratello, il suo modo di fare le cose, senza misura, sempre verso l'esagerazione. Si augurava quasi di trovarlo esausto, dolorante e desideroso di tornare a casa per buttarsi sul letto . - Ma dimmi te se quello sciagurato deve rimanere in giro tutto questo tempo quando lo aspetta un pomeriggio in studio ! Questa sera sarà distrutto ! Ben gli sta ! Così impara ad esagerare come suo solito ! -
Accese il cellulare che aveva tenuto spento per tutte le ore di lezione chiedendosi se non lo avrebbe raggiunto un avviso di chiamata o un messaggio di resa da parte del fratello. Ne immaginava già il testo ironico, " come i più grandi sanno fare, ammetto il mio sbaglio e chiamo un taxi anzitempo per tornare a casa, ma più che altro, lo

faccio per carità nei tuoi confronti, per concederti questa piccola vittoria. Si, è vero, sono un po' stanco, non passare a prendermi ".
Poteva benissimo suonare così, eppure, non arrivò nulla.
Giunto al museo vide Ludovico seduto sulla panchina, accanto all'entrata, con il libro che aveva portato con sé tra le mani, intento alla lettura. Dovette sentire il rumore dell'auto e riconoscerlo perché alzò subito lo sguardo in modo consapevole e chiudendo contemporaneamente le pagine. Si aggrappò alle stampelle lasciando andare un'espressione chiaramente sofferente, e lo raggiunse.

- Su ! Fammi un bel sorriso ! Che cos'è quella smorfia di dolore ? -

Ludovico fece un sorriso di traverso, trattenendo addirittura una risata allegra. Alfredo si divertì della cosa, gli fece piacere vedere che suo fratello, nonostante il dolore alla gamba, manteneva un atteggiamento positivo, segno che, comunque, la mattinata era stata gradevole.

- Allora ? Fatto male la gambina ? - Chiese desiderando continuare ancora un po' lo scherzo. - Oppure vuoi dirmi che sei andato anche a fare una corsetta intorno al museo ? -
- Spiritoso ! Spiritoso, divertente, insomma sei un vero spasso ! Tutto bene caro mio ! -
- Mmm, sono contento…ma non sarà che ti sei sforzato troppo ?
- No tranquillo, sono stato attento. -
- Se lo dici tu… -

Ci fu un attimo di silenzio tra i due; un attimo che durò quel tanto che ad Alfredo sembrò troppo. Si chiese subito come mai Ludovico non iniziasse a raccontargli qualche dettaglio della mattinata; in fondo, era andato a visitare il museo della sua infanzia, il luogo più magico di quando era bambino e forse, il posto che più lo aveva suggestionato e che più aveva contribuito a fargli scegliere il futuro mestiere. Lo guardò ripetutamente, distogliendo l'attenzione dalla guida, e Ludovico si sentì di dover parlare, senza attendere alcuna domanda.

- Tutto bene, quel museo rimane sempre magico per me. E quanti ricordi…Accade sempre la stessa cosa, quando si torna nei luoghi che si è visti da bambini: tutto appare più piccolo. E' una delusione, si perde una parte di quella magia. E' un peccato che le cose si riducano, davanti ai nostri occhi adulti. Bisogna decidere di trattenere le immagini passate senza che si mescolino a quelle presenti. Farò finta che il vecchio museo sia stato demolito e che al suo posto ora ne sorga uno in tutto identico tranne che nelle dimensioni; diciamo che non c'erano i fondi per farlo ugualmente grande . -

- Ehhh, questa maledetta crisi ! E poi tagliano sempre alla cultura ! -

Ludovico rise all'ironia del fratello, il quale voleva evidentemente schernire quella che, a suo parere, era stata una frase affettata.

- Si va bene, lo sanno tutti che ai bambini le cose sembrano più grandi ! E allora ? Mi andava di ribadirlo !Questa mattina ho provato anche io questa cosa e te lo volevo dire ! Ti dispiace ? -
- Ma figurati ! Mi chiedevo come mi vedranno i miei alunni quando mi incontreranno tra dieci anni " professore ! Accidenti me la ricordavo più grande ! "
- Si va bene sei sempre spiritoso..-

Alfredo guidava divertito e a suo agio accanto al fratello, contento di potergli parlare con la stessa facilità e letizia di quando erano bambini, di quando lo tormentava di scherzi fino a farlo spazientire e rischiare il litigio. Ludovico era sempre stato un tipo un po' metodico, preciso in tutto, ordinato e con una mente matematica. Fin dalle elementari aveva rivelato le sue attitudini al calcolo, all'organizzazione mentale ed al rigore che comportano le materie scientifiche. Ricordava i loro esordi nel mondo dell'aritmetica e lo stacco evidente che li separava. Mentre Ludovico chiudeva il quaderno dei conticini nel giro di un quarto d'ora per andare a godersi l'aria beata del terrazzo di casa, riprendendosi i giocattoli promessi dopo lo studio, lui doveva rimanere al tavolo della stanza da pranzo, angosciato da quelle cifre che non concedevano soluzione, controllato dalla madre che intanto riassettava la cucina e non lo perdeva di vista attraverso la porta a vetri socchiusa. E quell'inettitudine lo aveva tormentato per tutti gli anni scolastici sottraendogli tempo prezioso alle amate letture. Le lettere, la storia, l'arte, lo avevano da sempre affascinato, sequestrato ai divertimenti, allevato tra le pareti silenziose della sua camera, consolandolo degli insuccessi davanti alla lavagna, quando scioglieva il gesso tra le dita sudate, in attesa che quelle odiate parentesi si riducessero ad una sola coppia, azzerando l'espressione algebrica. Ed era per quel passato inglorioso che, il professore che era diventato, si dimostrava così clemente con gli alunni poco dotati nelle scienze umanistiche, concedendogli il perdono che aveva desiderato nelle sue esperienze di scolaro ingiustamente vessato. Per tutti gli anni dell'adolescenza, alla ricerca di un equilibrio di meriti, Alfredo aveva mostrato i suoi scritti a Ludovico, ed aveva ottenuto sempre la sua piena attenzione, sebbene fosse chiaro il divario tra le loro sensibilità. Cose da buoni fratelli insomma, sempre diversi e mai complementari, irrimediabilmente distanti, in totale disaccordo su tutto, artefici di due vite inaccostabili, eppure, pieni di stima reciproca e solidali. Si erano sempre definiti non una coppia, ma due individui accoppiati. Soltanto la madre ne sapeva riconoscere le reali somiglianze, e non le andava certo a raccontare a loro.

- Che fai a pranzo ? -
- Sto a casa e mi butto sul letto un paio d'ore. Forse non mangio nemmeno. Semmai un panino -
- Ma va ? Non l'avrei detto ! -
- Cioè ? -
- Pensavo che volessi mangiare…magari in giro…e poi farti una bella passeggiata prima di tornare al lavoro. -
- Si ok ok, mi sono stancato e la gamba mi fa male ! Ma guarda che sei insistente !-
- E a parte il museo che si è rimpicciolito,dentro che c'era di bello ? -
- " La sala del piccolo veliero " ! Bella, bella davvero !-
- Si me lo ricordo, il trabaccolo del settecento. Lo chiamano il piccolo veliero ? -
- Si -
- E ti è piaciuta quindi ? -
- Che fai prof ? Confondi il maschile con il femminile ? Ti metto tre lo sai ? Il veliero è maschile ! -
- Appunto ! Mica dicevo il veliero, dicevo la sala ! L'hai detto tu che ti è piaciuta ! -
- ……Ah già ! Si, bella. -

Alfredo si stava davvero divertendo – Insomma uno va a vedere un relitto che risale al settecento e tutto quello che nota è la stanza che lo contiene ? -

– Ma che cosa stai dicendo ? -
– Sei tu che parli solo di questa sala ! Che non ti interessano più le barche ? Ti è venuta voglia di fare il custode dei musei ? Sei interessato alle stanze ora ? -

Stava approfittando dell'aria un po' trasognata del fratello, lo vedeva distratto, poco attivo in quella conversazione e se ne serviva per condurlo dove voleva, per trascinarlo in quelle false diatribe del tutto scherzose che gli riuscivano sempre bene, quando la sua vittima era Ludovico.

– Ho solo detto che era bella la stanza... e in centro quel relitto...quello sì che è ancora grande ! -
– Forse perché la stanza si è rimpicciolita ! -
– Scemo che sei ....insomma mi è piaciuta la gita, e come hai visto ho resistito benissimo. Anzi... il tempo è passato velocemente.
– Non è un grande museo...voglio dire... a parte che ormai è si è rimpicciolito...-
– La fai finita ! -
– Si ok, volevo dire che comunque non ci sono le stanze del Louvre, come hai fatto a passare quattro ore lì dentro ? Ci sono solo pesci e pezzi di barche ! -
– Intanto sono cose che mi interessano molto, come sai bene, e poi....essendo tanto che non andavo lì mi sono voluto godere tutti i particolari e la nostalgia che mi facevano provare -
– Ah ma allora oggi sei proprio poeta ! -
– La vuoi anche tu una gamba rotta ? -
– No grazie, sto bene così. Mi fa piacere che ti sia divertito. Adesso ti porto a casa così ti riposi, se no quella gamba te la rompi di nuovo. Ne avrai per molto oggi in studio ? -
– Si, fino a sera. -
– E allora è proprio il caso che ti riposi. Domani che fai ? -
– Mi concedo di nuovo la mattina libera, sono già d'accordo con i soci. -
– Ah bene, ti serve un passaggio ? Se vuoi posso dartelo

anche domani -
Ludovico rimase un attimo in silenzio, senza rivolgersi al fratello che nel frattempo lo guardava in attesa di risposta. Dopo qualche istante gli disse, con aria un po' trasognata e allo stesso tempo lottando con un sorriso sardonico – Mi accompagneresti al museo ? -

La mattina seguente Ludovico incontrò Anna. Parlarono un po' prima di entrare e poi si recarono nella sala che conteneva il libro manoscritto. Anna continuò a prendere appunti sul suo taccuino, consultando gli altri espositori contenuti nella stessa sala in cui c'era quello strano diario di bordo al quale lavorava il giorno prima. Ludovico si sentì in imbarazzo non sapendo giustificare la sua presenza e ripensando alle tiepide motivazioni che il giorno prima aveva dato alla ragazza per il suo ritorno al museo. Dopo un po' le si avvicinò.
- La ricerca prosegue bene ? -
- Più o meno.. -
- Quando credi che apriranno la teca per la consultazione del diario ? -
- Penso tra un paio di giorni. Stiamo attendendo la disponibilità di un esperto che mi aiuterà a muovere le pagine senza correre il rischio di rovinarle. -
- Mi dicevi che la tua famiglia si occupa di oreficeria e gioielli da molte generazioni, è stata un'idea comune questo studio che stai conducendo o è una tua iniziativa ? -
- Dietro a questa ricerca c'è tutta la mia famiglia, ed anche il museo. -
- Che vuoi dire ? -
- Che il museo fa capo ad una fondazione e che questa sta collaborando con la mia famiglia per approfondire le ricerche in merito a questo antico documento. -
- Ho capito, è una cosa seria allora ! -
- E' un lavoro sul quale ci stiamo concentrando da tempo. -
- Come mai avete preso in considerazione questo manoscritto ? -

- Perché appartiene proprio alla nostra famiglia. -
- Veramente ? In che senso vi appartiene ? -
- Abbiamo motivo di credere che la lista dei preziosi contenuta in queste pagine fosse stata redatta da un nostro antenato, il quale, come ormai immaginerai, commerciava in oggetti preziosi. -

Ludovico rimase per un attimo pensieroso, si sentì in imbarazzo tornando a considerare che il giorno precedente aveva voluto fare colpo su Anna sciorinando le sue cognizioni di ingegnere navale; quella ragazza nascondeva dietro al suo sorriso paziente conoscenze ben più avvincenti.

- Immagino che sapeste da sempre che quel libro vi apparteneva, in qualche modo.-
- Si certo, la mia famiglia ha un lungo passato nella città di Trieste, siamo presenti nei suoi archivi da almeno tre secoli, e naturalmente la nostra storia è molto legata ad essa. -
- Quindi tra quelle pagine si trova il tuo cognome ? -
- Si, il nome Presel è distinguibile in diversi punti. Questi fogli riposano nel museo da molti anni e non abbiamo mai pensato di disturbarli, credendo di sapere già abbastanza sulla nostra discendenza; ma oggi, in accordo con la fondazione, abbiamo nuovi motivi per tentare una consultazione diversa dalle precedenti.
- Mi stai incuriosendo ! Cosa state cercando ? -
- Si tratta di ricostruire parte del lavoro del nostro antenato, seguendo una pista che ci è apparsa circa un anno fa. -
- E' veramente interessante questa storia che mi stai raccontando ! -
- Senti, direi di fare una pausa ed uscire un po' da questo museo, che ne pensi ? -
- Oh magari ! Andiamo pure, ti offro qualcosa di fresco al bar qui davanti, ci sediamo fuori che oggi si sta benissimo al sole ! E poi, la mia gamba ha bisogno di riposo. -

I tavolini del bar erano deliziosamente ombreggiati e la temperatura era ottimale. Anna e Ludovico si accomodarono e si godettero la calma di quell'ora, poterono parlare in tutta tranquillità perché la strada non era molto frequentata e gli altri tavoli erano deserti.

- Raccontami Anna, sono del tutto rapito dal tuo racconto ! -

- Un anno fa, come ti dicevo, è accaduta una cosa che ha destato il nostro interesse: un cliente molto affezionato ci ha presentato una persona che diceva di possedere un gioiello proveniente dalla nostra famiglia, si trattava di una collana che incastonava un diamante. Questa collana risale alla metà del settecento e ho avuto modo di visionarla.
- E quindi ? -
- Il diamante in questione è riconducibile ad un gruppo ricavato dal taglio che eseguì un artigiano dell'epoca, il quale lavorava spesso per la nostra famiglia. Il suo nome è presente in antichi documenti che conserviamo da sempre. Quella serie apparteneva a noi, ma le notizie che ne abbiamo si esauriscono nel giro di pochi anni. A parte qualche ricevuta firmata dagli orefici che presero in consegna quelle pietre per le lavorazioni a cui erano destinate, non rimane altro. Quei documenti testimoniano il fatto che il nostro antenato si occupò della creazione di diversi gioielli che comprendevano quelle pietre, ma quel che è strano è che non abbiamo nessuna testimonianza di quale ne fu il destino; è come se non avesse mai ceduto quei preziosi, eppure, ad un lavoro così impegnativo, sarebbe dovuta corrispondere una vendita considerevole. Fu sicuramente un evento eccezionale all'interno di quell'attività, ma non è documentato in nessun modo. Conserviamo tracce storiche di commerci ben più modesti, e ci è sempre apparso un mistero non aver avuto riscontro di un'impresa simile. Tutto si è perduto nel tempo. Certo, non è del tutto inaudito che siano avvenute cose del genere; spesso è possibile ricostruire il disegno di un originale dalle riproduzioni dell'epoca realizzate con pietre molto più modeste, perché capitava sovente che oggetti particolarmente preziosi venissero smembrati per ottenere un guadagno maggiore dalla vendita separata delle parti. Forse è successo anche a quei diamanti.-
- Quindi, se ho capito bene, avete appurato che il vostro antenato entrò in possesso di una cospicua quantità di diamanti e che ne ordinò la lavorazione.-
- Si esatto, e non solo di diamanti, anche di altre pietre preziose, il che, nel corso di una vita dedicata al commercio

di gioielli, ad alti livelli sociali, non è cosa strana, ma le ricevute di cui ti dicevo, quelle per le lavorazioni e la momentanea custodia, sono tutte datate tra il 1752 ed il 1754, questo attesta il fatto che si trattò di un'operazione straordinaria anche per un commerciante così conosciuto. Com'è possibile che sia tutto svanito ?

- Perciò quando hai visto questa collana hai pensato che provenisse da quella produzione ?
- Non la collana, solo il diamante che vi è contenuto. I proprietari hanno una carta nella quale il tagliatore di diamanti, che lo aveva lavorato qualche anno prima, lo riconosce come un suo pezzo. -
- E comparando questo documento con quelli in vostro possesso ......-
- Ci siamo resi conto che avevamo sotto agli occhi uno di quei diamanti di cui non si aveva più traccia. -
- In tutto questo cosa c'entra il museo ? -
- La carta che ha accompagnato quella collana, in questi secoli, fa riferimento ad un trasporto avvenuto su un modesto bastimento. Una certa quantità di preziosi transitò nel porto di Trieste e vi fa riferimento proprio il tagliatore di diamanti. Dice espressamente che il diamante che riconosce nella collana è stato lavorato da lui e che appartiene al commerciante Preezell, scritto con due elle; con il tempo il nostro cognome è rimasto quasi invariato, cambiando il suono duro della zeta e perdendo l'ultima elle. Ci sono buone probabilità che il libro conservato nel museo rechi notizia di quel trasporto. Se riusciamo a trovarne qualche traccia avremo anche una conferma che quel libro appartiene alla nostra famiglia.
- Mi avevi detto che questo lo sapevate già ..-
- Si è così, è una cosa che si sa da sempre, ma non si sono mai fatti studi approfonditi perché, come ti dicevo, le pagine sono molto rovinate ed una consultazione approfondita non è mai stata intrapresa. Verso la metà del 1800, periodo in cui fu edificato il museo, il libro venne esposto dopo una sommaria lettura che ne attestava la provenienza; gli studiosi trovarono il nostro nome all'interno in modo

inequivocabile. -
- Però il libro appartiene al comune -
- Si perché ci fu una donazione da parte della mia famiglia la quale aveva raccolto le poche informazioni che all'epoca si riuscì ad estrarre e aveva considerato l'intero incarto non particolarmente importante. Oggi, alla luce delle nuove ipotesi, vale la pena tentare un'ulteriore ricerca, ma per questo occorre l'aiuto di esperti che sappiano come sfogliare quelle pagine corrotte dal mare e dalla pessima cura che se ne è avuta.
- E allora ! Quando arrivano questi esperti ? -

Anna sorrise all'espressione di Ludovico: le faceva piacere constatare di averlo stupito .

- Tra due o tre giorni potremo aprire la teca e iniziare la consultazione. Oggi pomeriggio ho un incontro con il direttore del museo e alcune persone della fondazione. Se il libro si rivela davvero interessante si potrebbe costituire un comitato scientifico. -
- Lo sarà senz'altro. -

I due continuarono a parlare della vicenda per tutta la mattina, quando fu mezzogiorno, pranzarono in quello stesso bar e poi si separarono. Ludovico aveva un paio di appuntamenti in studio e ad Anna attendevano ancora diverse ore di studio.

Erano le undici e mezza di sera, una luce sulla scrivania illuminava gli occhiali stretti tra le dita. Con un morbido fazzoletto di carta puliva le lenti rimuovendo le tracce della giornata, il velo che si era sedimentato tra i suoi occhi e il mondo. Da un lato gli spruzzi delle ciglia, quell'umore involontario di lacrime che punteggia la vista dei miopi ma che essi non notano se non quando si accostano ad una luce che non sia il sole. Sull'altro dorso dei vetri, si era attaccata la polvere della strada, quella dello studio, la cellulosa volatile dei fogli stampati. Lavorava delicatamente, con il pollice e l'indice, accarezzando anche la montatura, rendendola ancora più lucida, e ogni tanto la osservava portandola all'altezza del viso, con sguardo serio e indagatore. Pensò che quel modo di fare era comune a molte

persone che portano gli occhiali e si domandò se fosse l'unico, e se l'espressione che assumeva il suo viso fosse davvero quella di tutti e l'unica praticabile. Forse aveva imparato da altri, osservandoli senza volere, immersi nell'altro ancora e da esso dipendenti come in simbiosi. Quanta gente conosceva che portava gli occhiali ? Non avrebbe saputo contare, anche perché nella sua memoria ne risaltava una soltanto. Pensò a sua madre, a quando si interrompeva, con le mani bagnate da asciugare nello straccio bianco che le fasciava i fianchi, e abbandonava le incombenze casalinghe per andare ad aprire la porta. Succedeva che fosse la vicina ad affacciarsi sull'uscio, con la richiesta di qualche ingrediente inavvertitamente consumato, e ne nasceva l'occasione per due parole sul pianerottolo. Allora lei approfittava per unire due cose, continuava il chiacchiericcio ed intanto si toglieva gli occhiali e li puliva con lo stesso panno inumidito dalle mani. Doveva essere una ricetta molto riuscita, un rimedio dei migliori dal momento che, pensandoci bene, era il suo preferito. Faceva sempre così. Evidentemente quel grado particolare di umidità si era sempre dimostrato ottimale e gli occhiali ne risultavano perfettamente lindi e inaspettatamente asciutti. Pensò che se avesse provato lui non avrebbe ottenuto lo stesso risultato perché aveva le mani troppo grandi ed avrebbe raccolto troppa acqua. Ci vide una certa sproporzione in questo e gli venne di pensare che ognuno dovrebbe avere le mani adatte al resto del corpo, e che i miopi potevano appurarlo tramite quella semplice operazione. Sta di fatto, che sua madre aveva le mani perfette; grandi come fazzoletti, ed altrettanto bianche. Le ricordava fresche e con la pelle tesa come stoffa sul telaio delle ossa. Aveva carezze leggere, quasi senza peso, non propriamente dolci, ma come soffiate.
Rimase un po' a pensarla. Aveva ereditato la sua miopia e le doveva buona parte del viso. Ad un tratto, si portò verso il telefono, in un impeto allegro, per farle un saluto, ma pensò quasi immediatamente che a quell'ora l'avrebbe svegliata. Provò un certo dispiacere ma si risolse a chiamarla il giorno dopo per sentire come stava, per farle compagnia e prometterle che sarebbe passato da lei al più presto. E poi, le avrebbe raccontato di Anna, senza spiegarle più di tanto, per vedere se era sempre la stessa, se sapeva capire senza alcun aiuto. Sicuramente ci sarebbe riuscita, come altre volte era successo. Ricordò di un caso in cui si lasciò andare nella descrizione di una

ragazza che aveva conosciuto all'università e che gli piaceva molto. Ne aveva parlato per una decina di minuti, ma senza accennare veramente alle sue emozioni. La madre lo aveva ascoltato in silenzio, e alla fine del suo discorso gli aveva soltanto detto " quanto è bella la gioventù ! ". Poteva essere una frase qualsiasi, ma lui capì di essere stato davvero ascoltato. Questa cosa lo aveva incoraggiato, gli era sembrato un viatico per decidersi a parlare a quella ragazza. Tornò con la mente ad Anna, ed immaginò di presentarla a sua madre. Avrebbero cenato insieme, lei sarebbe di certo stata gentilissima con la signora elogiandone i piatti che avrebbe preparato per l'occasione e parlando ogni tanto del figlio per farle piacere.

Si accorse di essersi immobilizzato seguendo questa fantasia, e di aver trattenuto gli occhiali nel fazzoletto senza farne nulla. Il ritorno della sua attenzione gli mostrò quell'ipotesi sotto una luce più critica; considerò la parte più infondata di tutto quel pensiero e conclude, appoggiando la montatura sul naso, che aveva dato fin troppo corso alla sua immaginazione. Aveva conosciuto Anna soltanto due giorni prima ed era inverosimile figurarsi una situazione così familiare. Si sentì a disagio con se stesso per quel che aveva pensato, e capì che questa sensazione era dovuta anche al fatto che quella ragazza lo impressionava molto; la storia che gli aveva raccontato, le sue ricerche, gli apparivano come qualcosa di fuori dal comune. Anna aveva aperto le porte di un mondo che lui non aveva mai potuto immaginare, eppure, la sua professione lo portava a conoscere gente con ampi mezzi, a condividere, in un certo qual modo, le vite di quelle famiglie ricche che si permettevano il lusso di una imbarcazione privata. Ma nessuno dei suoi clienti aveva alle spalle un mondo così affascinante, una storia da riscoprire; la loro ricchezza non era un racconto e per questo si era persa negli anni. Le persone di cui gli aveva parlato Anna la precedevano realmente e lei ne era effettivamente la figlia. Si vedeva nei suoi modi ricercati, nel tono della voce, nella sua gentilezza coltivata in seno ad un'educazione raffinata, mondana e straordinariamente colta. Gli aveva parlato dei suoi avi, di un passato prestigioso, ma non lo aveva messo in imbarazzo né aveva sottolineato in nessun modo il peso della sua estrazione sociale. Sentiva di ammirare sinceramente la sua affabilità, la misura di ogni gesto, e si divertiva ad immaginarla a qualche serata elegante, circondata da persone impeccabili, eccellenti

nell'etichetta, eppure mirabilmente spontanea, sicura e a proprio agio. Doveva essere bellissima quando, liberatasi del soprabito, avanzava in un vestito tagliato su misura che mostrava il collo nudo in un anello di perle. Si lasciava baciare la mano, parlava con quel tanto di voce che costringeva gli uomini ad inchinarsi una seconda volta per non essere tanto scortesi da non coglierne le parole. E come dovevano essere belli quegli occhi che aveva conosciuto nella luce del mattino, quando la sera si mescolavano al buio delle sue ciglia!
Senza dubbio, sapevano sfavillare ancora di più ed ammansire qualsiasi stella.
Il passo lento, sicuro, il bicchiere in una mano e l'altra sospesa come un desiderio appena sfiorato dalle labbra dei cavalieri; senza un minimo di esitazione, di tremore, davanti al conte che si inginocchia, al gentiluomo ammirato, serena e sorridente in questo mondo di assoluto sfarzo, davanti al sorriso di sua madre che la guarda con occhi miopi e incerti, in quell'attimo che le occorre, per rimettere gli occhiali.

Passarono altre due mattine, nel silenzio del museo, e il taccuino di Anna era ormai denso di appunti, annerito quasi del tutto dalla sua biro instancabile. Ludovico si era fatto vivo il giorno prima, poi, per non essere inopportuno, l'aveva lasciata al suo appuntamento con le personalità della fondazione. Suo padre era con lei. Furono accolti dal direttore e da altre quattro persone, fra le quali, c'era una signora molto gentile incaricata di lavorare sul libro antico. Il direttore pregò Anna ed il signor Presel di accomodarsi nella prima sala del museo perché doveva sbrigare certe carte con gli altri presenti nel suo ufficio. I due pazientarono per qualche minuto ma subito dopo Anna fece segno a suo padre di seguirla. Si muoveva con sicurezza, in quelle stanze, la cui mappa era ormai definita nella sua memoria come l'avesse abitata per anni. Entrarono nella sala dove giaceva il " piccolo veliero "; accanto ad esso , confuso tra i riflessi del vetro, si poteva vedere il diario del loro antenato chiuso con i suoi segreti, le voci sommesse che da lì a poco sarebbero tornate suono nella lettura di quella signora esperta di pagine antiche. Padre e figlia guardarono con silenzioso entusiasmo quell'oggetto, immaginandolo scricchiolare nelle dita guantate del loro medico. Ma Anna preferì rimandare ogni parola e distolse suo padre conducendolo davanti al relitto un sistema di assi anneriti e schiantati come una cassa toracica oppressa da un peso enorme. Il veliero era chiuso in un recinto di corda dorata, ma era vicinissimo, tanto da non risvegliare neppure il desiderio naturale di toccarlo dal momento che era perfettamente tangibile. Il suo odore caratterizzava la stanza, ingombrandone l'aria, avvizzendola in un sentore di polvere e di materia esausta. C'era della polvere anche sotto i grandi cavalletti di metallo che sostenevano la schiena contorta; probabilmente gli inservienti non raggiungevano spesso la sua ombra, forse nel timore di urtarlo con movimenti maldestri, forse impediti dalle disposizioni del direttore che si conosceva come uomo scrupoloso e molto prudente.

A prima vista la barca appariva enorme, in quella scatola bianca; i suoi rami sfioravano le due pareti più larghe lasciando lo spazio di un solo passaggio, angusto quel tanto da non consentire la sosta prolungata per non arrecare disturbo ai visitatori. La poppa e la prua, sembravano discese fortunosamente nella sala più grande e , malgrado questo, contenute a malapena; un metro in più, e non avrebbe trovato sistemazione nel museo del paese. L'ombra acuta che gettavano sui due muri così prossimi, dava la sensazione del movimento, accennavano ad una partenza piuttosto che allo stallo secolare in cui giaceva. Era una macchia nera pronta a fuggire come un gatto davanti alla finestra aperta, e chiunque entrava nella sua stanza aveva l'impressione di dover cogliere quell'ultima occasione di vederla perché, un attimo dopo, sarebbe sparita con un guizzo. Sottile, smagrita dal tempo, aperta come una mano di anziano signore, aveva perso il ventre bombato, ed i fasciami schiantati si prostravano correndo accanto alla chiglia superstite. Perfettamente immobile, generava il silenzio, chiudeva le orecchie a qualsiasi suono esterno lasciando filtrare solo gli urli più acuti dei bambini che giocavano nel parco antistante e facendoli sembrare già passati nel tempo. Se il tacco di una scarpa azzardava uno schiocco, il vascello subito lo divorava dando l'impressione che fosse, per un verso, intollerante al presente, e dall'altro affamato di esistenza, ingordo di attimi, di azioni, di movimenti che soltanto i vivi sapevano far fiorire.

Aveva perso il profumo del mare, sembrava non avesse mai navigato. I licheni e le alghe s'erano spenti da tempo, era irrimediabilmente asciutto, tirato a secco da quei cavalletti, imprigionato come un bambino malato che non può passeggiare sull'erba del giardino davanti casa. Anna lo circondò camminando sull'intero perimetro delle corde che lo custodivano; dietro di essa il padre che la seguiva ubbidiente.
- Bello, non ti pare ?
- Si, molto suggestivo – rispose lui.
- Adesso lo vedi così, ridotto a poco legname, ma una volta era quattro volte più grande. Le ordinate hanno ceduto, e la coperta è crollata, senza lasciare traccia di sé. Si può ancora contare il fasciame però, seppure ne resti una minima parte, perché la disposizione delle assi lascia intuire il suo andamento, dalla chiglia verso il culmine, fino a raggiungere il bordo alto , che è tipico del trabaccolo. Il comento che le separa è ancora rintracciabile in queste fessure che si alternano regolarmente, ma la stoppa del calafataggio è del tutto scomparsa. In compenso si vede ancora bene il castello, che poi è il cassero di prua, e ne puoi intuire il limite da questa tuga, che lo irrobustiva e definiva. Quello di poppa non c'è più. Il castello si è conservato così bene da mostrare ancora l'attacco dell'asta di bompresso la quale sosteneva un grande polaccone capace di issarsi quando la barca era attraccata, per evitare un ingombro inutile. Vedi ? Aveva una bella carena arrotondata, un pancione capiente capace di trasportare tanta merce fino ad arrivare al filo dell'acqua e farla entrare in coperta, per poi scaricarla grazie alla sua forma a schiena d'asino. Lo puoi intuire dai resti del paramezzale che hanno una curvatura così generosa. -

Il padre la ascoltava senza dire una parola, guardandola piuttosto sorpreso, divertito, interessato. Anna gli concesse appena uno sguardo, e tornò ad indagare i resti della nave, mantenendo un ordine mentale per proseguire la sua esposizione, un rigore invisibile che si delineava a poco a poco nelle sue parole.
- Era un vascello a due alberi, come si vede dai punti di contatto con la chiglia, dalla quale si ergevano. Alzavano ciascuno una grande vela al terzo, con pennone alto e basso e con cadute

più lunghe rispetto alle altre vele dell'Adriatico. Erano più o meno uguali e si gonfiavano guardando sui due lati opposti, consentendo l'andatura a farfalla, quando il vento era in poppa. Questa nave, in particolare, che appartiene alla prima tipologia di trabaccolo, portava una vela quadra di gabbia che era inferita sulla coffa. Successivamente non tutti i vascelli l'hanno utilizzata, ma in alcuni si possono ancora vedere i tradizionali alberetti. Questo trabaccolo deve aver trasportato pesi enormi, per la mole che aveva; il suo tonnellaggio era tutt'altro che alto, ma faceva bene il suo lavoro di asino del mare. Immagina che aspetto doveva avere, con il suo pacifico andamento, la sua linea un po' goffa imbellettata dalla cintura di decorazioni che le dava un tocco di colore. A prua guardava l'acqua con due grandi occhi intagliati nel legno. Una barca mansueta, lavoratrice instancabile; a vederla ora, commuove un po', non credi ?-
Suo padre si chiese da quale fonte avesse attinto tutte quelle conoscenze; si guardò intorno, raggiunse i piccoli cartelli che si ergevano a documento del relitto e vide che recavano soltanto informazioni generiche circa la prima metà del settecento e il glorioso servizio dei trabaccoli nel rinascente porto di Trieste. Tornò dalla figlia, la quale era sospesa in uno sguardo incuriosito, in attesa di un suo commento. Dietro a quegli occhi così giovani, batteva un'intelligenza pronta e veloce che aveva ingerito in un sol boccone tutte quelle notizie, trasformandole in sua stessa sostanza, assimilandole nella propria materia tanto da riprodurle come nuova parte di sé, della sua cultura, della sua sempre più grande visione del mondo. L'amava e l'ammirava, ne era orgoglioso e totalmente rapito; del resto, anche lui era un uomo di spiccata intelligenza e la loro era un'affinità elettiva che palpitava come un telo teso nel vento, sempre viva e pregna di novità, di interessi, di teorie avvincenti, di futuro pronto a dipanarsi nelle strade delle loro congetture. Alla fine, piegò del tutto le labbra al sorriso, e le chiese – Dove le hai lette tutte queste cose ? -

- beh, non le ho proprio lette....-
- Ho capito... - Sul suo volto si disegnò uno sguardo d'intesa, e poi continuò - Andiamo, il direttore si chiederà dove siamo finiti. -

Il veliero ascoltò i passi dei due visitatori allontanarsi verso le altre sale, e sentì i mille scricchiolii del suo scheletro, i piedi sul ponte di coperta, il rollio dei barili nel boccaporto. I suoi fianchi accarezzarono la pelle viscida del molo per poi ritrarsi, attirati da un'altra onda. Sentì le voci scoppiare tra le vele, ed il solletico dei grossi aghi che ne rammendavano i danni del vento. Il porto era affollato di cose, di uomini, di partenze. Ancora qualche minuto e sarebbe salpato, con gli occhi sulla prua, dalle dure cornee di smalto truccate dai marinai durante le bonacce, quando il vento non concede nessun passaggio ed il tempo affonda nell'acqua senza pesci. Gli alberi desolati avrebbero meriggiato pazienti, avvistando la sera che avanzava lentamente. Tutto si fece silenzio; tra la perfetta pazienza degli oggetti, l'unica cosa mobile in quella sala fu la sua ombra, che camminò sulla parete opposta al sole. L'armadio che chiudeva gli scalmi portati a lucido, le pinne inchiodate sui muri, la teca che conservava il diario dell'antico orefice, guardarono stupefatti la folle corsa di quell'ombra, così veloce rispetto al loro tempo, che in un batter d'occhio raggiunse il buio del tramonto. Il vascello sparì, beccheggiando nel nero più perfetto della notte, impaziente di salpare e di tornare in tempo per il mattino, senza farsi accorgere, nemmeno dal solerte custode, che apriva le porte, ad ogni alba.

Ludovico, quella sera, cenò con Alfredo. Lo aveva invitato a casa sua ma non c'era molto da mangiare.

- Vedo che hai dato fondo al frigorifero. Sei sempre stato bravo a riscaldare gli avanzi.-
- Ho fatto tardi dallo studio e non ho avuto tempo per fare la spesa. -
- Non preoccuparti, non c'è problema. Guarda un po' che bottiglia che ti ho portato.
- Ah ottimo ! Un bianchetto fresco fresco è quello che ci vuole ! Lo metto subito nel congelatore così si fa presto.-
- Hai ripreso la macchina ? -
- Si, questa mattina sono andato al lavoro con le quattro

ruote -
- Cosa pensi di fare con lo scooter ? -
- La prossima settimana lo porto a sistemare, mi hanno fatto il preventivo e non è una cosa seria. -
- In effetti ti sei fatto più male tu di lui, -
- La carenatura resterà un po' segnata, sul fianco opposto alla caduta, ma non fa niente, la tengo così . -
- Certo che se non urtavi quell'altra macchina avevi salvo almeno un lato ! -
- E che ci vuoi fare ? Del resto, ero in mezzo al traffico ed è normale che sia andato a sbattere in giro come una pallina nel flipper. -
- L'assicurazione ? -
- Come al solito: il perito ha tentato di minimizzare... -
- Tanto per cambiare...-
- Vabbè, l'importante è che sono in piedi. -
- Allora questa mattina niente museo ? -
- Eh magari ! Il lavoro chiama, non posso mica stare a zonzo tutti i giorni ! -
- Però non tralasciare il movimento, la gamba ne ha bisogno. Magari farai passeggiate più brevi. Comunque, con la scusa dell'incidente sei almeno tornato in quel museo...mi pare che la cosa ti sia piaciuta. -
- Si come no ! -

Ludovico si perse in un 'espressione assorta e Alfredo non se la fece scappare prendendola a pretesto per sondare i pensieri del fratello.
- Mi sembri un tantino in aria, ultimamente...-

Ludovico voleva essere stuzzicato sull'argomento, aveva voglia di parlare di Anna, di descrivere l' entusiasmo provocato da quella ragazza per vedere se, trasformato in parole, in una descrizione esterna alla propria coscienza, riusciva a reggere altrettanto bene la ressa di emozioni che nel suo intimo scatenava. Se fosse uscito indenne dall'ironia di suo fratello, o meglio ancora, se lo avesse affascinato a sua volta, sarebbe stato uno spunto in più per lasciarsi andare a quell'interesse particolare, permettendo alle sue fantasie di concretizzarsi in un prudente avvicinamento. Se lo ripeteva continuamente, Anna lo teneva avvinto, con la sua eleganza, la sua raffinata personalità, e allo stesso tempo lo intimoriva, gli faceva provare un senso di inadeguatezza che non sapeva ancora se valesse la pena contrastare per arrivare a cercare un contatto diverso, più ardito, intimo.

- Il fatto è che in quel museo ho incontrato una ragazza. -
- Mmm..sarà già fresco il vino ? Qui ci vuole un bicchierino ! -
- E' una ragazza che.... -
- No no aspetta un attimo, davvero ! Fammi sentire se la bottiglia è fresca. -

Alfredo aprì il congelatore ed estrasse la bottiglia che subito si appannò.- Oh bene bene ! Direi che la temperatura è giusta. Non ghiacciato né caldo, una freschezza di cantina ! Permetti solo un attimo vero ? -
Cercò il cavatappi nel primo cassetto, senza trovarlo. - Ma dove tieni le cose ? -
Alfredo sapeva benissimo che il cavatappi era nel secondo cassetto; stava temporeggiando volutamente, un po' per gustarsi meglio il racconto che sarebbe seguito e che lo incuriosiva molto, un po' per tenere sulle spine Ludovico il quale, soltanto quella sera, si era deciso a rivelare il suo segreto.

- Dai che lo sai benissimo che è nel secondo cassetto !-
- Ah già, è vero ! Eccolo qui ! Ma lo hai sempre tenuto nel secondo ? -

Ludovico riprese a parlare, senza assecondare Alfredo, il quale corresse le sue facezie in un sorriso appena trattenuto; si divertiva molto ed era deliziato da quella complicità che si stava creando.

- Ho incontrato questa ragazza e.... lei stava prendendo appunti, era intenta a studiare qualcosa. Io non volevo disturbarla, e poi, insomma non l'avevo mai vista, che potevo fare ? Però era davvero attraente...con quell'aria seria, impegnata....-
- E poi ? -
- Poi, sai com'è, nel museo non c'era nessuno, solo lei ed io.. insomma le ho detto buongiorno...-
- Si hai fatto bene, meglio essere sempre educati ! -
- E allora lei mi ha risposto.... -
- Buongiorno ! Ho indovinato vero ? Ma che ragazza per bene ! -
- Allora le ho chiesto se era una studentessa e lei ha sorriso

dicendo che ormai era troppo grande per andare ancora a scuola. -
- E meno male ! Che fai ? Importuni le bambine ? -
- Beh era tanto per rompere il ghiaccio ! Volevo farle un complimento ! -
- E' arrossita ? -

Alfredo si spingeva in ogni fessura del discorso, facendolo avanzare a fatica con l'ostacolo delle sue battute di spirito.

- Certo, ha capito che il mio era un modo per farmi avanti. Insomma, niente di male, il fatto è che la situazione aiutava....lei, io....-
- Nel museo.... -
- Si infatti ! E poi era davvero deserto ! Non è venuto nessuno durante tutta la mattina ! -
- Non mi meraviglio ! Dopo tutto, se non ti rompevi una gamba, neanche tu ci andavi ! -
- Abbiamo iniziato a parlare e mi ha detto che stava facendo una ricerca sulla sua famiglia. Sono orefici da tante generazioni e stava confrontando alcuni reperti con le notizie che le sono già note......-
- Si va bene tanta cultura ! Il professore sono io eppure non mi interessa nulla di tutto ciò ! Dimmi com'è questa ragazza. -
- In che senso ? -
- E' bella no ? Ti interessa ? Certo che ti interessa ! Sono tre giorni che te ne stai imbambolato ! -
- Si è bella, e poi è un tipo davvero interessante . -
- Ma ti rendi conto che domenica scorsa non l'avevi mai vista e adesso, a metà settimana, ne parli con la faccia da ragazzino rapito ? -
- Davvero ? Faccio questa impressione ? -
- Fidati. -
- Ok lo ammetto, credo che mi piaccia davvero. E vorrei che fosse la stessa cosa anche per lei. -
- Allora cerca di frequentarla ! Te l'ha dato il numero di telefono ? -
- Si me lo ha dato . -
- Ottimo ! Procedi. La chiami, la vedi, la baci. -

- Smettila ! O ne parliamo seriamente, oppure non ne parliamo affatto. -
- Va bene, voglio dire che secondo me dovresti invitarla a cena. Un'uscita così, fra amici. Ci vuole poco sai ? -
- Si, pensavo la stessa cosa. Spero che vorrà accettare. -
- Beh, il massimo del rischio è che ti dica di no. -
- Ed è di questo che ho paura ! Non vorrei che si allontanasse da me . -
- Stai tranquillo, secondo me si può fare. Da quanto mi racconti lei si sarebbe già concessa troppo se non ti avesse trovato interessante . -
- Accidenti ! Magari...-
- Dammi retta...una cenetta, parlate di tutto, e poi il tutto si fa da solo. Potrebbe anche essere che non ne venga fuori niente, ma almeno hai passato una bella serata. -
- Si, penso anche io che ne valga la pena, proverò a telefonarle domani, o è troppo presto ? -
- Non so se è troppo presto, non ho conosciuto questa ragazza e cerco di farmene un'idea dal tuo racconto; penso però che tu stia correndo a perdifiato. Stai calmo, tranquillizzati. Insomma, sei o non sei un ingegnere ? Dovresti apprezzare i frutti di un lavoro maturato con calma. Bada bene, non parlo di calcolo, in questo caso, ma di un atteggiamento più sereno. Mica è una cosa da raccogliere quella lì ! O hai paura che qualcuno passi prima di te e se la prenda ? Vedrai che sarai ben accolto, e...nel caso questo non avvenisse, mi raccomando, non buttare via il numero di telefono, dopo tutto hai un fratello !-
- Si ok professore, fatti un giro ! - Alfredo sorrise a quella esclamazione e terminò di mantecare sul fuoco il cibo che il fratello aveva racimolato da diversi contenitori, amalgamandoli in un sapore unico, un po' equivoco. Ludovico bevve un sorso di vino con fare distratto che gli costò una goccia sul mento, e dopo essersi chiuso le labbra nel tovagliolo lo ripose ben piegato sul tavolo. Si avvicinò al primo cassetto, ne estrasse due forchette e due coltelli e dopo averli riuniti su due piatti impilati tornò al tavolo con essi per finire di apparecchiare. Ancor prima di terminare

quell'operazione si girò animato da un pensiero che sembrava averlo colto in quel preciso istante, i suoi occhi lampeggiarono preoccupati e si affrettò a chiedere, quasi in segno di scusa per non averlo fatto prima e per essersi concentrato soltanto sulle sue ansie - A proposito, a te come va ? Più sentita ? -
– Lascia perdere, che questa bottiglia è troppo piccola per potermici abbracciare. -
– Mmm, capisco. Insomma è proprio una materia difficile questa. In un modo o nell'altro non si riesce mai a comprendere....-
– No, mai. Pazienza, il tempo mi spiegherà tutto; anche io non devo avere fretta. -

Tacquero per un po', affaccendati nella preparazione degli avanzi che erano la loro cena. Abbandonate le padelle sui fornelli, si sedettero davanti ad un misto di pietanze male assortite ma ben calde. L'appetito li aveva messi di buon umore e fu un vero piacere cenare insieme quella sera. Il tavolo non era lontano dalla finestra aperta e la strada sottostante echeggiava di passi. Alfredo amava la buona abitudine che ha la gente di passeggiare nelle serate estive, di incontrarsi tra famiglie e sedersi su una panchina fresca, mentre i bambini finiscono alla svelta il loro gelato per ricominciare a correre, sudando nei vestiti appena cambiati. Sembrava un'umanità antica, immersa nei tradizionali ritmi, negli scambi cordiali della voce, della mimica. Tralasciarono di rassettare, componendo una piramide incerta di piatti nella gola del lavello, e si sedettero sul terrazzo, guardando le persone nel chiaroscuro dei lampioni. Gli urli dei bambini erano acuti come quelli delle rondini; giocavano secondo un ritmo regolare, ripetendo certi segni ideali nelle traiettorie delle corse. Si intrecciavano sfiorandosi o colpendosi, in un gioco il cui senso evaporava senza una grammatica precisa, fine a se stesso e per questo divertente, liberatorio. Per un attimo, quel bambino diventava un mostro che mangiava tutti i compagni, subito dopo giaceva arreso, in terra, temendo un nemico più grande. Ancora pochi istanti e tutto era dissolto, scomparso in un cerchio pacifico di bambini incantati intorno ad una storia. In quel momento assomigliavano ai loro genitori, i quali si ascoltavano anch'essi seduti, raccolti tra le parole. Passò ancora un po' di tempo, poi tutti si alzarono e si avviarono verso casa, in un unico gruppo. Impiegarono più di venti minuti per svanire tra le chiome del viale all'angolo, un tempo che era sembrato interminabile, allungato dal loro incedere appena percettibile. Sembravano una nuvola indecisa, senza vento. Si indovinava, in quel moto lento ed incerto, una sensazione di benessere.

– Vedi ? - Disse Alfredo – La misura dell'uomo è il passo. -

La riunione al museo era stata proficua e adesso si poteva entrare nel pieno dei lavori. Passarono due giorni ancora, il tempo necessario per organizzare l'ambiente adatto alla consultazione del vecchio manoscritto. Fu approntata una stanza non lontana dall'ufficio del direttore, che era in disuso da tempo; la ingombravano due scrivanie polverose disposte casualmente tra l'ingresso e la grande libreria estesa su tutta la parete opposta. Gli inservienti le posizionarono secondo le indicazioni della signora Lusi, l'esperta di testi antichi chiamata dalla fondazione, e Anna assistette al riordino di quello che sarebbe diventato, per due mesi, il loro laboratorio di ricerca e di conservazione del libro. Le fece piacere dare il suo aiuto anche quando fu necessaria la forza per sollevare vecchie poltrone ingombranti, di quelle che usavano i professori trincerati dietro cattedre infinite, con le spalle protette da schienali minacciosi e cupi come neri mantelli. Fortunatamente questa foggia aveva abbandonato gli atenei e resisteva solo negli studi di vecchi notai e avvocati, o in quelli dei loro figli plagiati. Si liberarono di quell'arredo ridondante e fecero spazio agli sgabelli regolabili che la dottoressa Lusi aveva fatto arrivare. L'intera stanza trovò una nuova luce, più chiara ed allegra, che infuse un senso di freschezza agli arredi appena ripuliti e ai lampadari tornati ad accendersi dopo tanti anni di disuso. Il custode si affacciò nella stanza con un certo imbarazzo, nel timore di essere di troppo, ma vinse presto la sua incertezza portandosi al centro dell'ambiente mentre i due addetti del museo, la dottoressa, ed Anna stessa, gli si affaccendavano intorno tollerando la sua posizione infelice e schivandolo mentre spostavano pile di volumi e documenti in disordine. La sua unica preoccupazione era di narrare

con precisione i ricordi legati a quell'ufficio chiuso da molti anni; raccontò di una vice direttrice di ferro che soleva attenderlo davanti all'ingresso sempre con un anticipo invincibile e lo sguardo severo di chi rimprovera senza parlare.
Una volta entrata nel museo si chiudeva in quella sala e non ne usciva fino a sera, chiamandolo per ogni minima commissione e per ordinare il pranzo che un intimorito garzone portava fino all'ombra del portone consegnando il tutto a lui e congedandosi con un riverente inchino. Tesseva pertanto le lodi dell'attuale direttore, tradendo una piaggeria che sapeva della speranza che quelle parole gli arrivassero all'orecchio. Furono necessari due giorni, per riordinare ogni cosa, ed un altro pomeriggio per collocare le attrezzature e gli arredi tecnici indispensabili a quel delicato lavoro clinico. Le forme moderne di quegli oggetti svettarono magnificamente nell'interno ottocentesco, e gli stucchi sul soffitto acuirono il loro aspetto ubertoso, floreale, di vuota cerimonia. Anna abbracciò il tutto con uno sguardo ammirato e si sentì felice di aver intrapreso quell'avventura; anche nell'ipotesi che i suoi studi non avessero trovato fondamento, era certa che avrebbe vissuto una bellissima esperienza. Quella sensazione l'accompagnò fino al giorno dopo, e le sembrò un perfetto viatico, un incoraggiamento a perseguire con tutte le energie il risultato che si era prefissa.
Ne parlò quella sera seduta al tavolo prenotato da Ludovico in un ristorante che conoscevano entrambi.

- Frequentavamo lo stesso locale e non ci siamo mai incontrati -

- E' vero. O forse ci siamo scorti e non ne abbiamo memoria. -

- Mi ha fatto molto piacere che tu abbia accettato di cenare venire. Spero che non sia un incomodo per te visto che domani mattina ti dovrai alzare presto . -

- Sopravviverò, e comunque avevo voglia di distrarmi; gli ultimi giorni sono stati impegnativi e più che di sonno ho bisogno di rilassarmi. -

- Allora è tutto pronto ? Tutto organizzato ? -

- Si certo. La dottoressa Lusi è molto brava e sono sicura che lavoreremo bene insieme. -

- Ti sei fatta un'idea in merito a quello che potresti trovare ? -

- Ho qualche ipotesi. Diciamo che spero di trovare una traccia

abbastanza chiara che mi permetta di ricostruire la storia del buon Giovanni Teodoro Presel. -
– Si chiamava così ? -
– Si, il suo nome è noto da sempre. Ed in buona parte anche la sua vita; sappiamo che viaggiò molto per lavoro, visitando spesso il nord Europa, sia per incontrare i suoi clienti che per reperire i migliori artigiani. Condusse una vita molto interessante e movimentata. Aveva due figli e la sua consorte dovette attenderlo spesso e a lungo accanto al focolare. -
– Inoltre, a quei tempi, qualsiasi viaggio durava un'eternità. -
– Eh già, con buona pace dei marinai che si affaccendavano intorno alle vele ! -
– Oh si certo !- Ludovico rise imbarazzato a quella battuta - Scusami, ti ho annoiata con tutte quelle descrizioni al museo. -
– Ma no figurati ! Le ho trovate davvero interessanti. -
– Dici sul serio ? Ti assicuro che non mi offendo, si tratta di una materia un po' noiosa per chi non ha la mia fissazione per le barche . -
– Non è una fissazione, è un vero interesse. E comunque ti assicuro che mi ha fatto piacere ascoltarti. -

Ludovico fu molto felice di sentire quelle parole e le prese come un incoraggiamento; era una serata magnifica e tutto era perfetto. Non avrebbe scambiato quei momenti con niente al mondo. Si lasciò vincere da un senso di sicurezza, da un coraggio che lo confortava. Spostò il piccolo candelabro che illuminava il tavolo ed il volto bellissimo di lei; si sporse un po' appoggiando i gomiti e tornò a chiedere – Cosa troverai ? -

– Sono certa che troverò una storia bellissima .-

Lo disse con una voce diversa, più morbida, più bassa. La sua bocca si era fatta lenta, quasi indolente nel parlare, e gli occhi si abbassarono a fissare la sua mano distesa sul tavolo che giocava con lo stelo del bicchiere. La guardò anche Ludovico e desiderò chiuderla nella sua ma stimò che fosse un'impresa troppo audace. Questo pensiero lo ferì e lo fece indietreggiare. Senza mai distogliere lo sguardo da quello di lei assunse una posizione più compita, portando i gomiti lungo i fianchi e sorridendo amabilmente. Anna rimase invece in quella posizione, quasi volesse mantenere il punto, come se intendesse sottolineare che se era arrivata a tanto lo aveva fatto per convinzione e che era necessaria altrettanta decisione per tenerle testa. A questo punto Ludovico non poteva tornare nella posa di prima, vedeva quella ripetizione come un gesto scomposto, che rivelava un chiaro imbarazzo. Per un attimo immaginò suo fratello seduto allo stesso tavolo, alle prese con un sorriso fuori luogo da tenere stretto nelle labbra e pensò che se fosse stato davvero lì tutto sarebbe finito in una disfatta umiliante: non avrebbe potuto sopportare la tensione di quella cena e lo scoraggiamento provocato dallo scherno del fratello. Si consolò che almeno uno dei mali non lo opprimesse. Passò ancora un attimo, che lo confuse ulteriormente, poi arrivò il cameriere a salvarlo. Il menù e la carta dei vini. Entrambi si rilassarono scambiandosi domande sui piatti, sui bianchi da abbinare, e ritrovarono quella cifra di umori che più li avvicinava. Lui pensò che sarebbe avvenuto tutto in modo naturale, nella stessa maniera in cui le loro voci si erano incontrate legandoli con discorsi interessanti ed interminabili. Ma sarebbe avvenuto qualcosa ? Scacciò via questa domanda come una mosca e si gettò nell'immediato, negli accenti di lei, nel suo fare scherzoso e misurato. Avrebbero cenato, bevuto qualcosa in un bel locale; poi l'avrebbe accompagnata a casa, senza nessun vero proposito, fuggendo qualsiasi ardimento. Tutto si faceva dolce, semplice, ogni suo atto scivolava facile e ne era soddisfatto; si sentiva appropriato, felicemente ritrovato in quella occasione unica, davanti a quella donna colta e raffinata che si abbandonava in lui con la leggerezza che nessuno gli aveva mai insegnato. Imparò ogni cosa, cambiò il battito del cuore mille volte, si concesse ad ogni novità, infranse tutte le regole che lo avevano avvinto e senza più pensare a quanto distruggeva in sé sperperò ogni timore. Si era innamorato a dispetto di ogni paura, di qualsiasi ipotetico e futuro rifiuto. Sembrava che Anna sapesse tutto e che volesse incamminarlo assicurandogli il suo appoggio, la sua presenza incondizionata. Questa sensazione la fece ancora più bella, e di minuto in minuto il suo sfolgorare aumentò e la trasfigurò elevandola ben al di sopra di quella figura elegante che aveva conosciuto al museo. Si meravigliò di come non avesse saputo coglierla pienamente al primo momento e di quante titubanze lo avevano inutilmente trattenuto. Ora, e soltanto ora, si sentiva compiuto, libero nelle sue sensazioni, cosciente in pieno di quanto sapeva e poteva trovare. Si convinse che aveva accanto a sé una donna unica, capace di risvegliarlo così repentinamente e con tanta, sicura dolcezza. E giurò a se stesso di non avere più dubbi.

La mattina seguente il cielo si ruppe in pioggia, ed il laboratorio al museo perse la luce benigna che lo aveva rallegrato durante i preparativi. La dottoressa chiuse il suo ombrello nell'androne e lo consegnò al custode che le era corso incontro. Tolse l'impermeabile leggero e lo lasciò sgocciolare sull'attaccapanni disponibile nella prima stanzetta a destra dell'ingresso, vicino a quello che Anna aveva posto quasi contemporaneamente e incontrandosi con lei in un sorriso di saluto un po' amaro. Tutte le luci del museo erano accese e il cielo grigio si ritagliava nelle finestre facendosi vincere dalla luminosità artificiale dei neon. Le due donne avanzarono parallelamente nel corridoio e raggiunsero in breve la stanza di lavoro. Il direttore le attendeva per dar loro il buongiorno.

– Non fatevi avvilire da queste nuvole ! - disse bonariamente. L'illuminazione riverberava nelle varie sale, sostituendosi al sole, e le rendeva larvali sottolineando le offese che gli anni avevano arrecato a quei muri. Se in una giornata di bel tempo anche la crepa più evidente si poteva impastare in un colpo d'occhio ricco di colori caldi e benigni, diventando la ruga espressiva in un viso carismatico, in quell'atmosfera raffreddata, invece, tutto si mostrava finemente spigoloso, tagliente. Le pareti erano impietosamente ombreggiate da un chiaroscuro debole eppure incisivo, e dove l'intonaco aveva ceduto la sua interezza, campeggiava una ferita aperta, senza sangue, sterile eppure evocativa di un dolore piccolo ed insistente, come un taglio sotto l'unghia. Anna ricordò che la stessa luce smistava le aule nella sua scuola elementare, quando percorreva l'alto corridoio insieme agli altri compagni incolonnati. Ogni anno l'estate l'abbandonava sul portone d'ingresso, lasciandola ai doveri dell'istruzione, e questo si sommava alla malinconia che le provocava il pensiero di nove mesi di studio, applicazione forzata, voci monotone di maestri. Anche quella mattina era buia e spettrale, e si immaginò altre bambine sedute ai banchi, costrette a salire il primo gradino di una pazienza interminabile che si sarebbe conclusa in laurea. In ogni caso, tutto

era passato, ogni cosa si era concessa a trascorrere e davanti a lei, nel momento più prossimo, si stava per aprire un libro pieno di sorprese. Questo pensiero la ridestò, infondendole una carica di gioiosa volontà; guardò con intensità la dottoressa Lusi che le era accanto, e si avviò insieme a lei nella sala del piccolo veliero.
Il custode le raggiunse immediatamente insieme ai due aiutanti; aveva con sé la chiave della bacheca. Quando il vetro venne aperto esalò il caratteristico odore di cosa antica, a lungo confinata, e ritornò a respirare espellendo quel sorso d'aria avvizzita che aveva trattenuto per tanti anni. Il libro fu deposto su un carrello e trasferito nel laboratorio di consultazione. La dottoressa seguì tranquilla gli spostamenti.
Furono sistemati gli utensili per la sfogliatura delle pagine, le luci, i taccuini, le lenti; ed infine le due donne furono lasciate sole con il volume.
Erano le nove e mezza del mattino, la pioggia scorreva senza sosta sulle finestre della stanza; il cielo, soverchiato dalle nuvole, lasciava che la luce rimanente ombreggiasse debolmente i fianchi del veliero. Ludovico, accendeva la lampada da tavolo, mentre il pc caricava la sua coscienza ostentando il piccolo cerchio azzurro al centro del video. Pochi istanti, ed il quadro si sarebbe popolato di linee ordinate, fogli di progetto, calcoli che si sovrapponevano uno sull'altro. Il telefonò squillò più volte e al suo interno si accesero voci diverse. Era una giornata come tante, bisognava lavorare, la gamba non faceva più tanto male ed iniziava a rispondere sempre meglio ai suoi obblighi di locomozione. Decise di immergersi in tutta quell'attività, discusse con i suoi soci i particolari del lavoro che stava seguendo, consultò internet, cercò indirizzi, paragonò informazioni, sfruttò le ottimizzazioni di autocad, testò l'elasticità del ginocchio vagando da una sedia all'altra, ed infine, quando riuscì nell'impresa di spendere l'intera giornata, si abbandonò al suono del cellulare, che suonava libero. Non ebbe comunque risposta, malgrado la buona volontà che aveva profuso fin dal mattino. Anna non apriva la comunicazione, non gli regalava la voce che tanto desiderava. Certo, era stata senz'altro una giornata importante e, molto probabilmente, per lei non era ancora terminata. La immaginò immersa nello studio del manoscritto, mentre il suo telefono, opportunamente allontanato, contava diverse chiamate prive di risposta. Pensò di correre subito

da lei, ma quella voglia improvvisa venne mortificata da un doloroso senso della misura che risolse tutto in desiderio impossibile. Sarebbe stato molto meglio non mostrarsi invadenti, specialmente in quel frangente; l'idea però che ella fosse del tutto dedita a qualcosa di diverso da lui lo trafisse senza pietà.
Tardò l'uscita dallo studio, temporeggiando su internet, tanto per avere una scusa agli occhi dei suoi collaboratori che si congedarono quasi all'unisono e che gli chiesero come mai si volesse attardare ancora dopo una giornata di lavoro così intensa. Ormai il tramonto stemperava nella sera e la sua attesa si faceva sempre più odiosa; si risolse a chiamare di nuovo. Niente.
E fu così anche quaranta minuti dopo, quando, ormai sul divano di casa, rinviò più volte il desinare per inappetenza, inconciliabile agitazione, mancanza di interesse per qualsiasi cosa. Il letto gli sembrò un piatto di pietra e faticò ad affidarsi al sonno, anch'esso introvabile, per quella sera.

Il mattino successivo si svegliò con la sensazione che i suoi occhi non avessero riposato, che si fossero agitati tutta la notte come pesci nella loro boccia. Questo sentore perse ben presto la sua patina di sogno e si trasformò in un comunissimo mal di testa. Seguirono le operazioni abitudinarie quali la doccia, la colazione, inframezzate dalla voce fastidiosamente sostenuta e martellante del notiziario. Il giornalista stava giusto riassumendo gli ultimi servizi rendendoli incomprensibili con la sua esposizione manierata, quando la tazza di tè bollente andò a schiantarsi contro il muro davanti a Ludovico. Un accesso di rabbia, suscitato da quella cantilena senza grammatica, lo coinvolse inaspettatamente, e non avrebbe risparmiato il televisore se il telefono non avesse iniziato a squillare in soccorso mostrando sul display il numero di Anna. Seguì un repentino sforzo per ricomporsi ed accomodare la voce, quindi, il saluto di buongiorno che produsse con un'espressione mista tra l'assonnato e il vagamente incuriosito per quella chiamata di buon'ora.

- Ciao ! Come stai ? Scusami, ho visto la tua chiamata solo a tarda ora e non sapevo se telefonarti. -

- Ma figurati, ho immaginato subito che fossi impegnata. -
- Sì, è stata una giornata intensa. E poi, immaginerai facilmente che la voglia di raccogliere subito notizie interessanti ci ha impedito di lasciare ad un'ora normale.-

Ludovico provò un senso di rabbia, pensò che quella ragazza l'aveva dimenticato per un giorno intero, mentre lui l'aveva pensata senza sosta, pur non tralasciando alcuna attività. Gli sembrò che il suo doppio impegno non fosse stato ricambiato.

Si affrettò però a rispondere cordialmente, cercando di non tradire il suo disappunto.

- Sì certo, immaginavo che sarebbe stata una giornata particolare. Ti avevo chiamata perché ero curioso di sapere come stava andando. -
- Direi davvero bene, la dottoressa mi sta aiutando molto ed il manoscritto si rivela leggibile quasi in tutto. Il lavoro si prospetta arduo, ma molto interessante.
- Non poteva che essere così. -
- Sì infatti. Comunque, stavo pensando....perché non ci vediamo oggi ? A pranzo ? -

Questa richiesta gettò acqua sul fuoco e Ludovico si sentì sollevato. Si gustò, tuttavia, un attimo in più per darle risposta, intonando nel cellulare un suono lungo e monotono che significava un'attenta valutazione dell'offerta. Da lì a poco crollò e rispose – Sì, volentieri, oggi posso gestire le cose come voglio.

- Bene, a che ora vuoi fare ? -
- All'una può andare bene ? -
- Va benissimo. Giusto un'oretta perché c'è molto lavoro da fare e, prima di tutto, da organizzare. Sai... i dati da raccogliere saranno tanti e tante le cose da comparare...-

Ludovico ascoltava, se non proprio nei contenuti sicuramente nei toni, quella voce dolcissima, e ne gustava la morbidezza, il tono familiare, senza sognarsi di interromperla un attimo ed osservando il tè esploso sul muro che, in quegli istanti, stava raggiungendo il pavimento rigando la parete di marrone pallido. Si astenette dal muovere i frammenti in terra per non provocare un rumore che poi avrebbe trovato imbarazzante giustificare, e continuò a guardare la macchia fumante mentre dilagava. Dopo un po' trovò la situazione fastidiosa, considerando che il tè era già zuccherato ed immaginando

il parquet farsi appiccicoso. Raggiunse il rotolo di carta e coprì con qualche foglio la piccola pozza.
Terminata la telefonata si adoperò allegramente a risolvere il pasticcio e preparò altro tè caldo.
A pranzo ascoltò voracemente le parole di Anna e la pregò di fargli assistere a quella particolare consultazione; lei accettò di buon grado e, pochi minuti dopo, attraversarono la strada per entrare nel museo. Ludovico si sentiva ormai di casa e si presentò alla dottoressa con una certa scioltezza. Rimase ad osservare i lavori per una trentina di minuti e poi si congedò per tornare al lavoro. Chiese se sarebbe potuto tornare ad assistere e la sua richiesta fu bene accolta.
Un mese e mezzo dopo, al termine della consultazione approfondita del documento, il cognome di Ludovico risaltava tra gli appunti raccolti, scritto in due o tre forme leggermente differenti che, nel corso del tempo, si erano tutte decantate nell'attuale Panfili. Di famiglie con quel nome, nell'area triestina, non ce n'erano tante e, in qualche misura, poteva anche darsi che quelle pagine citassero un suo antenato. Non emergevano motivazioni notevoli se non la nota contabile di piccoli versamenti alla persona che rispondeva a questo cognome; il signor Prezell ,gli aveva pagato diverse prestazioni, in occasioni ricorrenti,e per un dato periodo. Insieme ad esso, avevano ricevuto la stessa cifra altri tre individui, i cui nomi erano riportati per lo stesso motivo. La curiosità delle due donne si accese immediatamente ma dovette cedere il passo al resto delle ricerche lasciando quest'ultima all'iniziativa di Ludovico il quale non mancò di rivolgersi a suo fratello, lo studioso di famiglia. Alfredo si divertì molto all'idea di farsi investigatore del proprio passato, ed entrò nella ristretta cerchia di studiosi del libro che il veliero aveva restituito dal passato. Passò molto tempo nelle biblioteche della città e nell'archivio storico, comparando tutte le fonti possibili, conducendo un lavoro minuzioso ed estenuante al pari di quello di Anna e della dottoressa Lusi. I due saperi avanzavano di pari passo, camminando su strade che divergevano progressivamente; la prima, era quella che interessava la famiglia Panfili, di limitata area geografica, gravitante intorno al territorio di Trieste e che emergeva debolmente dalle cronache locali; la seconda invece si andava strutturando sempre di più, arricchendosi di nomi e luoghi, contratti di vendita ed accordi con fornitori e artigiani che comparivano sotto le sigle di

vari paesi europei. Anna catalogava, paragonava, escludeva e andava componendo una lista che teneva a parte, come un'appendice del progetto, ma che riprendeva frequentemente, quasi fosse il vero elemento di verifica di tutto il ciclo di approfondimenti. In quel periodo si vide spesso con Ludovico, condividendo i faticosi risultati delle loro applicazioni ma anche il tempo libero, e gli istanti più emozionanti.

L'estate si era ormai consumata in buona parte, ma le strade rimanevano ancora vuote perché i villeggianti non erano ancora tornati dalle vacanze. I due non si diedero pena di aver sacrificato le proprie ferie, anzi, Ludovico le posticipò per rimanere vicino a lei ed approfittò per concludere due progetti importanti; tutto sommato, in quel periodo si lavorava meglio visto che ogni spostamento era favorito dall'assenza di traffico ed un silenzio insolito dilagava per le strade, tra i palazzi, nei giardini pubblici. Si potevano tenere le finestre aperte senza il timore che un clacson iniziasse a gridare nelle stanze, ed il canto degli uccelli era un sottofondo ormai consueto. La dottoressa Lusi continuava nel suo lavoro minuzioso, rianimando dopo secoli di silenzio le informazioni che poi travasava nel catalogo attento e metodico redatto da Anna, la quale, a sua volta, portava avanti uno sfoglio incessante di volumi e fascicoli che emergevano dagli angoli più dimenticati degli istituti di cultura di Trieste ed oltre. Dalla lettura di quegli appunti di viaggio veniva alla luce la traccia sempre più chiara di un'attività intensa ed ispirata; il suo predecessore era un uomo di multiforme cultura che aveva imparato il mondo nei salotti migliori, in dialogo con le personalità raffinate della sua epoca e con la committenza più esclusiva. Accostando i documenti già custoditi in famiglia a quelli del fascicolo scampato al mare, fu possibile stilare un elenco effettivo dei gioielli di cui disponeva il commerciante Presel intorno alla fine dell'anno 1754. A questo punto, era necessaria una cena, a quattro.

Alfredo raggiunse insieme a suo fratello la dottoressa Lusi e Anna, le quali li attendevano a casa di quest'ultima. In tale occasione poté fare la conoscenza dei suoi genitori che erano passati a bere l'aperitivo in attesa che gli amici si presentassero per andare a cena.

– Molto piacere signor Panfili, suo fratello mi ha parlato

spesso della sua dedizione all'insegnamento. -
- Piacere mio signor Presel. E' vero, amo molto il mio lavoro e i ragazzi sono per me motivo di grande soddisfazione... signora, molto fortunato di conoscerla. -
- Sono giornate ancora calde non trova ? Anna, porta qualcosa di fresco al signor Alfredo, ti ringrazio cara. -
- Signora, come sta ? -
- Caro Ludovico ! Sto bene grazie, e lei ? E' un po' che non ci vediamo !
- I soliti impegni signora; mi scuso per non essermi fatto vivo da lungo tempo . -
- Non si preoccupi, mi ha detto Anna che ha terminato un lavoro molto impegnativo. -
- Addirittura due signora ! Due yacht sui quali lavoravamo da tempo, sempre in corsa per rispettare i tempi di consegna . -
- Le hanno fatto fretta ? -
- Come sempre...e pensare che poi, una volta consegnati, rimangono a sonnecchiare attraccati ai moli per mesi perché, come immaginerà, appartengono a persone molto impegnate che hanno poco tempo per rilassarsi. -
- Ragazzi accomodatevi. -
- Oh cara Anna, che splendido buffet ! Mi ricorderò di te per il mio banchetto di nozze ! -
- Alfredo cerca di limitarti, i signori non sono abituati al tuo umorismo. -
- Ma io sì ! E comunque mamma e papà sono abbastanza sportivi per queste improvvisazioni. -
- Ma io volevo soltanto fare i complimenti per l'accoglienza ! -
- Si va bene, ti sei espresso.....scusalo Anna, lo sai com'è . -

I due fratelli continuarono il loro siparietto, per volere soprattutto di Alfredo, e per accondiscendenza di Ludovico che trovava in quell'atteggiamento informale un buon espediente per rompere il ghiaccio con i signori Presel, un grumo di formalità che non era ancora riuscito a superare malgrado i suoi tentativi in tutte le occasioni di incontro. Probabilmente Alfredo aveva intuito la situazione di stallo e , tramite la sensibilità e la sua buona educazione, cercava di fare breccia in quella coppia di maturi genitori abituati all'eleganza e

alle cortesie della società bene. Fu effettivamente una vittoria, quella del professore, che si rivelò un felice intrattenitore ed un amabile conversatore. Ludovico guardò Anna e la trovò serena, rilassata, del tutto a proprio agio; tutto si risolveva bene e annunciava una gradevole serata.
La compagnia si divise ed il tavolo prenotato per quattro persone si popolò alle venti e quarantacinque. Il cameriere prese le ordinazioni dalla voce di Ludovico e sparì ringraziando.

- Allora, Alfredo, che ci racconti ? A che punto sei ? -
- Cara Anna, la cosa è complicata: le informazioni sono tante ma, quando cerco di stringere, per me rimane poco. I nostri antenati non sono illustri come i tuoi. - detto questo Alfredo diede una spinta alla spalla del fratello che gli sedeva accanto, rischiando di fargli versare il vino che stava portando alla bocca. Ludovico lo guardò di traverso, ma poi si confrontò con le facce divertite delle signore e decise di non dare seguito al suo rimprovero.
- In questo momento ho abbandonato tutte le tracce inerenti il nostro cognome e mi sto documentando sulle attività commerciali della città nel periodo che va dall'inizio del settecento fino alla sua metà. -
- Un periodo molto intenso, come si capisce bene anche dai documenti che sto studiando. -
- Si Anna...l'iniziativa dell'imperatrice Maria Teresa, i lavori per la rimozione delle vecchie mura, la riqualificazione del porto....tutto questo diede un notevole impulso all'economia locale. La gente aveva un bel da fare e le fonti, in quel periodo, si moltiplicano. -
- La vitalità del luogo era destinata ad aumentare perché il commercio girava sempre meglio.-
- La casa asburgica cari miei....e tu ? Che notizie ci porti ? -

Anna stava per bere un sorso del suo vino ma si fermò prima di toccare con le labbra il bicchiere. Guardò la sua collaboratrice che intanto aveva assunto un'espressione molto simile alla sua.

- Allora ? Cosa sono quelle facce furbette ?- chiese Ludovico.
- Le notizie sono queste: è ora di partire. -

Ludovico rimase incredulo e un po' spaventato; Alfredo invece si mostrò impassibile e, dopo aver gettato uno sguardo al fratello tornò

a puntare i suoi occhi impertinenti su Anna.
- Dài dài ! Dicci tutto, che mio fratello già si sente male ! Mica vorrai andartene per dieci anni lasciando che questo pianga sulla mia spalla ogni giorno ! -

In effetti Ludovico dava segni di evidente turbamento e Alfredo indagò per conto suo.
- Riteniamo che la parte più consistente delle nostre ricerche sia conclusa e che, a questo punto, sia necessario dare corpo alle nostre supposizioni. -
- Cioè ? - dissero in coro i fratelli.

Anna si stava divertendo molto. - Lunedì inizieremo a contattare, tramite la fondazione, diverse famiglie che potrebbero avere, nella loro collezione, i gioielli citati nei carteggi del mio antenato. Ci aspettiamo di rintracciarne almeno una parte , diciamo il venti per cento; lo scopo è di ricomporre, il più possibile, il nucleo di quell'attività alla quale il signor Presell dedicò tante energie e che rimane, tra l'altro, l'ultima documentata. -
- Quindi, avete la lista dei preziosi, ma vi mancano i clienti. -
- Esatto. Adesso inizia una nuova ricerca. Non sappiamo bene dove arriveremo, quale sarà il risultato ma, a nostro parere, vale la pena tentare. Siamo sicuri che questo è solo l'inizio e che verremo a conoscenza di altre cose. -
- Ne sono convinto anche io ! Tu che dici Ludovico ? -
- Senz'altro.... -
- Sì va bene, continuo io. Scusate ma mio fratello è un po' turbato per questa notizia. Avanti ! Diciamola tutta così sappiamo come stanno le cose. -
- Va da sé che, quando riceveremo risposta dalle persone contattate, sarà necessario fare qualche viaggio per andare a visionare i gioielli. -
- Eh sì, immagino che non tutti saranno così cordiali da portare nelle vostre mani i loro preziosi. E poi....non sarebbe molto prudente viaggiare con le tasche piene di diamanti ! -
- Inizialmente andranno bene delle documentazioni fotografiche, dei certificati storici, delle perizie.....ma sicuramente sarà opportuno, in certi casi, raggiungere i pezzi in questione. -
- Vedi caro fratello ? Non è poi così grave la cosa ! Il futuro

si dipinge molto meno nero di quanto credevi ! E alla fine, tutto questo lavoro a cosa porterà ? -
- Faremo una mostra che riunirà tutti i gioielli dimostrati come appartenenti a quell'antica collezione. -
- Una bella iniziativa ! Una faccenda culturale, e una bella pubblicità per l'azienda di famiglia ! -
- Ma non riesci a dire le cose diversamente ? -
- Si potrei...ma ...-
- Infatti si tratterà anche di promozione, perché negarlo. Questo è il mondo dei Presel .-
- Avete già qualche indirizzo ? -
- Sono i recapiti di famiglie italiane ed europee, prevalentemente collegate al commercio di gioielli, al collezionismo, alle raccolte d'arte. Inizieremo a seminare un po' ovunque, chiedendo prevalentemente informazioni da incrociare. Non sarà facile arrivare all'obiettivo ma se ci rivolgiamo alle persone giuste siamo sicuri che avranno modo di aiutarci e di condividere informazioni importanti. -
- Davvero una bella avventura. Però, accidenti, mi fate sentire un insetto, paragonato alle vostre vedute ! Io me ne starò nelle stanzette degli archivi comunali, a rintracciare la storiella della nostra famiglia sconosciuta ,mentre voi vivrete le cronache fiabesche di antiche casate! Un insetto, davvero un insetto ! -
- Che sarebbe il modo migliore di appellarti ! - disse Ludovico ricevendo la pietanza che aveva ordinato.
- Può accadere di tutto caro Alfredo, l'avventura ha inizio. Anzi, ha avuto inizio quando abbiamo aperto la teca nella sala del piccolo veliero. -

Ludovico cercò gli occhi di Anna, e li trovò.

In ottobre il freddo è ancora giovane ed il suo morso non affonda fino alle ossa; è più una questione di pelle, di mani da tenere in tasca senza ricorrere ai guanti. Basta una sciarpa poco stretta per passeggiare nei viali ancora gremiti di passanti. Niente a che vedere con i pomeriggi di ghiaccio che spopolano le strade, quando i pochi sfortunati che devono raggiungere a piedi la loro meta si imbattono negli insulti di un vento inclemente. In quei casi si ha la sensazione vera del freddo perché ogni cosa si rattrappisce, scricchiola come la carta, si secca in uno scheletro minimo, incapace di movimenti. Le persone sembrano dei nodi stretti con forza, e il loro cammino ondeggia su passi nervosi, ogni movenza è insieme il tentativo di scaldare e risparmiarsi. Anna si perdeva tra quelle figure, più stretta ancora nelle braccia, e gli occhi le saltellavano sopra la sciarpa invasi da lacrime allegre. Il suo viso era rosato, come una caramella. La lettera era stata spedita in ottobre, e la risposta le era giunta quella mattina. Ludovico la raggiunse correndole incontro, anch'egli arrossato e con una voce socchiusa tra le fessure del raffreddore. Aveva fatto in fretta, il più possibile, sapendo che lei lo attendeva all'aperto per farsi trovare, sperando che il gelo di quei giorni non le fosse causa di un malanno.

- – Vieni, entriamo qui. -
- – Mamma mia, si gela ! -
- – Ero così in pena ! Mi dispiace di aver ritardato. Allora, quali nuove ? -
- – Ho ricevuto una lettera da una signora di Milano, dice di avere un gioiello attribuibile alla collezione Presel. -
- – Che ne pensi ? -
- – Le ho chiesto se era possibile per lei mandarmi delle foto e ha detto che avrebbe provveduto a scattarne di nuove; intanto, mi inviava la copia di una vecchia foto di famiglia, dove si vede sua madre che indossa il gioiello. Si tratta di uno zaffiro molto bello. -
- – Pensi che potrebbe appartenere alla collezione ? -
- – Ci sono ottime probabilità . -
- – Come fai a saperlo ? -
- – Mestiere ! -
- – No dài dico sul serio ! Mi parlasti di una signora che ne possiede uno rispondente alle caratteristiche che cerchi . -
- – Ti dissi anche che aveva dei documenti che ne attestavano la provenienza. -
- – Va bene, ma questa volta ? Questo zaffiro cos'altro ha che lo fa rientrare nella tua caccia ? A volte mi dài la sensazione che le tue mosse siano un po' troppo ispirate. Insomma,

voglio dire, ne è passato di tempo da quando il tuo avo si è messo a collezionare belle pietre e adesso cosa si può mai ricostruire ? -

Queste parole suonarono alle orecchie di Anna come una precisa indicazione; ormai conosceva bene Ludovico, e sapeva quanto fosse innamorato di lei. Da quando avevano iniziato a frequentarsi si era accorta, più di una volta, che quella situazione non era l'ideale per lui e che i suoi impegni l'assorbivano così tanto da creare un'immagine di sé non proprio aderente alla realtà; lei non era così disattenta ai sentimenti ma di certo quell'impegno aveva rarefatto il loro rapporto. Ludovico aveva saputo farsi da parte più volte, tenendo a freno l'entusiasmo per quella storia appena iniziata, eppure la sofferenza si era affacciata più volte dietro i suoi occhi . Quel breve sfogo, poco calzante con l'argomento di cui discutevano, segnò un limite che lei non volle superare. Prese il viso di Ludovico tra le mani e con le dita gli chiuse gli occhi. Poi disse, con voce piana e appena soffiata – Stai calmo tesoro, adesso ti dico una cosa. -

Gli lasciò le palpebre ed aspettò il suo sguardo. Quando tornarono a fissarsi, riprese a parlare.

– Ti propongo una bella passeggiata. -
– Con questa temperatura ? -
– Una passeggiata fino al parcheggio. Hai lasciato la macchina al parcheggio sotterraneo no ? -
– Sì. E dove andiamo ? -
– A casa dei miei genitori. -
– Che c'entrano loro adesso ? -
– Ti voglio far vedere una cosa. Andiamo ? -
– No aspettami qui, passo davanti al caffè e poi sali, così non prendi freddo. -
– Va bene, ti aspetto qui allora. -

Si alzò, si diresse alla cassa per pagare le consumazioni e poi sistemò la sciarpa intorno al collo, fissando Anna che gli sorrideva dal tavolino. Nel giro di pochi minuti apparve sui vetri appannati del locale, con una sagoma incerta animata da due fanali. Raggiunsero l'abitazione dei genitori che però non erano in casa.

– Dove sono i tuoi ? -
– Tornano fra quattro giorni, sono in giro per lavoro, amicizie, contatti...-

- Capisco. -
- Vieni. -

Entrarono in una stanza nella quale Ludovico non era mai stato. Era un ambiente ben rifinito, eppure spoglio. Le pareti avevano un colore caldo e delicato, a terra c'era una moquette morbida e silenziosa, ma il fatto che non ci fossero finestre la rendeva un po' inquietante. Si trattava di un vano ricavato al centro degli altri ambienti e per accedervi bisognava aprire una porta più pesante delle altre. Dopo che Anna ebbe acceso la luce, al vago odore di chiuso si sostituì una vista abbagliante; si trovavano nella cassaforte di famiglia.

- Accidenti ! Che meraviglia ! -
- Ben venuto nel deposito di zio Paperone ! -
- Credevo che le casseforti fossero degli armadi di ferro e acciaio con una grande maniglia sullo sportello, ed invece, scopro soltanto ora che si possono costruire in muratura ! -
- Già. - Si girò verso di lui e gli circondò il collo con le braccia.
- Non ti ho mai portato qui perché converrai con me che si tratta di un luogo particolare. -
- Senza dubbio. -
- I miei non sarebbero molto d'accordo.....sai, qui c'è la parte migliore delle sostanze della nostra famiglia . -
- Certo certo, capisco ! Anzi, mi trovo un po' in imbarazzo. -
- Aspetta solo un attimo, usciamo subito, ma prima devi vedere una cosa. -

Lo portò davanti ad un oggetto interamente realizzato in argento. Era una specie di piccolo scudo che aveva al suo interno quattro leoni lavorati a sbalzo. Uno di essi tratteneva con le zampe un diamante, gli altri sembravano privati di pietre molto simili ed al loro posto c'era un vuoto.

- Vedi le zampe di quei leoni ? Si capisce facilmente che erano decorate con dei diamanti identici a quello, vero ? -
- Vorresti dirmi che il diamante posseduto da quella signora è uno di quelli mancanti ? -
- Sì, è sicuramente uno di loro. -
- Adesso la questione si fa più chiara. -
- Vieni, usciamo. -

Si sedettero sul sofà; la casa era silenziosissima, la stessa assenza di rumori che riempiva la stanza dei tesori caratterizzava l'intera

dimora. La voce di Anna si poteva gustare in tutta la sua bellezza.
- La mia ricerca si basa su quel gioiello perché la sua ricostruzione è lo scopo della ricerca stessa. Scusami se non te ne ho parlato prima ma si tratta di un pezzo molto particolare. -
- Direi anche io ! E' un blocco d'argento del mille e settecento ! Allora non abbiamo una collezione di pietre qualsiasi, state cercando di ricostruirlo. -
- Sì è esatto . -
- Di che tipo di gioiello parliamo ? Era da indossare ? -
- Ma figurati ! Troppo grande per essere indossato. Sarebbe stato davvero un oggetto di cattivo gusto ! No non crediamo che fosse un gioiello ad uso personale; forse una parte di decorazione, magari sopra la cornice di un quadro molto importante. -
- Non ne sapete molto,quindi. -
- No, anzi, quasi niente. Le sole cose che fino ad ora siamo riusciti ad appurare sono che esiste un altro diamante e che il libro conservato nel museo ne riporta traccia. -
- Ma perché non lo avete mai consultato prima ? -
- Me lo hai già chiesto, e come ti dissi, non avevamo mai considerato l'ipotesi che su quelle pagine ci fossero tracce di questo gioiello. Hai visto quanta fatica per riuscire a sfogliarlo ? Abbiamo iniziato a soppesare la possibilità di aprirlo quando ci è giunta notizia dell'altro diamante, che credevamo disperso per sempre, ed è stata quella signora a suggerirci l'idea che esistessero appunti di lavorazione inerenti, ovvero il diario di quel remoto commerciante. Fu lei a dirci che aveva dei documenti e che gli stessi si riferivano ad altri. Tra le nostre carte non abbiamo trovato più di tanto e allora ci siamo decisi a mettere le mani sul diario del veliero. -
- E si è rivelata una bella pensata, vero ? -
- Proprio così. Avevamo la soluzione a portata di mano, da sempre, e non ce ne accorgevamo ! Anche se, devo dire, per ora non è una vera e propria soluzione, però è la migliore indicazione che abbiamo per arrivarci. In quel manoscritto sono riportati tutti i pezzi che andrebbero a completare il

nostro scudo. Certo, non ci sono descrizioni particolari, ma sono riportati nomi molto suggestivi che elencano le varie pietre da cercare. -
- E' già un primo passo importante . -
- La cosa strana è che vengono citate molte pietre, troppe, per quelle che potrebbero essere state incastonate in quell'argento. Ma forse, non conoscendone la forma, non immaginiamo nemmeno il disegno integrale di tutto il gioiello. Questa ricerca si è rivelata ancora più complessa di quanto credessimo, ma anche più creativa. -
- Un compito davvero difficile. -
- Sì. Ci stiamo avvalendo della consulenza di diversi esperti ed artisti del gioiello che ci possono aiutare ad ipotizzare uno schema di ricomposizione plausibile. A parte i leoni che hanno le zampe private delle loro pietre, è evidente che anche le orbite dei loro occhi dovevano contenere qualche minerale. Inoltre, sul perimetro dello scudo si aprono dei punti che sembrerebbero il castone per altri preziosi, anche se, a dire il vero, la loro forma è piuttosto irregolare, direi mal rifinita e..... oh scusami ! Sto diventando noiosa ! -

Ludovico le sorrise – sei sempre piena di sorprese tu ! -

- E ne ho ancora ! Non sei ancora stanco ? -
- Come potrei ? -
- Ok ! Allora ti leggo la lista delle pietre misteriose ! Ti va ? -
- Certo che mi va ! Ma quando me le racconti tutte queste cose ? Ok, scusami, sono affari di famiglia, capisco. -
- Finiscila e senti qui ! -

Si alzò e raggiunse la borsa che aveva lasciato nell'ingresso. Al suo interno c'era il taccuino che portava con sé il giorno che si conobbero.

- Ascolta bene. Quattro Diamanti di taglio medesimo. La perla della Ballerina Bianca. Lo Zaffiro del Mare. Il Diamante di Primavera. I Leoni. Piccoli Diamanti. -
- Sono dei nomi affascinanti. Dici che si riferiscano tutti a quelle pietre ? -
- Si, ne siamo sicuri. Abbiamo ipotizzato la loro forma, le dimensioni, ed abbiamo iniziato la ricerca scrivendo alle persone di cui ti dicevo e ai vari addetti ai lavori. -
- Ci sono novità ? Quella signora di Milano ? -

– Si infatti. Sembra che sia in possesso di un pezzo che farebbe davvero al caso nostro. Vista la vicinanza non starei neanche ad aspettare che mi invii altre foto, vorrei andare a vedere di persona. -
– E quando ci vorresti andare ? -
– A breve, a brevissimo. Mi accompagneresti ? -
– Con molto piacere. La prossima settimana va bene ? -
– Facciamo questo week end ! -
– E sia ! -
– Un bel giretto…e poi ci mettiamo poco, no ? -

Si abbracciarono e rimasero stretti l'una all'altro per lungo tempo. Ludovico era felice, si sentiva ormai nel mondo della donna che amava; quel breve viaggio lo consolava di tutte le tensioni che aveva vissuto, di quella odiosa gelosia e senso di possesso che non mancava mai di rimproverarsi. Chissà cosa pensava quella bellissima ragazza e perché mai fosse così difficile sapere il suo cuore . Anna si rivelava a poco a poco, quasi fosse necessario conquistare i suoi segreti con la calma e la pazienza dell'animo forte. Si sentiva un essere elementare,accanto a lei, una persona con una sola strada nell'animo, facile da intuire e da imboccare, mentre la donna che stringeva a sé era un dedalo di pensieri impossibile da imparare. Ogni volta si perdeva in esso e rimaneva per giorni chiuso in un angolo, senza indovinare una svolta che lo portasse nella direzione risolutiva ; poi, arrivava sempre lei, con nuove parole, a distoglierlo da quel vicolo. Forse era questione di tempo, Anna avrebbe parlato ancora di sé, e lui sarebbe stato attento a non ripetere quel poco che aveva da dire. Per quella sera, contò le sue frasi, perché bastassero a quell'abbraccio. Non si sciolsero da quel nodo caldo per un tempo indefinito, parlandosi sotto voce, regalandosi parole che il silenzio non ha mai tradito.

Tornarono da Milano, avevano trovato il Diamante di Primavera.
Una signora, piuttosto anziana, li aveva ricevuti nella sua casa che sorgeva in una zona centrale. Il palazzo in cui abitava era molto bello, colorato di un rosso consumato dalle intemperie e dall'aria densa di fumi. Davanti a questo si ergeva una fila di edifici in tutto simili, databili intorno all'inizio dell'ottocento. Erano separati da

piccole strade, dove transitavano solo le auto dei residenti. Ludovico ed Anna si erano affacciati dalle finestre della contessa e avevano notato la vicinanza dei palazzi davanti, eppure, non si aveva un senso di invadenza, anzi, c'era un'aria di riservatezza tra tutte le case. Un senso delle proporzioni, della giusta disposizione architettonica, assicurava la perfetta intimità di quegli ambienti nei quali sarebbe stato facile spiare. Benché le finestre non adottassero nessun tendaggio, un'ombra gelosa scoraggiava qualsiasi indagatore, e quell'oscurità era ottenuta dal taglio irregolare dei vani, secondo una regola ormai dimenticata, che faceva fuggire le pareti stringendole in corridoi appartati, in porzioni inaspettatamente angolate dove trovavano disposizione piccoli arredi d'epoca, salottini ricavati con un gusto d'altri tempi. Il tramonto precoce non impedì l'incanto di quella discrezione e i vetri si riempirono di lucine elettriche che non mostrarono molto di più del loro pallore colore arancio.

La contessa sedeva accanto a loro, su di una poltrona piccola come era lei; il vecchio divano sul quale si erano accomodati era anch'esso minuto e sembrava faticare nel sostenere la loro presenza, lasciando sfuggire il lamento delle vecchie molle. La donna parlava con voce frusciante, ascoltarla era come udire un rumore, piuttosto che una voce. Comunque le sue intonazioni non difettavano in nulla, soltanto, sembravano trasposte nello spartito meglio raggiungibile per la sua gola affaticata. Dopo aver accolto come si conviene i suoi ospiti li lasciò soli per qualche istante, annunciando che sarebbe andata a prendere il diamante. Anna e Ludovico si scambiarono qualche parola sottovoce, condizionati dalla tranquillità dell'ambiente che era rotta soltanto dal suono continuo e uguale del traffico cittadino, attutito dai corridoi che i palazzi di quella zona riservata componevano ritagliandosi un angolo di città privilegiato. I motori lontani avevano qualcosa di piacevole, così attutiti, ed in qualche modo, si poteva immaginarli meno invadenti di quanto lo erano state le ruote delle carrozze che una volta congestionavano quei vicoli. Chissà se quella signora le aveva viste?

Finalmente apparve il diamante che la contessa posò sul tavolino davanti al divano. Non era incastonato: nudo e semplice nel suo taglio perfetto, colore della terra, spento come un sasso di fiume. Il lavoro dell'artigiano era eccellente. Apparteneva alla famiglia fin dalla fine del mille e settecento, quando, un loro antenato, ne era

entrato in possesso e aveva deciso di conservarlo così come gli era stato venduto. Non divenne mai parte di un gioiello; solo ed unico, libero da qualsiasi castone che ne potesse limitare la brillantezza.
Avvenne che la figlia più grande del conte raggiungesse l'età da marito e che diversi giovani di buona famiglia si proponessero quali futuri sposi. Ma si era d'inverno, e quando parlarono di dote fu proposto il diamante. Il padre del giovane rimase offeso da questa offerta vedendo paragonate le sue ricchezze ad una volgare pietra, ed a nulla valsero le assicurazioni del conte che, appena giunta la primavera, quel diamante sarebbe tornare a brillare di una luce bellissima. Il matrimonio venne annullato e la povera ragazza, insieme ai suoi cari, ebbe fama di essere disonesta e ingannatrice. Nella buona società si parlò a lungo di quella proposta inusitata e anche le altre sorelle ebbero poca fortuna in amore. Odiarono quel diamante, si scagliarono contro di esso, e dopo tante aggressioni fu lasciato alla sua pace di cosa inanimata. Ad ogni primavera tornò a splendere ,annunciò il caldo insieme alle rondini e fu sempre nascosto alle altre persone. Divenne il segreto della famiglia, i bambini furono istruiti a rispettarlo ed impararono a mentire, a proteggere, con un falso viso, quella cosa da non dire. Tutti i gioielli di famiglia erano chiusi nella cassaforte, la contessa ne nascondeva le chiavi, ma non si preoccupava di lasciare libero il diamante, che vagava per la casa, di mobile in mobile, come in quel pomeriggio, che faceva freddo. Lo ripose dentro una vetrina e tornò dai suoi ospiti; Anna le parlò della mostra che voleva organizzare e lei si disse d'accordo, avrebbe prestato il suo diamante.
Quando si congedarono , sulla porta di casa, li fermò chiamandoli nel momento in cui sparivano nelle scale, e disse soffiando nella voce
– Ah ! Mi raccomando, fate la mostra ...-

  – Si contessa, in primavera. - la interruppe Anna, sorridendo.

Le tasche ingrossate dalle mani, come se avesse portato con sé dei mucchi di terra così pesanti quasi da stracciarne il tessuto. Si intuiva che non era abituato ad indossare i vestiti puliti dei giorni festivi, ed infatti, li stropicciava con le sue movenze energiche, camminando a grandi passi ed agitando le spalle. Volle appartarsi con il notaio in un angolo della strada che avesse, a sua sensazione, abbastanza ombra da confonderli in essa. I suoi gesti si fecero ancora più ingombranti paragonati a quelli del suo interlocutore il quale, pur avendo una mole pari al doppio della sua per una considerevole obesità, sapeva far fluire gli arti con mestiere, rendendoli morbidi e discreti.

L'incontro durò pochi istanti, si separarono velocemente nelle direzioni contrarie. L'uomo impacciato, sottile nei suoi vestiti mal tagliati e semi nuovi ,era stato incaricato dal signor Presel di riservargli certi rubini tenuti nascosti al padrone della cava. Lavorava sotto di esso da molti anni ma all'occasione di quella ruberia non aveva saputo resistere. Le sue ossa si erano sciupate nelle grotte, così come la vista, e non aveva più le forze di un tempo per essere sicuro di potersi procurare la vita come da ragazzo. Non sapeva quanto avrebbe continuato in quel duro lavoro e l'offerta del gioielliere brillò ai suoi occhi più di qualsiasi altra pietra preziosa. Gli era stato detto di farsi trovare la domenica in quella via e che il notaio lo avrebbe incontrato verso mezzogiorno. Si raccomandava la massima riservatezza; il pagamento sarebbe avvenuto contestualmente.

Camminava spedito verso casa, animando nervosamente le gambe, con gli occhi fissi sui piedi, sperando di non dover salutare nessuno per paura di rivelare in qualche gesto l'eccitazione che lo invadeva. Sentiva il respiro gorgogliare e tratteneva la voce che sembrava volergli zampillare dalle labbra. Sicuramente sua moglie lo attendeva ansiosamente, vagando per la casa come un soffio di vento, affacciandosi alla finestra, sedendosi sull'orlo dello sgabello e dividendo ogni minuto in tante piccolissime parti. Con quel denaro avrebbero avuto di che vivere in tutta tranquillità e la vecchiaia non sembrava più così spaventosa. Inoltre, aveva fatto tutto da solo, e non doveva spartire con nessuno. Tutti quegli anni nella cava erano serviti a qualcosa e la sua esperienza aveva reso possibile quel furto sacrosanto; i rubini erano rimasti nascosti in un anfratto nero che solo lui conosceva, freddo e lontano come il cielo della notte più buia. Anni e anni a scovare le pieghe della pietra, a spalare nei suoi intestini ricordandone i tratti più duri, quelli che brillavano al raggio della lanterna. Era riuscito ad estrarre quattro rubini in più,ancora incolti, irriconoscibili per chi non se ne intendeva, e li aveva conficcati in una gola stretta come un ago, fino in fondo dove arrivava il braccio. I compagni non si erano accorti di nulla, e quando il gioielliere gli aveva fatto sapere che avrebbe mandato a ritirare, aveva nascosto le pietre nelle scarpe e le aveva portate alla luce.

Dopo una vita trascorsa sotto terra, poteva finalmente tornare a vedere il giorno, tra la gente che sentiva il sole sul viso. Quando era entrato nella caverna per la prima volta, qualcuno gli aveva detto che tra quelle rocce si poteva vedere una bellissima donna nuda. Una leggenda che si tramandava da chissà quanto tempo, ma gli operai più giovani giuravano di averla vista fuggire dal cono di luce che entrava al mattino dalla bocca socchiusa della cava. Fuggiva perché il sole le rubava il biancore e non voleva assomigliare ai loro volti di ferro. Tutti quei ragazzi erano facilmente impressionabili, ed egli si era sempre trattenuto dal credere alle ombre che le lanterne si lasciavano sfuggire sulle pareti grigie; del resto, quelle pitture vibranti sparivano se si metteva una mano davanti alla candela, ed era sicuro che la sposa dei cavatori non volesse nessuno. Eppure i suoi compagni continuavano a cercarla, ad immaginarla mentre si aggirava in quel budello infernale come una consolazione meritata per tutti i terribili affanni, magari nascosta dietro una curva di roccia, pronta ad impallidire le loro labbra con un bacio gelato, e poi sfuggire per un secolo ancora. Ben più reale era la febbre che in tanti si portavano a casa, nel loro letto, e che avevano respirato in quella strana nebbia che sbiancava certi gorghi di pietra. Se la sentiva anche lui, anche in quella strada calda, mentre ansimava verso casa. Ma questo non lo preoccupava perché di lì a poco, non sarebbe più tornato al lavoro. Certo, doveva aspettare ancora un po', simulare un male sfiancante e gettarsi a terra, piangere la sua fine, convincere il padrone che per quella vita, aveva finito. Ancora un mese, e poi non avrebbe destato sospetti; sarebbe stata una ritirata congrua, e nessuno avrebbe trovato strana quella resa. In fin dei conti non gli mancava tanto davvero, e glielo dicevano le mani che quasi non si aprivano più, le gambe più lente di due stampelle. Non si addolorò, la libertà era vicina, ma pensò con ribrezzo a quel buco nella terra, e gli apparve ormai insopportabile. Doveva farsi forza, perché adesso che mancava poco, il desiderio gli remava contro, lo torturava di impazienza. Pensò alle fiaccole che illuminavano quell'inaspettato arcobaleno di pietre; c'erano grotte rosse come rose, anfratti azzurri

che imitavano il cielo, e colori che fuori non esistevano. Ma quelle meraviglie non lo consolavano e ne temeva la tagliente bellezza, temeva di ridiscendere nella cava e non riusciva a scampare a quella libertà che lo affrettava. Ancora poco, ancora poco e sarebbe stato salvo. Si accorse, a due passi da casa, di essere tornato ragazzo, e di desiderare, infine, la stessa donna senza veli che i suoi compagni avevano voluto tanti anni prima. Sorrise a se stesso, scoprendosi in tumulto come quei giovani cuori, e ne capì il passato fervore.
Strinse il pugno nella tasca, e la sua ricompensa; la bella donna non fuggiva più, vedeva con chiarezza i suoi fianchi nudi, il viso non più sfuggente. Finalmente, ecco la libertà.

Dopo quell'incontro il notaio si recò immediatamente dal signor Presel; aveva premura di consegnargli i rubini. Portava anche un attestato di proprietà riferito a quelle pietre nel quale si documentava una provenienza diversa da quella reale. Il suo cliente non era distante e sarebbero bastati quindici minuti di carrozza per raggiungerlo. Salì sulla sua vettura e durante il percorso esaminò i minerali grezzi. Non ebbe modo di indovinarne la preziosità, coperti com'erano da quella buccia impenetrabile sotto la quale brillava un sangue scuro. I palazzi sfilavano regolari nel piccolo ritaglio della finestrella e l'andatura era incerta per via dell'affollamento stradale. Era l'ora centrale del pomeriggio di una domenica mite e gradevole da passare all'aperto, per cui i veicoli creavano un avanzamento caotico contendendosi il passaggio, cedendolo, acquistandolo, secondo le gerarchie in vigore. Malgrado ciò, la sua carrozza fu vittima di un sopruso, o un malinteso, che gli costò il mozzo di una ruota costringendola a fermarsi. Poco dopo salì su una vettura pubblica, affidando al suo cocchiere la cura della propria, e riprese il viaggio verso la casa del suo cliente. Giunto a destinazione varcò il portone d'ingresso del grande palazzo e di lì a poco sentì il suo respiro risuonare nell'androne, farsi sempre più grosso all'imbocco della scala che doveva condurlo al terzo piano. L'ascesa si era dimostrata da subito difficile: aggrappato al corrimano di ferro riccioluto, stringeva quell'appiglio con la mano tremante e paffuta ,e intanto dava uno sguardo ai gradini che gli si impennavano davanti. Si sottoponeva a quello sforzo per il solo motivo che tra lui e Presel vi era stato da sempre un rapporto proficuo, specialmente per lui, ed era ormai avvezzo a sbrigare certe faccende personalmente, per assicurarsi che tutto seguisse il corso migliore. Quando il cameriere lo liberò del soprabito, apparvero i suoi vestiti tesi ed irregolari , deformati dal corpo sottostante e dal sudore che li appesantiva. Il suo passo tentennava e si appoggiava alle pareti nel tentativo di recuperare il fiato che aveva speso nelle scale. Fu fatto accomodare nello studio davanti alla scrivania del padrone di casa il quale era confinato tra le colonne di incartamenti e la parete alle sue spalle, invasa da un paesaggio ad olio di fine seicento. Il suo affanno si sciolse in un respiro regolare ed iniziarono a parlare di affari davanti al certificato di proprietà che estrasse dalla borsa e sul quale pose l'involucro che gli era stato consegnato dal vecchio cavatore. Presel studiò con attenzione i quattro rubini ed il foglio ad essi riferito: se ne documentava la falsa provenienza secondo una storia del tutto artefatta ma abilmente congegnata in modo che non sorgessero dubbi o eventuali accuse da muovere nei suoi confronti. Contò il denaro e lo consegnò al notaio il quale lo chiuse nella borsa mentre lui faceva lo stesso con i rubini, assicurandoli nella bocca della cassa forte serrata robustamente da un lungo giro di chiavi.

Rimasero nello studio ancora per un'ora, studiando altre operazioni che avevano in sospeso, e alla fine del lavoro il notaio raccontò a Presel il suo incidente con la carrozza. Questi si offerse di accompagnarlo a casa con la sua dal momento che doveva uscire. Il notaio disse che probabilmente il suo cocchiere era già di ritorno perché il danno non sembrava grave e la riparazione non sarebbe stata lunga. Una volta in strada decisero di recarsi dall'artigiano che stava sistemando il giunto in modo da riprendere la vettura e proseguire ognuno per la propria strada. Il cocchiere di Presel si fermò davanti alla bottega e, dopo essersi informato, si affacciò al finestrino e disse che il lavoro era quasi ultimato. I due attesero seduti ma mentre dialogavano Presel fu incuriosito da delle decorazioni che intravedeva nell'officina. Scesero ed entrarono nel laboratorio.

Lo spazio era ampio, un po' scuro, benché la parete di sinistra, molto lunga, si aprisse in grandi finestrature, le quali però, davano

in un vicolo stretto e soffocato dagli edifici dirimpetto. I raggi del sole riuscivano a sfruttare solo gli angoli più alti delle vetrate illuminando l'aria densa di polvere che compiva lente evoluzioni , agitata dai movimenti febbrili delle persone che vi lavoravano all'interno. Prossime all'entrata, erano due carrozze in riparazione, delle quali la prima era quella del notaio, circondata da tre artigiani che rifinivano gli ultimi particolari ed investita dal bagliore intenso della strada che, tuttavia, si stava rosando, in prossimità del tramonto. Già immersa nell'ombra, benché molto vicina, stava la seconda, che sfuggiva nell'ombra dell'interno e mostrava di sé solo la sagoma annerita. Allo stesso modo diverse vetture che rimanevano sul fondo mostravano i loro scheletri nella luce che restava, e gli arti fratturati, l'assenza, per qualcuna, delle ruote, davano loro le sembianze di ragni in attesa. Gran parte dell'officina era ingombra di pali disordinati e di ruote raccolte in cataste da sembrare botti, ma , in una zona riservata, fiammeggiavano dei decori in bronzo che la polvere non riusciva a spegnere.
Tra questi bassorilievi c'era un uomo intento a lucidarne uno; Presel lo vide dalla sua carrozza, e gli si volle avvicinare. Entrò nella bottega e si diresse al bancone sul quale erano posati diversi fregi bronzei lavorati con molta sapienza: le figure erano ampie, bene espresse, modellate con un senso delle proporzioni che dava respiro alla composizione sfruttandone tutto lo spazio disponibile. Un gusto mirabilmente classico, di ordine ed esattezza, di cultura per il bello perfettamente acquisita ; quella persona non era un semplice artigiano ma un vero artista. Presel gli si rivolse con curiosità, misurando la sua ammirazione, muovendo domande esatte, da intenditore. Il notaio lo guardò fare per un po', poi constatò che la sua carrozza era pronta e si congedò per avviarsi verso casa . Quando giunse a destinazione vide il suo domestico venirgli incontro, e dietro di lui sua moglie che lo accolse con un bacio. Si sedettero a tavola, la cameriera servì la cena, i figli risero parlando di un gioco in legno che si stava preparando per loro. Incontrò il suo riflesso negli argenti che brillavano in una scansia , vide il suo viso appiattito nel bordo di una caraffa scintillante, osservò il suo ventre sporgente nel panciotto e pensò al signor Presel, alla sua febbre di fare. Lo rivide nell'angolo della bottega tra la polvere e le parole di quell'artigiano, a chiedergli chissà cosa. Aveva colto la sua espressione interessata e le mani che

frugavano tra i metalli cesellati. Lo immaginava in quell'istante, davanti ad un pasto solitario, con il viso immobile che fissava il corpo luminoso di una nuova idea. La mano di sua moglie lo distolse da quel pensiero. La guardò e le sorrise, trovandola bellissima, con il collo adorno dell'ultima collana che le aveva regalato. Dopo cena passò nello studio per riordinare le carte, chiamò il cameriere per far spegnere le candele, andò in camera da letto.
Nella sua casa silenziosa, Presel rilesse il documento che il notaio gli aveva consegnato e poi si concentrò su altri fogli.
Anna estrasse dal mobile antico quell'atto notarile e lo comparò con le sillabe che teneva aperte nell'altra mano, scritte nel taccuino: quattro rubini raccontati anche nel libro del veliero, altre pietre da ritrovare.

- Come è andato il fine settimana ? -
- Bene, direi davvero bene. -
- L'appuntamento a Milano si è rivelato interessante ? -
- Si, la persona che aveva scritto ad Anna ci ha mostrato una pietra molto particolare; dovrebbe rientrare nella ricerca, a quanto ho capito. -
- Ottimo. -
- E te ? Come passi il tuo tempo ? -
- A fare ricerche nelle biblioteche e all'archivio storico ! -
- Emerge qualcosa dal nostro passato ? -
- Ho trovato un po' di notizie, ma è ancora presto per fare delle ipotesi. Tutt'altra cosa per il cognome di Anna, della sua famiglia ci sono notizie in abbondanza; sembra che nel suo caso non ci sia nulla da scoprire -
- Eppure non è così .-
- Già. -
- Quindi per ora sappiamo solo che il nostro antenato ha avuto a che fare con un parente dei Presel, chissà per quale motivo ? E' un peccato che non sappiamo niente del nostro passato. -
- Probabilmente lo dobbiamo al fatto che non abbiamo un passato ! -
- Di certo, non illustre come quello dei Presel . -

- Magari eravamo anche noi gioiellieri, commercianti di preziosi o roba del genere; ma il giro d'affari doveva essere più modesto. -
- Sì, clienti per i quali non si passa alla storia. -
- Forse i nostri avi non erano neppure commercianti di gioielli. Magari fornivano ai Presel alcune materie prime, oppure si occupavano di una parte dei loro traffici, curavano qualche aspetto minore della loro attività. -
- Dipendenti dei Presel ? -
- In un certo senso... -
- Sono stato nella cassaforte di famiglia....davvero impressionante. -
- Sei stato dentro la cassaforte ? Quanto è grande ? -
- E' una stanza intera, blindata. -
- Ah ecco, immagino. -
- Mi chiedo se anche i miei clienti dispongano di simili ricchezze . -
- Beh, se possono permettersi lo yacht ......-

Ludovico preferì sorvolare su quell'argomento; si era accorto di aver iniziato a parlare della famiglia di Anna, e quindi anche di lei, in un modo che non gli piaceva.

- Questa sera che fai ? -
- Me ne sto a casa solo soletto, devo preparare delle lezioni; queste ricerche stanno consumando buona parte del mio tempo. -
- Appena hai delle notizie interessanti fammelo sapere così organizziamo una bella cena con Anna. -
- Va bene capo , sarà fatto ! -
- Magari una cena a quattro ! -
- Non credo di valere per due . -
- Non c'è nessuna in vista ? -
- No, al momento no. -
- Che ne pensi della dottoressa Lusi ?.....dài scherzo ! -
- Lo so che scherzi, non senti come rido ? -
    -Ti lascio andare, tienimi informato. A presto prof. -

Alfredo fece un cenno con il capo e poi abbracciò il fratello, senza più dire parola. Scese dalla macchina di Ludovico il quale, prima che

chiudesse lo sportello gli disse : - Ha detto Anna che se ti serve una mano per le ricerche è sempre disponibile ! -
Alfredo rispose con un gesto del braccio, guardando in un'altra direzione, probabilmente già assorbito da altri pensieri. Ludovico partì, e la sua macchina emise un rumore di accelerazione che subito si confuse con gli altri suoni del traffico. Alfredo aveva davanti a sé venti minuti di cammino per arrivare a casa, li spese lasciando vagare il mondo davanti ai suoi occhi, ricevendolo senza trattenerlo nella memoria. Si sentiva stanco, non aveva voglia di applicarsi nella preparazione delle lezioni, sapeva di aver speso molti giorni nelle nuove ricerche e, benché fossero un'attività a lui congeniale, doveva ammettere di non aver raccolto nessuna informazione degna di nota. In questo stato d'animo si chiese quale fosse, invece, lo spirito di Anna e della sua famiglia, che sensazioni provassero ad essere coinvolti in una storia tutta da scoprire che riguardava il loro ricco passato. Avevano, in un modo o nell'altro, l'assicurazione che i loro studi avrebbero dato buon esito; l'unico punto interrogativo che li riguardava era su cosa sarebbe stato rinvenuto da quel terreno generoso che da sempre portava alla luce reperti scintillanti di storia, cultura, ricchezza. Pensò che a certe meraviglie non si può far certo l'abitudine, ed ebbe conferma di questo ricordando il viso di Anna, la sua espressione di persistente vitalità, di interesse per ogni cosa, ogni accadimento che la riguardasse o meno. Quella ragazza conduceva un'esistenza stimolante che l'aveva allenata a mantenere desti i sensi, la fierezza intellettuale. Alfredo sapeva bene cosa volesse dire avere degli interessi culturali e quanto fosse prezioso il dono della speculazione, dell'indagine filosofica; la sua vita ne era pervasa, nel lavoro , nel tempo libero, e le sue passioni umanistiche non lo abbandonavano mai all'inedia . Tuttavia egli era uno studioso della storia altrui, e non aveva mai pensato di non averne una propria. Dei Presel invece rimanevano tracce sui libri, negli annali ; non erano certo una famiglia di pittori, scultori o artisti nel senso classico della parola, eppure i loro predecessori, ed essi stessi, avevano una tradizione che li impegnava da secoli e che li cuciva nel tessuto sociale in modo indelebile. Non si trattava solo di un mestiere ma di una traccia quantificabile e qualificabile negli anni. Facevano tradizione, scuola, e per questo meritavano di essere studiati, testimoniati negli scritti, riportati nei documenti.

Nella fitta trama del passato avevano un posto, e quando studiavano la storia studiavano anche loro stessi. Per quanto piccolo fosse il tassello che potevano aver aggiunto all'immane opera umana, esso esisteva, era tangibile: la famiglia Presel poteva essere vista sotto un'ottica culturale. Dal punto di vista umano, egli non sapeva ancora bene come considerarli; li aveva conosciuti, aveva trascorso qualche bella serata con loro, ma gli erano, in sostanza, del tutto sconosciuti. Non poté non considerare la loro ricchezza che, in questo caso, non costituiva un elemento discriminante, piuttosto, una condizione di vita che gli sfuggiva del tutto. La sua famiglia non era ricca ma aveva potuto condurre un'esistenza tipica del ceto medio: la possibilità di studiare, di viaggiare, di evitare il lavoro fino a quando non si era presentata l'occasione che più preferiva. Tutto questo lo aveva avuto e ne era ben felice, però si era sempre chiesto come sarebbe stato avere a disposizione una mole di denaro non immediatamente quantificabile; a proposito di questo, si ricordò di un pomeriggio nel quale aveva accompagnato Ludovico in casa di un suo cliente, un industriale che aveva a che fare con il tessile. Si trattava di un incontro di lavoro, suo fratello doveva ritirare delle parti decorative da inserire nella barca che stava progettando per lui. Erano dei fregi in legno del settecento, dorati, estratti da chissà quale cornice e si trovavano in un ambiente collocato nel piano più basso della villa, adibito a magazzino. Una telefonata aveva allontanato per un po' il padrone di casa ed erano rimasti soli, liberi di curiosare nella collezione di quadri ed oggetti d'arte che riempiva ogni parete. La grande stanza, che si articolava in diversi vani disuguali tutti uniti da brevissimi passaggi, anch'essi sfruttati come pinacoteca, era male illuminata e versava in uno stato di abbandono. Non c'era umidità, ed in generale si capiva che le opere non soffrivano di incuria, tuttavia la loro conservazione le offendeva relegandole nell'ombra, nell'invisibilità. Il resto della casa era arredato con gusto, tutte le stanze erano luminose, proporzionate, e le pareti ospitavano quadri meravigliosi, giustamente distanziati e valorizzati, tutto il contrario di quanto avveniva là sotto; si sarebbe potuto parlare del paradiso e dell'inferno dell'arte: una collezione mirabilmente esposta ai piani alti, ed un girone di capolavori tormentati dall'oblio e dalla disattenzione nel seminterrato. Aggirandosi tra queste meraviglie reiette, aveva potuto contare tele della prima metà del settecento, mirabili e scure,

accresciute nel loro nero di notti metaforiche dal buio di quella sorta di casamatta. Spinto all'angolo di una lunga parete, luccicava lo sguardo affranto ed estatico di un Santo chiuso nel suo saio di sabbia. Alfredo ricordava di averlo raggiunto scavalcando alcuni pezzi in pietra, antiche acquasantiere adibite ad oggetti d'arredo, piani di tavoli senza gambe, e di essersi fermato perpendicolarmente a quelle pupille lacrimose per coglierne la commozione dovuta a quell'abbandono. L'intento dell'artista era trasmutato dall'esprimere lo sconcerto della fede a quello di denunciare l'abbandono. Così era per tutte le cose che li circondavano, e che non brillavano più : una chiesa spenta, passati fulgori, opere ridotte a cose. Magari attendevano la turnazione al piano di sopra, o meglio, una villa più grande; si notava, in qualche tratto di parete, una sagoma di polvere vuota, segno che un'ascesa doveva essere avvenuta recentemente. Ludovico aveva avuto i suoi stessi pensieri, tutte quelle opere d'arte erano tornate pezzi di tela, minerali silenziosi, tranci di albero abbandonati; per quanto il loro occhio sensibile ne cogliesse senza fatica tutta la bellezza, non poteva non constatare anche l'assenza di intenzione nei loro confronti. Alfredo si era domandato come doveva essere la vita di una persona che allestiva la sua pinacoteca tra la taverna e il garage. Mentre in altre case, come la sua ad esempio, anche uno solo di quei quadri avrebbe coagulato emozioni per una vita intera, in quella villa a più piani, lo stesso capolavoro doveva giacere nel disuso. Allora quel ricco industriale gli era apparso come una persona distratta, sopraffatta dal benessere, dalla soddisfazione, incapace di contare tutti i piaceri, con una ressa tale di godimenti da creargli, nell'animo, un callo insensibile. Mentre per lui sarebbe stata un'occasione incomparabile poter passare il giorno intero ad ammirare quella collezione, per il proprietario sarebbe stata solo noia. E questo non certo per mancanza di cultura o sensibilità, ma per la cattiva amministrazione dell'interesse, per la mancanza di misura nel collezionare la bellezza.
Probabilmente si trattava di un eccesso anche tutto il suo teorizzare, ma volle concedersel o intimamente, sapendo che non avrebbe avuto né conferme né smentite in merito. Pensò ad Anna, e fu sicuro che la sua intelligenza non avrebbe perso neanche un frammento della sua sensibilità. Capì suo fratello, il suo entusiasmo, il desiderio di starle accanto, e gli augurò che tutto andasse nel migliore dei modi.

Senza quasi accorgersene era arrivò a casa, trovò sotto il piede il gradino d'ingresso del palazzo, aprì il portone e si diresse verso il suo piano, salendo le scale. Quella lenta ascesa lo preparò alle ore di studio, alla calma indispensabile per dedicarsi pienamente ai fiori del passato, sempre assetati.

- Ludovico ci siamo ?-
- Sì, finito. - disse consegnando al collega la chiavetta USB.
- Bene, allora vado, ho appuntamento tra mezz'ora. -
- In centro ? -
- Sì nel suo studio, il dottore mi ha pregato di raggiungerlo in sede ! -

Il socio proferì le ultime parole affettando un tono altisonante per schernire i modi del cliente.

- Capirai, con il traffico che c'è a quest'ora! E dove parcheggi ? -
- Non lo so, ma certo se ti decidessi a rimettere a posto il tuo scooter .. -
- E hai detto bene ! Il mio scooter ! Che non è dello studio ! -
- Dì la verità e non inventare scuse, hai paura a risalirci sopra eh ? -
- Ma che dici figurati ! -
- Sì sì ! L'incidente ha lasciato l segno ! -
- Muoviti che il dottore ti aspetta ! -

Uscì dallo studio anche lui e raggiunse l'automobile. Arrivato a casa iniziò ad allestire la cena, aveva fatto la spesa il giorno prima e aveva le idee ben chiare. L'appartamento si profumò gradualmente e, terminato il grosso dei preparativi, affidate le pietanze alle dorature del forno, iniziò a lumeggiare la stanza da pranzo con le candele. Apparecchiò per quattro, ed infine andò a cambiarsi. Il citofono lo colse davanti allo specchio della camera da letto, mentre allacciava distrattamente il secondo polsino. Premette il pulsante di apertura e poco dopo sentì le porte dell'ascensore aprirsi a due voci sommesse, un po' in imbarazzo.

- Fratello....come stai ? Ti presento Luisa. -
- Molto piacere Luisa, accomodati. -
- Piacere mio....oh che bella atmosfera ! Complimenti . -

- Ti ringrazio, ho preparato tutto un po' di corsa, scusate. -
- Ma no è tutto così bello ! -
- Beh, mi sono liberato sul lavoro un po' tardi e non ho potuto fare tutto quello che avevo in mente . -
- Cioè? volevi dare una tinteggiata ? - chiese Alfredo, non rinunciando ad ironizzare.

Suo fratello non diede seguito alla battuta e fece accomodare sul divano i suoi ospiti servendo loro due calici di vino fresco.

- Anna sta per arrivare, sapevo che avrebbe portato un po' di ritardo perché doveva sbrigare delle cose....la ricerca le sta rubando tutto il tempo per il resto...-
- Non preoccuparti fratello, l'importante è che ci hai dato da bere. -

La ragazza che era con Alfredo sorrideva a suo agio, si guardava intorno, faceva domande su alcuni oggetti che Ludovico esponeva e su immagini di velieri appesi alle pareti. Lui rispondeva di buon grado, toccando gli argomenti che più preferiva. Parlò per un po' della navigazione, delle vele, dei nuovi scafi secondo un disordine piacevole, non impegnativo. Anna arrivò nel giro di tre quarti d'ora ed aiutò Ludovico ad impiattare e a mettere in caldo il secondo.

- Allora..cara Anna...che ci racconti ? -
- Alfredo mio...sono un po' stanca, oggi ho fatto tutte cose noiose. -
- Eh ma non puoi mica dedicarti soltanto alle ricerche ! Anche tu sei sul pianeta terra ! -
- Sì d'accordo, ma lasciamo perdere, pensiamo alle ricerche. -
- Le mie vanno avanti e devo dire che sto mettendo insieme tanto materiale, in gran parte riferito all'attività del porto. Sono sicuro che in tutto questo il nostro antenato ha avuto la sua parte. -
- Alfredo mi ha raccontato dei suoi studi, mi diceva che a metà settecento il porto di Trieste è stato ampliato. - disse Luisa.
- Altroché, se ne interessò Maria Teresa d' Austria, personalmente. - le rispose Ludovico. -

Anna prese la parola – In quegli anni l'imperatrice aveva il suo bel da fare: le interessava l'economia austriaca, era tempo di ripagare le guerre -

- Già, la Francia si era fatta sentire ! E anche la Spagna....il suo trono era stato costosetto, ma si sa, è sempre così. In ogni modo, da queste parti si creò un bel giro d'affari .- disse Alfredo
- I lavori che fece al porto portarono impulso economico ? - chiese Luisa
- Certamente, e non solo... si creò una nuova realtà territoriale, la popolazione aumentò ed arrivò gente da tutti i paesi vicini; si mescolarono serbi, greci, croati ed altri ancora. Maria Teresa vedeva le cose così: era una tipa moderna. Fu suo padre ad iniziare il lavoro ma lei lo perfezionò. -
- Si Alfredo dice bene...- commentò Anna – Maria Teresa emise l'editto di tolleranza per

organizzare la convivenza di tutte queste etnie diverse.... e poi contribuì all'istruzione pubblica, diminuì il potere clericale... insomma fu innovativa. -

- Allora tenne molto in considerazione Trieste ..- asserì Luisa
- Non si può dire che lo fece proprio per Trieste, ma il fatto che avesse un porto e che all'impero asburgico fosse utile fu chiaro già a Carlo VI e sua figlia seguì l'esempio....e i Presel ne trassero giovamento a loro volta: la storia della mia famiglia muove i primi passi in quel periodo. -
- Ci sono altre novità in merito ai gioielli della lista ? - chiese Alfredo
- Si prospetta un altro viaggio, c'è un pezzo interessante da andare a vedere. -
- Ludovico la seguì anche questa volta ? -
- Spero di riuscire ad organizzarmi. -
- Probabilmente è ancora troppo presto... ma ti sei fatta un'idea di come siano andate le cose ? -
- Vedi Alfredo...per quante notizie possiamo avere di Giovanni Teodorico, non ci riesce ancora di ricostruire quell'episodio della sua vita; la storia dei Presel è documentata anche negli anni successivi, per opera dei suoi fratelli, ma di lui e della sua attività si perde ogni cenno da un certo punto in poi. -
- Probabilmente aveva tra le mani un giro particolare, magari un solo cliente che gli fruttava cifre considerevoli. Pensi che avesse interessi direttamente a Vienna ? -

- Forse sì, ma non proprio direttamente, ne avremmo avuto prove storiche; frequentazioni così importanti lasciano sempre tracce considerevoli. Comunque tutto il clima dell'epoca era animato dalla presenza degli Asburgo, quindi, in un modo o nell'altro, l'attività del nostro lontano parente ne doveva trarre beneficio. -
- Eh già. Ce n'era di movimento...i lavori al porto, i commerci con le Americhe, le compagnie orientali, i bastimenti che dovevano attraccare ! -
- Per quanto riguarda questo non farti illusioni..- lo interruppe Ludovico – a quell'epoca nel porto di Trieste non arrivavano i grandi velieri che immagini perché non c'erano le banchine per attraccare. Le navi rimanevano fuori, all'ancora, e venivano avvicinate dalle piccole barche che poi scaricavano a terra. -
- I trabaccoli....-
- Sì Anna, esatto. - Ludovico sorrise ad Anna, sapendo che lei ricordava bene le lezioni che aveva ricevuto in merito.
- Trabaccoli, scialuppe, peatte, brazzere e barche del genere, erano l'unico traffico possibile nel porto in quell'epoca. -
- Allora è per questo che il diario di quel lontano Presel è stato rinvenuto nel relitto del nostro museo ? - chiese Alfredo guardando Luisa e assicurandosi che non avesse un'espressione annoiata, la quale, invece, sembrava realmente interessata e ascoltava con attenzione.
- Sì, molto probabilmente è per questo. Crediamo che salì su quel battello di ritorno da un lungo viaggio.
- Purtroppo non sono ancora riuscito a scoprire quali fossero i rapporti tra i nostri antichi parenti, però mi piacerebbe pensare che fossero soci ....non sarebbe carino ? -

Ludovico trovò l'ipotesi del fratello un po' fiacca – Io non lo credo probabile, e comunque dovevamo essere soci assai minoritari perché dei nostri commerci non è rimasta la minima traccia. -

- No... non può essere che fossero soci: il vostro nome compare per qualche altra ragione...mi dispiace dirlo, ma credo che si trattasse di qualche prestazione estemporanea, di poco valore. ...magari avevano fornito qualche cassa

in legno per il trasporto o cose del genere, insomma una questione di minore importanza e che comportava importi molto modesti.-
- Va bene, fine delle mie congetture....-
- Al di là di questi dubbi, abbiamo sempre più conferma che Teodorico fosse una figura particolare, un uomo colto, di mondo, che aveva viaggiato e conosciuto paesi probabilmente non solo europei. -
- Dici che viaggiasse sui velieri transoceanici ? - chiese Alfredo sempre più rapito dalle parole di Anna.
- E' probabile....deve aver passato molto tempo sui bastimenti, se è vero che era un tipo interessato alle cose, alle mode, al mondo in generale. I gioielli di sua creazione,quelli dei quali abbiamo notizia, erano opere di gusto molto raffinato, al passo con i tempi, e per avere una simile erudizione bisognava viaggiare ed avere mezzi a sufficienza. -
- Non ha avuto figli ? -
- No, la nostra progenie è stata assicurata dai fratelli, anch'essi gioiellieri, ed il patrimonio di famiglia si è consolidato grazie a loro... -
- Accidenti, che tipo interessante ! Tra i documenti di famiglia avete qualcosa che tratti esplicitamente di lui ? -
- Purtroppo no.... doveva essere una persona molto dedita al lavoro, alle sue creazioni, e la frequentazione dei salotti e delle corti era dovuta esclusivamente alla sua attività. -
- Sarebbe stato bello se avesse lasciato dei diari, delle memorie...-
- Ma non lo ha fatto, ed il diario del trabaccolo riporta solo note di lavoro. -
- A quanto pare questi nostri lontani parenti erano alquanto laconici . - commentò Alfredo
- Parla per quelli di Anna, il nostro probabilmente non sapeva neanche scrivere e faceva il legnaiolo ! -

Anna trascorse la notte a casa di Ludovico, il mattino seguente avrebbe incontrato delle persone che trattavano gioielli d'epoca. Durante la colazione parlarono della giornata che la attendeva.
- Chi sono le persone che devi incontrare ? -

- Sono degli storici del gioiello : professori, collezionisti, gente così...-
- Gente che se ne intende davvero ! -
- Sì infatti. -
- Come mai li incontri ? -
- Vengono a fare una perizia sullo scudo d'argento che ti ho mostrato a casa dei miei; stiamo confrontando la lista delle pietre che abbiamo recuperato con i castoni presenti nello scudo. In pratica facciamo delle misurazioni ulteriori per perfezionare la nota delle dimensioni probabili di queste pietre, della loro forma. Mi serve questa stima per avere un'indicazione il più precisa possibile, se no non ho modo di capire se le pietre che vado a vedere possono essere quelle autentiche. -
- Mi stavo chiedendo come mai nel diario siano elencate tutte le pietre e non lo scudo d'argento. -
- Non saprei dirlo con certezza, ma la mia ipotesi è che Teodorico cercò di dichiarare il meno possibile di quello che trasportava per motivi di sicurezza. Probabilmente fece annotare le pietre ma tenne nascosto lo scudo, e questo ci fa capire che il gioiello non era ancora ultimato ma diviso in tutte le sue parti.-
- La vostra famiglia possiede quello scudo da sempre, se ho capito bene...-
- Sì è così.-
- E come mai è privo di tutte le pietre, a parte quel solo diamante ? -
- Come dicevo ieri sera, Teodorico era una persona singolare, creativa, più dedita alla sua inventiva che al puro guadagno; credo che il gioiello che aveva realizzato non trovò mercato e che fu successivamente deassemblato e venduto pezzo a pezzo, magari dai suoi fratelli e forse dopo la sua morte. -
- Credi che avesse creato quello scudo di propria iniziativa ? -
- Potrebbe essere, e dopo non trovò acquirenti. Oppure la committenza non lo volle più, o morì il suo cliente....le ipotesi che si possono fare sono molte....di certo, smembrarlo fu un'iniziativa proficua perché le pietre furono acquistate da una clientela eterogenea...e lo stiamo constatando proprio

con questa ricerca. Rimane però il rammarico che il gioiello non ci sia giunto nella sua interezza; oggi avrebbe un valore davvero considerevole, economico ma anche culturale, storico.-
- Se non sbaglio era un'abitudine diffusa quella di fare a pezzi le opere d'arte e dividerle separatamente per ricavarne il guadagno maggiore. -
- Si è sempre fatto, e questa fu anche la sorte dello scudo. Magari fu lo stesso Teodorico ad agire così. -
- Tenne per sé solo lo scudo...-
- Non riuscì a venderlo...del resto era mancante di quasi tutte le pietre. -
- Stavo pensando che, a parte i risultati che avrete dalla vostra ricerca, la figura del vecchio Presel ne sarà esaltata ancora di più. -
- Senza dubbio....doveva essere un vero sognatore, un avventuriero..-
- Ti immagini i suoi lunghi viaggi sui velieri? Mesi interi su quei vascelli che trasportavano merci dall'Asia, dall'America....ed il pericolo di contrarre le malattie dall'equipaggio, il cibo conservato male, l'acqua razionata e stagnante nei barili; per quanto la sua posizione sociale fosse più elevata, su quei bastimenti si finiva per fare una vita non molto diversa da quella dei marinai. Avrà avuto la sua cabina, ma cosa vuoi che sia una tavola messa a dividere quella miseria da una condizione appena più privilegiata ? -
- Doveva essere terribile viaggiare in quell'epoca...-
- Un antico detto diceva : gli uomini si suddividono in tre categorie, i vivi, i morti, e coloro che vanno per mare. -
- Doveva essere terribile...-

Era meravigliosa quella mattina sul ponte. Il vento estivo e freddo tirava a sé le vele facendo scricchiolare le sartie ed inclinando il vascello come una bottiglia naufragata. Presel era in piedi sul castello, aggrappato alle funi che lo sorreggevano rigide come bastoni di quercia e si riempiva anch'esso di quel vento che si mescolava all'odore di pesce e legno putrescente delle assi. I marinai gli correvano accanto, quasi muti, dicendosi brevi segnali secchi come un rumore. Intorno a tutti loro c'era solo il mare, il cerchio dell'orizzonte monotono ed assoluto, privo di uccelli, senza nuvole. Per colmare lo sguardo mirò gli alberi della nave, le uniche figure verticali infisse nell'azzurro più totale. La mezzana, la maestra, il trinchetto, le cui altezze erano intervallate dai nidi dei gabbieri che lavoravano senza posa. Solitario, quasi scacciato dall'imbarcazione, un ragazzo sedeva sull'albero sporgente da prua, e guardava l'acqua fuggire sotto lo scafo cuocendosi la schiena al sole senza accorgersene. Sempre sul bompresso, lo aveva visto in quella posizione fin da quando erano partiti ,e sembrava non avesse bisogno di voltarsi per vedere gli abitanti della nave; era indipendente come un pezzo della chiglia, perfettamente al suo posto, essenziale ed indiscutibile. La stessa sensazione l'aveva avuta dal resto dell'equipaggio che si affaccendava con una sapienza assoluta.

Camminando sulla coperta era stato colto da un tratto odoroso, diverso dal sapore denso del legno di mare, e scendendo nel ponte di primo corridoio si era trovato in un ambiente in penombra, lumeggiato dagli spiragli delle assi che lasciavano penetrare le lame del sole. Continuando poi ad immergersi nel ventre del veliero aveva raggiunto le stive dove le foglie di tè evaporavano quell'aroma che lo aveva invitato a scendere. I marinai storditi da quel profumo lavoravano con sguardi assonnati. La sera, li aveva ascoltati passarsi i racconti dettati da quelle spezie chiuse nei sacchi che gli sussurravano parole fantastiche. I mozzi più giovani mangiavano quel pane magico crescendo con gli stessi sogni, le identiche superstizioni. Sapevano che non si doveva mai lasciare una gomena incustodita, dimenticata a ciondolare fuori dalla nave, perché non si sarebbe trovato più porto, ed una tempesta li avrebbe inghiottiti nel giro di sette notti. Sapevano che si doveva rattoppare immediatamente la vela per non offendere il vento, che altrimenti se ne sarebbe andato via all'istante. Tutti riuniti nel loro alloggio, annodati in un cerchio stretto di gomiti e ginocchia, assillati dalla solitudine del viaggio, ragazzi dolci e ammansiti, a primo sguardo, ma di una ferocia improvvisa, se non ci si lasciava alle spalle la scappatoia per uscire subito dal loro covo. Ancora una settimana, e sarebbe tornato a casa.

Lo attendevano diversi impegni, aveva avuto l'assicurazione dal notaio che al suo arrivo si sarebbero incontrati per la consegna dei quattro rubini. Solo due settimane, e poi sarebbe partito di nuovo. Il secondo ufficiale lo chiamò, invitandolo nella cabina del capitano. Prima di recarvisi passò nella propria, frugò nei suoi bagagli ed estrasse un involucro che aveva nascosto molto bene. Si sedette con lui, e per il resto della mattina contrattò, scambiò delle carte, versò del denaro. Rimasero insieme per il pranzo, attardandosi intorno alla tavola mentre la rotta proseguì tranquilla. Cinquecentoquaranta tonnellate ubbidienti, lungo una linea immaginaria, spinte dal vento indifferente che animava tutto il cielo. Gli ufficiali bevvero e dialogarono amabilmente, le loro voci si sentirono a tratti in coperta, dove gli uomini continuarono a muoversi sfiancati dal caldo e dalla calma del viaggio. Piccoli grumi di teste silenziose su una lingua di legno completamente sola, nel mare enorme. Apparivano come un'inutile presenza, eppure portavano merci, seguivano le rotte degli altri velieri, toccavano tutti gli angoli del pianeta; ma senza le loro voci , se ne perdeva il senso ed erano più desolati che mai. Così sembrava, al gabbiere più in alto.

- Anna, tesoro, come stai ? Come è andato il viaggio, ti sei stancata ? -
- Un po', ma è andato tutto bene. -
- Ci vediamo a pranzo così mi racconti ? -
- Sì, facciamo all'una ? -
- Ok. Vediamoci davanti alla biblioteca, poi da lì andiamo in un posto dove non ti ho mai portata. -

La voce di Anna al telefono era dolce e morbida, si sentiva che era ancora stanca per il viaggio. Ludovico non aveva potuto accompagnarla per impegni di lavoro e lei era partita tre giorni prima per Villaco, nella bassa Austria, contattata da un museo che aveva risposto al suo appello. Appena arrivata, era stata accolta dal direttore e da due professori i quali si erano dimostrati molto interessati alla sua ricerca.

- Ti hanno mostrato la cornice ? Era esposta in quel museo ? -
- Si, l'abbiamo studiata per un giorno e mezzo. -
- Potrebbe corrispondere ? -
- Per me è stata una sorpresa, a quanto pare è una parte mancante che non avevo proprio considerato. Si tratta di

un decoro esterno allo scudo che si unirebbe ad esso tramite dei punti predisposti. Ti ricordi che te li avevo mostrati ? Non mi era chiaro a cosa servissero ma adesso si spiega tutto, e' una cornice in argento, decorata con dei piccoli diamanti incastonati a pavè. -
- E' molto bella ? -
- Bellissima, finemente lavorata, sottile e regolare, secondo il gusto dell'epoca. Benché il gioiello sia composto da molte parti è stato concepito con un rigore eccezionale. E' il barocco più puro, ricco ma geometrico, sempre equilibrato. -
- Cosa dicono quelli del museo ? -
- Sono molto interessati alla mia ricerca, e naturalmente si sono detti disponibili a portare la cornice in Italia, per la mostra. Mi hanno raccontato che apparteneva ad una famiglia un tempo agiata, che ora si è estinta, e che nella seconda metà dell'ottocento si era indebitata fortemente. I loro averi si erano dissolti man mano a causa di richieste di prestito poco oculate, ed il comune aveva recuperato in un'asta una parte di essi. Erano persone ben conosciute, e sono note le circostanze nelle quali vennero in possesso della cornice : avevano delle terre, vicino Villaco, e un ragazzo che ci viveva con la sua famiglia aveva visto un cavallo uscire dal bosco e pascolare tutto solo. Lo aveva avvicinato, notando che portava i finimenti e che aveva, agganciata alla sella, una borsa; nella borsa c'era quella cornice ricoperta di diamanti. Aveva portato il cavallo al casolare, per farlo vedere ai genitori i quali avvertirono subito i padroni di quelle terre per i quali lavoravano. Questi non si erano fatti scrupoli a tenersi il cavallo e la cornice, senza informarsi più di tanto di chi potessero essere i reali proprietari. -
- Non si è mai saputo di chi era il cavallo ? -
- No, non sono arrivate notizie. Forse il suo cavaliere aveva avuto un incidente, magari in quel bosco, poteva essere caduto e in mancanza di soccorsi morire di lì a poco. -
- Doveva essere uno straniero. -
- Molto probabilmente. -
- Allora, sei stata contenta di questa nuova scoperta ? Direi

che è veramente importante . -
- Senza dubbio. Sì, sono stata contenta. Stanno arrivando nuove segnalazioni, tutte da verificare. Ci sarà molto lavoro da svolgere. -
- Mi è dispiaciuto non poterti accompagnare..... -
- Oh non preoccuparti, dovrò fare molti altri viaggi, e non credo che avrai modo di venire sempre. -
- Purtroppo no... Mi piacerebbe, ma non posso assentarmi così spesso dallo studio. Però se avrai modo di avvertirmi con un certo anticipo......-

La giornata continuava per entrambi, gli impegni di Ludovico premevano così come quelli di Anna. Si salutarono davanti al ristorante e si divisero. Tornata a casa, si sedette nel suo studio e lavorò alle informazioni raccolte nel viaggio in Austria; controllando la posta vide che c'erano nuovi contatti e provò un senso di soddisfazione, una voglia di fare che la animò positivamente. Così le ore passarono in fretta e quando fu ora di cena si concesse solo uno spuntino, per tornare a concentrarsi subito sugli ultimi appunti da riordinare. Andò a dormire tardi, esausta.

Alle nove del giorno dopo entrò nel museo superando una fila di studenti allegri e disordinati. Le loro voci li precedevano nei corridoi e nelle sale ancora vuote e arrivavano debolmente fino alla sala del veliero. Lei vi passò davanti e si soffermò qualche minuto a guardare il relitto. Appariva nero, opaco, del tutto refrattario alla luce bianca del mattino, quasi l'avesse a dispetto. Il suo odore era pungente e aveva invaso tutta la sala; doveva essere perché le finestre non erano state ancora aperte. Anna si fermò sull'ingresso, fissando il vascello con una sensazione di vago timore, impressionata dal suo scheletro scuro e squadernato, aperto come una complessa arma da taglio, e rimase stupita da un ragazzo che aveva probabilmente non più di dodici anni e che entrò di corsa, da solo. Si era allontanato dal gruppo e non sembrava affatto preoccupato del probabile rimprovero dell'insegnante, né dall'espressione cattiva del veliero che si protendeva verso di lui con le lunghe unghie di carbone . Forse non si era nemmeno accorto di lei e aveva iniziato a trotterellare intorno al relitto senza guardare gli altri oggetti esposti. Aveva un'aria eccitata e soddisfatta, probabilmente infervorato dal fatto di aver scoperto quella bellissima attrazione prima dei suoi compagni

che l'avrebbero ammirata dopo di lui. Le sue scarpe da ginnastica fischiavano sul pavimento, non smetteva di correre in tutte le direzioni e si fermava solo per qualche istante, inaspettatamente, davanti ad alcuni particolari che lo rapivano. Anna si ritrasse per non essere vista, ma continuò a spiarlo, presa da una particolare curiosità. Il ragazzo posò a terra lo zaino e ne trasse una scatolina di succo di frutta dalla quale iniziò a bere. Si portò di nuovo lo zaino sulle spalle e ricominciò a correre sempre più convinto, divertito, sicuro di quanto stava facendo. Le sue traiettorie si facevano sempre più vicine al relitto sfiorandolo da una distanza che diminuiva gradatamente. Ad un tratto lo toccò con la mano, quasi impercettibilmente , poi ritornò a sfiorarlo, e dopo ancora vi poggiò con energia tutto il palmo. Si fermò improvvisamente e, sostenendo il succo di frutta tramite la cannuccia con le sole labbra, mise entrambe le mani sul veliero, delicatamente. Valutò per qualche attimo, ed infine, alzando le braccia, le fece ricadere sul legno con violenza, percuotendolo tanto da scuoterlo visibilmente. Anna era immobile, la sua curiosità la bloccava. Il ragazzo ripeté il gesto, colorando il volto di un'espressione di sfida. Colpì il veliero quattro volte, poi, con fare sicuro, padroneggiando la situazione, riprese a girargli intorno, ma questa volta camminando. Tolse la cannuccia dalla bocca con un gesto grossolano e bagnò il relitto con degli schizzi che rimasero sospesi come bolle per quasi un minuto, prima di essere assorbiti dal legno indurito come pietra. Poi si distrasse, guardò il perimetro della sala senza interesse, alzò gli occhi al soffitto e andò ad affacciarsi da una finestra. Poco dopo corse via scuotendo lo zaino sulle spalle e facendo cadere la scatolina di succo di frutta che andò a fermarsi sotto la pancia del veliero, in una posizione irraggiungibile.
Anna entrò nella sala ascoltando il silenzio che era sceso nuovamente, guardò il relitto sospeso sulla struttura di ferro e vide sotto di esso la scatolina abbandonata dal ragazzo che risaltava con i suoi colori allegri.
– Buongiorno Anna ! -
Il direttore era apparso alle sue spalle, lei si era girata con un sorriso improvvisato, la sua figura nascondeva alla vista dell'uomo quel rifiuto che dissacrava i resti del veliero. Lo raggiunse tendendogli la mano, mantenendo una linea retta in modo che la sua visuale non

cambiasse. Il direttore tenne fissi gli occhi nei suoi, con aria cordiale ,e si fece da parte con un gesto di invito, mentre con l'altra mano stringeva la sua.
Si diressero verso il suo ufficio.

Per i due mesi successivi Anna lavorò intensamente alla sua ricerca, vagliò tutte le informazioni e i contatti che le arrivarono, compì numerosi viaggi, incontrò diverse persone. I progressi non furono molti ma la quantità di notizie che riuscì a raccogliere in merito al suo antenato, unite a quelle già a disposizione della famiglia, ne tratteggiarono un ritratto affascinante: Giovanni Teodorico Presel viveva nell'Italia Settentrionale del XVIII secolo, nel periodo in cui Maria Teresa aveva preso il posto di suo padre e si era interessata, come lui, alla città di Trieste ed al suo porto. Le strutture erano da ampliare, le banchine, molto ridotte, rappresentavano quanto rimaneva dei mandracchi cinquecenteschi, eppure quell'apertura sul mare poteva diventare importante, competere con la grandezza di Venezia, rappresentare lo sbocco dell'impero Asburgico nell'Adriatico. La città venne investita dall'intraprendenza dell'imperatrice, la popolazione si accrebbe in buona parte di stranieri che arrivarono dalle nazioni vicine, i traffici e i commerci trovarono nuovo impulso e le cariche governative ed amministrative arricchirono molte famiglie. Presel il gioielliere, divampava in tutta la sua creatività e non aveva confini, limiti territoriali, remore a farsi viaggiatore del mondo; raccoglieva pietre preziose dagli angoli del pianeta, collaborava con artisti, artigiani, lavoratori della bellezza.
Nella bottega dove si era recato per accompagnare il notaio, aveva incontrato il bronzista di Carlo VI, decoratore delle sue carrozze, il quale , dopo che l'imperatore ebbe fondato la Compagnia di Ostenda, fu incaricato da questi di fregiarne i velieri e fu fatto imbarcare per rotte interminabili, durante le quali ebbe il tempo necessario per rifinire i copiosi decori. Un vascello in particolare, sul quale aveva vissuto per mesi, si era incagliato, piegandosi su un lato, ed aveva rivelato, tra le molte incrostazioni che lo ricoprivano, una numerosa colonia di ostriche che portavano nelle loro valve delle bellissime perle. Il capitano sapeva da sempre di quella ricchezza, ed era il solo a spiegarsi il bagliore che accompagnava la sua nave quando, navigando nelle notti serene, le sue ostriche respiravano aprendo

le valve e liberando il lustro delle perle acceso dalle vampe lunari. Quella luce si era fatta sempre più intensa, e nel tempo era diventata la leggenda di uno spettro dimorante nel veliero. Era stato l'attracco nei porti orientali, durante gli anni, ad accumulare quella ricchezza segreta che incantava i pesci e gli uomini; ma quell'incidente aveva svelato la magia ed il veliero venne tirato a secco. Le assi erano saldate talmente forte alle ostriche che per separarle furono divelte tutte fino a demolire lo scafo. Era comunque un vecchio veliero e si decise di non salvarlo. I lavori del bronzista furono rimossi insieme al resto delle parti migliori, e lo spettro, insieme al capitano, furono scacciati dal mare.
Poco prima di partire per la corte di Maria Teresa, dove lo attendevano nuovi lavori, il bronzista accettò la committenza di Presel: realizzare lo scudo in argento.

Con l'erba soffice che le carezzava i piedi, ristorava le caviglie dopo il terreno duro del bosco. La macchia di prato si apriva tra i fogliami alti senza spiegazione del perché gli alberi avessero desistito dal piantarsi in quel pezzo di terra, lasciando il sole ai fiori. Tra tutti gli uccelli che vivevano lì, la Ballerina Bianca era la specie più diffusa, tanto che poteva innevare, con il suo piumaggio ripetuto in uno stormo, le fitte cortine di foglie attraverso le quali persino la luce faticava a farsi un varco. Migliaia di piccoli corpi candidi affollavano i rami come frutti senza sole, acerbi nella loro assenza di colore, ed il coro che intonavano era incontaminato dagli altri rumori del bosco; sembrava che attendessero uno spiraglio nella selva dei suoni per riservarsi l'attimo di silenzio che il canto meritava. In questo modo acquisivano un ritmo, una cadenza che era probabilmente la stessa del battito delle ali con cui circondavano la medaglia verde al centro della quale, come una pupilla, sedeva Arianna.
Il bosco la teneva stretta in un pugno, eppure le fu facile schiuderlo per tornare a casa, pochi alberi più in là. E li poteva vedere dalle sue finestre, raccolti in quei vetri, nell'intento di spiarla e spingendosi l'un l'altro, come se fossero mossi dal vento.
Il passaggio della cameriere la distrasse e la tentò tanto da seguirla tra le stanze fino ai locali della cucina. Stavano preparando il banchetto per quella sera. Arianna attendeva la famiglia Kristef, ed il figlio dei

Kristef, che voleva sposare.
Non si vedevano da più di due mesi e, stranamente, faceva fatica a ricordarlo in tutti i particolari del viso, degli abiti, della sua andatura melliflua e comoda. L'emozione le toglieva qualsiasi appetito, e sapeva che quella sera avrebbe cenato controvoglia. I profumi di cui si stava riempiendo la cucina erano per lei qualcosa di ingombrante, degli oggetti sospesi nell'aria attraverso i quali doveva passare faticosamente per raggiungere la porta che dava sul cortile posteriore, dove avrebbe potuto respirare di nuovo liberamente. Era un pomeriggio lunghissimo, che non voleva finire. Percorse altre stanze, in cerca del padre, e lo trovò seduto sul divano dal quale si vedeva il viale principale: una strada che le sembrò terribilmente vuota. Si lasciò cadere accanto a lui, disordinandogli le carte che aveva in mano e cercando il suo viso tra i palmi gelati. Il padre capì quel freddo dovuto al nervosismo e le diede un abbraccio pieno di tenerezza.; del resto, anche lui era in attesa, perché condivideva con la famiglia Kristef diversi interessi economici e, negli ultimi due anni, aveva condotto con essa importanti operazioni finanziarie. Si era parlato del matrimonio circa sei mesi prima, ed entrambe le parti erano contente della cosa. Alla base di questi rapporti c'era innanzitutto l'asse politico che si stava creando tra l'imperatrice e le famiglie ungheresi che contavano, e per una sinergia propizia, il padre di Arianna ed il signor Kristef si erano trovati nel punto esatto in cui quell'ingranaggio girava, e la loro presenza attiva ne facilitava lo scorrimento fluido e duraturo. Un buon tramite diplomatico costituiva un'occasione interessante per l'amministrazione asburgica e, in ogni caso, qualsiasi possibilità di legare con altri paesi era buona alla causa di Maria Teresa la quale considerava ancora con apprensione la situazione europea non ancora del tutto riappacificata, dopo le guerre dovute alla sua successione.
La situazione che si andava abbozzando in quei mesi riempiva la mente del padre di Arianna con una complessità nebulosa che spesso lo preoccupava; tutti quei progetti, i nuovi rapporti che si aprivano con un paese straniero, lo motivavano fortemente ma allo stesso tempo lo facevano soffrire di un senso di precarietà. Sentiva l'instabilità della politica, la sua natura fortemente legata agli interessi di potere, e la mancanza di un contrappeso quantificabile, di un materiale che ne garantisse la realtà tangibile. Aveva sempre vissuto delle sue terre,

i suoi boschi producevano legno, i campi erano una risorsa agricola, e la sua idea di economia aveva il corpo visibile delle merci che venivano cedute per denaro sonante. Tutt'altra cosa gli apparivano le intese siglate nelle carte ufficiali, i buoni propositi che animavano gli incontri in cui si discuteva tra uomini in alta divisa; senz'altro un mondo argentato, raffinato e lieve nelle meraviglie dell'etichetta, dei cerimoniali studiati, ma irrimediabilmente impalpabile e quindi insicuro.

La concretezza che la vita gli aveva fatto crescere nell'animo come un callo era la sua ancora di salvezza, ma allo stesso tempo rappresentava una pericolosa titubanza davanti alla direzione che ormai aveva preso, e sapeva che muoversi con passo irresoluto corrispondeva ad inciampare.

A liberarlo da questi pensieri opprimenti fu il corpo di sua figlia che gli vibrava accanto e che animò il suo spirito pratico, la propensione al fare che era un istinto senza parole e che ascoltava nelle ossa. Arianna si era innamorata di quel giovane straniero, di ottima famiglia, ed era ricambiata; questa era la conferma a procedere, l'invito a concludere gli accordi per una vita felice. Pose le carte sul tavolino accanto al sofà, si girò verso la ragazza e le cercò gli occhi che già lo guardavano dubbiosi. Non ebbe parole, ma il viso gli si animò di uno sguardo rincuorante. Arianna si calmò, scoprendo quell'intesa, ma evitò comunque di girarsi verso la finestra, perché la strada non le apparisse di nuovo vuota.

Gli accordi con il bronzista erano presi, e Presel si trovava in viaggio per procurare il materiale necessario alla realizzazione dello scudo. La sua carrozza sobbalzava sulle strade accidentate ed il paesaggio mutava con la stessa lentezza delle nuvole; chino su un fascio di fogli, tratteneva la penna come meglio poteva, centellinando la calligrafia in parole interrotte e poi riprese nell'alternarsi dei tratti pianeggianti. La fatica di quello scrivere innaturale fiaccò presto la sua vista e cercò ristoro nell'ombra della vettura tirando le tende delle finestrelle. Si adagiò meglio sul sedile e lasciò che gli occhi si immobilizzassero sulla parete che aveva davanti. Il tessuto di cui era tappezzata ricamava delle figure agitate, saltellanti come uccelli sui rami, e si perse in quella disattenzione sonnolenta contando e ricontando il loro battito di ali, le loro cadute, il verso sonoro delle ruote che ne sostituiva il cinguettio. Era diverso da quello delle navi, l'incedere barcollante sulla terra, più ruvido, senza una velocità chiara da misurare, così incerto come la curva in fondo al sentiero. Tra un attimo sarebbero potuti rimanere immobili, con i raggi spezzati da un balzo troppo violento, oppure l'inerzia che una leggera discesa aggiungeva alla loro velocità avrebbe rotto il trotto dei cavalli acquistando una violenza difficile da tenere a freno. Nulla di questo accadeva in mare, perché i vascelli sull'acqua liscia sapevano fuggire dalle tempeste, quando non ardivano sfidare il tempo che gli era concesso per chiudersi nel porto. Per i viaggi più lunghi si rischiava lo stesso, ma i buoni marinai leggevano il cielo e tenevano il conto dei suoi avvertimenti, sulle grandi dita di canapa, perché le nuvole avevano la calma della vendetta, in modo che chi volesse, poteva scamparne la rabbia.

Il viaggio per mare era migliore in tutto, lo pensava come un riposo dalla terra; distante dalla riva non si poteva fare altro che aspettare il ritorno, e allora tutto si sospendeva.

L'argento era di ottima qualità, e contrattarono il prezzo. Alle spalle di quell'uomo si vedevano i tetti di Venezia, cesellati nell'azzurro come un gioiello orientale. La città era sull'altra riva, ritratta con il riserbo di una nobile. La sera, mentre cenavano insieme, la luce della luna la sottraeva al buio in cui era immersa, ma ne rimaneva uno spettro in fuga dall'acqua, senza i colori che scintillavano nel giorno, un miraggio esausto.

Il suo fornitore attendeva la consegna dell'argento ladro, un metallo da lavorare con arnesi di legno, da incastonare solo nella porcellana, da conservare lontano dai gioielli. Ingoiava qualsiasi oro, qualsiasi lega comune, ogni metallo che gli si accostasse; un solo monile, realizzato con quell'argento, avrebbe impoverito la più lussuosa corte d'Europa. Alcuni palazzi erano stati salvati solo a metà dalla spoliazione dei loro decori, e si erano viste sfavillanti donne di corte spegnersi a metà festa e rimanere nude del solo vestito, oppure altre dame trattenere spaventate le proprie pettorine nelle mani mentre queste si assottigliavano attratte dall'argento che le aveva sfiorate. Manciate di diamanti caduti a terra, privi del loro castone, e le candele lasciate al loro lume senza potersi più rifrangere in quelle pietre. L'atmosfera fatata della nobiltà si spegneva in una penombra da veglia, ed era, in un primo tempo, diventato l'argento delle regine, che non sopportavano contese sulla loro bellezza e che lo ostentavano impedendo a tutte le marchese di tentare la pur minima eleganza. Poi, la nostalgia dei passati fulgori, aveva riportato le cose com'erano, e le corti sfavillanti ne avevano bandito l'uso relegandolo ai souvenir da lutto. Gli oggetti per il pianto risucchiavano qualsiasi velleità mondana, impoverendo la dama malaccorta che interveniva al funerale con un gioiello che ricordasse la spensieratezza del vivere. Si faceva poco commercio di quel triste metallo, ma l'arte funebre vi ricorreva ancora ed il fornitore di Presel ne attendeva la consegna di un' importante partita. Aveva preso pertanto le misure del caso, allontanando le leghe nobili, costruendo massicce casse di legno per smistare il materiale isolandolo fino all'arrivo alle diverse botteghe dove sarebbe stato lavorato.

Presel ripartì il giorno dopo, sprofondando ancora nella sua carrozza, immaginando gli artigiani dell'argento ladro intenti a modellare il metallo con gli utensili di legno durissimo che si deterioravano nelle loro mani, e che venivano sostituiti dai solerti aiutanti. Era l' argento che non tollerava la ricchezza, difficile da piegare ai capricci del cesello, sobrio fino alla privazione. Le opere che si potevano realizzare con esso erano comunque bellissime, tristi ed isolate tra i freddi marmi che non soffrivano la sua attrazione. Un materiale costoso, come se non bastasse, perché ne era difficile anche l'estrazione chimica e qualsiasi crogiolo si scioglieva in una sconosciuta ed irresistibile temperatura. Difficile anche il trasporto : sui carri, che squadernavano le loro ruote senza il laccio dei giunti, sulle navi, che si perdevano nei mari quando l'ancora esausta si abbandonava verso i fondali. Per quanto fosse difficile impiegarlo, era sempre richiesto, ed insieme agli ori diversi, attirava a sé tutti quei desideri che rimanevano inesauditi dai gioielli più luminosi.

Gli ospiti erano arrivati ed avevano invaso le sale con le loro voci, i suoni dei passi, l'odore dei vestiti impregnati dal viaggio. Furono accompagnati nelle stanze e fatti accomodare aiutati dalla servitù. Arianna fuggiva lo sguardo del ragazzo e poi lo inseguiva, ricevendo le stesse attenzioni furtive. Per quasi un'ora, l'intera famiglia scomparve nelle camere che le erano state riservate, e quel lasso di tempo sembrò alla giovane non finire mai. Provò una grande emozione quando vide il suo amato affacciarsi con il padre per contemplare, dalla loro finestra, il bosco che circondava la casa; mostravano di apprezzare molto quel paesaggio e sul loro viso si leggeva un'espressione allegra. Poco dopo scesero al piano terra, perché era stata annunciata la cena. I camerieri servivano le pietanze silenziosamente, circondando i convitati ed occupandosi di loro premurosamente. Sedevano insieme anche alcuni parenti della famiglia di Arianna, i quali rallegravano la serata con il loro parlare educato, le domande, le curiosità che raccontavano agli ospiti stranieri. La luce delle candele aveva assorbito tutti i colori sostituendoli con un malinconico oro che patinava gli arredi della sala da pranzo, i quadri, la tappezzeria, i volti ; Arianna osservava il ragazzo mentre sua zia, quasi dimentica di mangiare, cercava di parlare con lui facendosi aiutare dalla madre per le difficoltà della lingua. Aveva il volto animato dalla curiosità unita ad un'espressione premurosa, copriva spesso la mano del giovane con il palmo della sua ed ardiva qualche carezza tra i suoi capelli, sistemandone i ciuffi con fare protettivo. Arianna si lasciò rapire per qualche minuto da questa visione, distraendosi dal resto della compagnia e lasciandosi cullare dal senso di benessere che provava quando era circondata dai suoi parenti, difesa dalle mura in cui era nata, dal bosco che sapeva vicinissimo. Ora, tutto il bene che da sempre l'aveva nutrita, si estendeva al ragazzo per il quale il suo cuore batteva così forte. Guardò il padre e le sembrò che il suo viso fosse più buono che mai, si sorprese cogliendo in lui dei movimenti, dei gesti così inusuali, dettati dall'etichetta più inappuntabile, che non credeva gli appartenessero. Non ricordò di averlo mai visto nel ruolo diplomatico in cui si era calato quella sera e a cui sembrava adattarsi senza il minimo sforzo, era come se indossasse un abito sfavillante, un' alta uniforme nella quale pochi si sarebbero saputi muovere con tanta levità. Provò una forte gratitudine verso tutta la sua famiglia per l'impegno che dimostrava nel cercare di realizzare il suo sogno. Immaginava già la sua casa, dopo le nozze, costruita dall'altra parte del bosco, da dove poteva ammirare gli alberi amati, far giocare i figli, ricevere le visite dei parenti, e sentiva che i suoi genitori erano lì per lei, pronti ad inverare i sogni che dentro di sé nutriva. Smise di pensare, di considerare, si lasciò trapassare dalla felicità; le sue sensazioni persero consistenza, si mescolarono in un unico benessere che la offuscò sempre di più facendole dimenticare le parole, il suo nome, il colore dei capelli, l'intero suo aspetto. Riuscì appena a percepire che l'attenzione non era su di lei, e ne fu ancora più lieta, considerando che non avrebbe avuto il peso di doversi ricomporre, e poté liberare del tutto il suo sguardo il quale vagò sui calici brillanti, tra i colori dei vestiti ed il loro profumo, aleggiò su quell'unica immensa emozione che la invadeva distraendola da tutto. Dopo qualche istante di totale fissità, i suoi occhi la risvegliarono chiedendo un battito di ciglia; tornò alla consueta attenzione come se uscisse da un bagno caldo e rabbrividisse per la diversa temperatura dell'aria. Una goccia di pensiero divise di nuovo le emozioni, sentì la punta delicata della ragione risvegliarla, ridisegnare la realtà con più senso, rendere quelle stesse emozioni più struggenti; e si commosse segretamente.

I mari più aperti erano anche i più pericolosi, le lunghe rotte sull'oceano portavano ad una solitudine assoluta della quale si doveva sempre diffidare. Poteva capitare, improvvisamente, di veder sorgere all'orizzonte una sagoma incerta, minutissima, che si annunciava però come una sciagura sicura, e quando il vascello era completamente carico non aveva modo di scampare a quella minaccia. In questo caso non valevano manovre diversive di nessun caso, ci si preparava alla lotta o, il più delle volte, alla resa. Si aspettava, navigando con l'andatura invariata, sperando che una preda più interessante comparisse poco lontano per sacrificarsi. Il veliero sul quale viaggiava Presel avvistò la costa rocciosa in una linea grigia posata sotto il cielo e l'equipaggio concentrò tutte le forze per arrivare a quella possibile salvezza. Dopo diverse ore di navigazione giunsero finalmente vicinissimi ai faraglioni che scendevano verticalmente in acqua ed iniziarono a lambirli, cercando un'occasione di attracco poco visibile dal largo. La fortuna concesse loro la grande bocca di una caverna che beveva il mare in un buio assoluto nel quale si sarebbero potuti nascondere. Sfiorando l'acqua con i remi e mantenendosi a distanza dalle rocce pericolose con l'ausilio delle pertiche che sporgevano dal ponte come piccole dita insicure, la nave fu spinta in quell'ombra ed illuminata con lanterne disposte lungo le murate. Il riverbero di quelle luci accarezzava le pareti madide della montagna e si ripeteva gelido sull'acqua nera che, a sua volta, rischiarava con un'aura spettrale la pancia del vascello. In quella bottiglia colma di spettri, gli uomini perdevano il volto e diventavano linee in movimento, affaccendate nel silenzio quasi perfetto della terra, rotto soltanto dalle onde minime che muoveva lo scafo. Le ultime vele furono abbattute in disordine sul ponte, la poca luce di cui disponevano venne disposta tutta sul perimetro del veliero e non permise molte operazioni oltre l'incerto governo della rotta che i marinai indovinarono in quel passaggio nero e tagliente. I gabbieri alzarono le candele sulle proprie teste, per assicurarsi che gli alberi non incagliassero nella volta, ed uniti alle luci sotto di loro, completarono il fioco bagliore che li seguì facendo arco intorno al bastimento. Davanti a loro, soltanto il nero più opaco che avessero mai conosciuto: una notte assurda, incapace della minima stella, vuota di tutto e totalmente insensibile. D'un tratto, lo scafo si arrestò comprimendosi in un urto morbido, non dirompente, ed indietreggiò come una molla ; gli uomini persero l'equilibrio, e rialzandosi, corsero spaventati a scrutare l'acqua che li aveva ingannati. Portarono tutte le lampade a prua e videro dinanzi a loro una roccia orizzontale che gli impediva di avanzare, ma dal momento che la chiglia era intatta, intuirono che non si poteva trattare di una parte della caverna. Saggiarono con le pertiche quella superficie in tutto simile alla nera montagna, e capirono che la massa tenera che li aveva trattenuti era un grande animale immobile. Pensarono ad una balena rimasta intrappolata, morta per immobilità, e si augurarono di non conoscere la stessa fine, in quell'enorme sepolcro.

Il grande cadavere li tratteneva, non era possibile proseguire, ma dopotutto, l'ingresso della caverna era lontano, ed il nascondiglio li celava ormai del tutto. L'aria era fredda, sembrava una notte autunnale, ed il silenzio senza vita faceva male alle orecchie. Assicurata la nave alle rocce più vicine, i marinai preferirono andare sotto coperta, e gli ufficiali si riunirono nell'alloggio più grande, cercando di distrarsi dalla sensazione di essersi tumulati di propria iniziativa, scappando da un pericolo per incorrere in un altro forse peggiore. La manovra per uscire non sarebbe stata facile perché il veliero non aveva modo di girarsi, ed avrebbero dovuto scavare l'acqua con la poppa, perdendo totalmente di manovrabilità. Ancor più che nel viaggio d'ingresso, in quello per uscire l'unica propulsione e l'unico governo della nave lo avrebbero dato le aste che brancolavano fuori bordo e i remi che non potevano cercare in profondità, per evitare di rompersi nelle molte leve che gli spuntoni facevano affiorare. In ogni caso, era presto per pensarci, avrebbero trascorso almeno un paio di giorni in quello spaventoso nascondiglio, sperando che la costa si sarebbe liberata. L'idea di avvicinarsi all'uscita con una scialuppa sembrava impraticabile perché le pareti erano vicinissime e non permettevano di calare la piccola barca. Non restava che aspettare il momento di rimettersi in moto e sperare per il meglio. L'equipaggio era molto impressionato, avevano sfidato le correnti e le tempeste, ma una gola di pietra mai; Preesel, tremava con essi.

Le attività sul veliero presero il ritmo delle giornate di bonaccia, le lanterne furono riunite sulla metà degli alberi e si riordinarono le vele. Quando furono del tutto piegate, si passò ad ispezionare il fasciame esterno, per accertare che gli scogli non avessero causato danni. Sembrava tutto in perfette condizioni, non restava altro che banchettare mestamente, cercando di rinfrancarsi a vicenda, senza far caso alle tenebre che stringevano. Alla fine la stanchezza li fece addormentare e rimasero due uomini di guardia, anche se non si sapeva bene di cosa. Si assopirono anch'essi, vinti da quell'immobilità totale che offuscava i sensi. Si spensero le due lanterne che li accompagnavano in quella tenebra, ed il nulla prevalse su tutto.

Dopo diverse ore un mattino inesistente li tolse dal sonno, ed il ponte si rianimò di deboli voci, di passi, di un brusio sommesso. Si sentiva piovere sulle assi, sull'acqua che li circondava perché le rocce trasudavano uno scintillio gelido, riecheggiante nella grande gola nera, e la poca gente di quella nave si vestiva come nelle notti di tempesta, affaccendandosi nelle manovre minute che occorrevano per muovere il veliero in quell'anfratto soffocante e riportarlo alla luce. Si era deciso di tentare il ritorno, c'erano buone possibilità che il bastimento che li aveva inseguiti non fosse più nelle vicinanze. Il capitano valutò con attenzione le istruzioni da impartire ai marinai per avanzare di poppa tra due lame di roccia con la poca luce a disposizione e con la sola propulsione delle braccia. La nave aveva una mole immensa, esorbitante, in quello spazio angusto, e per la sola forza umana appariva come una montagna inamovibile.

Furono fatti i primi tentativi ma fu chiaro dal primo istante che non era possibile imprimere il minimo moto allo scafo. Eppure, entrare nella grotta era stato possibile, la spinta dei remi improvvisati e delle pertiche che premevano sulle rocce vicine si era dimostrata bastevole. Nella mente del capitano si compose l'ipotesi raggelante che la caverna avesse sospinto il veliero all'interno di essa con una corrente che ne rendeva impossibile l'uscita: una lingua d'acqua che ingoiava, con una forza quasi impercettibile, qualsiasi corpo si trovasse all'ingresso delle rocce, e che poi digerisse, senza tempo, le sue prede. Guardò verso prua, quasi a chiedere al corpo esanime della balena una conferma del suo pensiero, ma non poté vederla perché tutte le lanterne erano a poppa, volte verso la speranza di uscire. Cercò di non perdersi d'animo, e al sottufficiale che abbozzò lo stesso ragionamento chiuse le labbra con uno sguardo di autorevole preoccupazione, spiegando, senza parole, il pensiero tragico che lo aveva invaso. Dopo qualche istante, per dare almeno un segnale positivo all'equipaggio, convocò tutti gli ufficiali nel suo alloggio; i marinai attesero sul ponte le decisioni in merito alla manovra, ed intanto, confrontarono i loro pensieri . Quando il capitano tornò da sotto coperta, non poté impedire al suo viso un'espressione incerta, e la sua autorevolezza sbiadì negli istanti di silenzio in cui indugiò . Ammise di non aver preso nessuna decisione precisa, ma descrisse comunque le manovre che aveva in mente e spronò i suoi uomini a mettersi all'opera. L'idea era di perlustrare i tratti più prossimi alla poppa, per vedere se la corrente ,che probabilmente li aveva condotti in quel fondo di roccia, era realmente presente nella grotta, e se così era, constatare se si disperdeva in altri pertugi, cambiando direzione, magari compiendo un ricircolo che la riportava all'esterno; in quel caso avrebbero tentato di raggiungere quell'appiglio per spingersi fuori. Rimaneva il problema di smuovere il veliero da quell'approdo, ma intanto, scoprire che l'acqua ritornava al mare, avrebbe animato tutti e ridato speranza. Una decina di uomini fu incaricata di scendere dalla nave, ma si pose il problema che non ci fosse un possibile camminamento sul quale muoversi perché la roccia cadeva quasi verticalmente nell'acqua. Occorreva una scialuppa, ma quelle che avevano sul veliero non potevano essere calate dai fianchi perché le pareti della grotta erano troppo vicine. Si decise di farle scendere dal cassero di poppa, e la manovra non fu facile; lo sbalzo da colmare senza l'argano comportò l'uso estemporaneo di una struttura armata dal carpentiere che la fissò alle tavole del ponte e all'albero di trinchetto. Quando due scialuppe furono in acqua, i marinai vi si calarono appendendosi alle corde che scendevano flosce come liane arboree, leggermente dondolanti. Seduti nel fondo delle piccole barche, sentirono sulle spalle un alito di ghiaccio, e alzando sulle proprie teste le lanterne che i compagni gli avevano calato, illuminarono la nebbia che esalava dal lago nero, alta circa un metro e mezzo, fredda come la neve; fuori della grotta, era estate. La ricognizione durò quasi un'ora, le due scialuppe si allontanarono nell'oscurità, ed il capitano rimase ad ascoltare il rumore lontano dei remi che disturbavano la pace della grotta. A quel suono sommesso e sfuggente si aggiunse il crepitio violento dell'albero maestro che inaspettatamente toccava l'arcata della grotta forzando contro di essa. Il legno scricchiolava sempre più forte, con una graduale violenza che faceva inorridire tutto l'equipaggio sottostante. Si vedeva il culmine a malapena ed un gabbiere decise di salire per constatare meglio quanto accadeva; la sua voce ebbe un rimbombo particolare, a quell'altezza, quando comunicò che la coffa più alta era deformata e che minacciava di schiantarsi. Le ultime sartie erano tutte allentate, l'albero maestro soffocava sotto quel soffitto angusto. Qualche istante dopo si udirono le voci affannate dei perlustratori che ritornavano in tutta fretta; avevano un suono gioioso e ansimante perché lottavano contro la spinta dell'acqua che gli rendeva difficile avvicinarsi alla nave. Il capitano capì immediatamente che si era mossa una corrente nella direzione opposta all'entrata della grotta e che stava scavando sotto lo scafo: era la salvezza. Quando le scialuppe si accostarono al veliero vide che erano vicinissime, troppo alte rispetto alla linea di galleggiamento; perse il senso delle proporzioni, le barche erano talmente prossime al ponte che sarebbe stato quasi possibile tirarle dentro senza l'ausilio dell'argano. L'acqua si era alzata, ma la nave era rimasta alla stessa quota perché il tetto della caverna la tratteneva. Non si erano accorti di nulla, eppure era un accadimento provvidenziale: adesso la corrente li avrebbe trascinati fuori, verso la luce. Tutto l'equipaggio si dispose sul ponte, attendendo che la bassa marea compisse il lavoro del vento, e si preparò a manovrare in quella gola tenebrosa. L'albero cessò di scricchiolare, segno che il veliero scendeva insieme all'acqua e presto avrebbe iniziato a muoversi. Minuto dopo minuto, gli occhi rimanevano immobili sulle pareti viscide della montagna, per scorgere il minimo avanzamento, ma non succedeva niente, non si vedeva il minimo spostamento, né in altezza, né in avanti. D'un tratto, un rumore cupo salì dal fondo dello scafo, sembrò il brontolio di un pachiderma pigro costretto al risveglio da un evento inatteso. Nessuno seppe spiegare cosa stesse succedendo ma, quando si udì il gocciolio dell'acqua che scivolava sul fasciame, lasciandolo in secca, le prime voci atterrite animarono il ponte di un terrore ancor più freddo di quell'aria buia; il veliero si era incagliato e non scendeva con il fiume che lo avrebbe salvato. Si creò il vuoto sotto la chiglia, e la nave rimase appesa, inclinata su un fianco, in un grottesco ed enorme incastro di legno e pietra sopra il quale si agitava una folla di insetti impauriti.

Il buio e la roccia che li circondavano erano gli unici spettatori di quella vicenda spaventosa dalle proporzioni di un gioco per titani; una situazione quasi inumana che la luce del giorno si sarebbe rifiutata di mostrare. Dov'era il senso delle cose? Il corretto funzionamento degli elementi? Perché il vento non esisteva più? E dov'erano le correnti che indicavano la costa, gli uccelli che afferravano le sartie più alte per riposarsi ed annunciare la terra vicina? E che strana voce aveva la nave mentre soffriva nella pinza che l'aveva catturata; il capitano non l'aveva mai udita pronunciare simili parole. Presel cercò i volti di tutti, le loro espressioni, e si accorse di non avere la stessa paura degli altri; anche se aveva viaggiato molto per mare, non conosceva il mestiere del navigarlo, né l'anatomia di un veliero, e quindi non sapeva le sofferenze alle quali era costretto in una situazione del genere. Senza dubbio, a differenza di lui, tutti i marinai vivevano una preoccupazione più specifica, più vicina al rischio che stavano correndo. Li vedeva correre lungo il ponte, scomparire sotto coperta e riemergere pochi istanti dopo parlando freneticamente, riassumendo in termini a lui sconosciuti le sofferenze del torace di legno. Per lui si trattava solo di un terrore senza prospettiva, aveva paura di affogare, o di morire di fame e freddo; per gli altri uomini, il destino aveva un viso più nitido, crudelmente definito. Capì che la loro non era immaginazione, ma previsione attendibile: probabilmente pensavano allo schianto della nave in seguito alla caduta da quelle rocce, oppure ad un altro improvviso movimento dell'acqua che li avrebbe infranti contro le pareti, o ancora all'abnorme salita di questa fino all'inondazione della coperta, quando gli alberi si sarebbero schiacciati tra il galleggiamento e la mano immensa della caverna. Qualsiasi fosse stata la loro premonizione, non ebbe il coraggio di chiederla a nessuno, e si tenne ben saldo ad un angolo della nave, in muta attesa.

- Quanto manca ? -
- Anna mia, scusa mi sono addormentato come un bambino.-

Ludovico si era adagiato su una spalla di Anna, sobbalzando leggermente ad ogni movimento del treno, ed era rimasto in quella posizione per quasi un'ora. Lei si era curata di non svegliarlo e, pur proseguendo la lettura, aveva seguito con la coda dell'occhio le sue espressioni per capire se qualcosa poteva disturbarlo o se la posizione iniziava a stancarlo. Come le madri fanno con i figli piccoli, cercava di mantenerlo comodo addolcendo le scosse del vagone nella morbidezza delle sue membra, creando una culla naturale. Quando Ludovico riaprì gli occhi provò un piccolo dispiacere, ma si confortò subito con le sue parole.

- Mi sentivo un po' stanco, a dire il vero, ed infatti sono crollato. Ti pesavo molto ?-

Anna rispose senza parole, sostituendole con un sorriso, come faceva spesso. Ludovico si ricompose e guardò fuori dal finestrino; i suoi occhi faticarono ad abituarsi alla luce piena del giorno. Li riposò nel volto di Anna.

- Una volta mio nonno ha detto " hanno fatto tanti monumenti a tanta gente, ma a quello che ha inventato il letto, il monumento non glielo hanno mai fatto"

Anna sorrise ancora.

- Il fatto è che mio nonno faceva sempre il riposino dopo pranzo; un attimo dopo aver posato la forchetta aveva già gli occhi pesanti, come se fosse stata mezzanotte. Ce lo portavano come buon esempio, perché ci dicevano che la dormita dopo pranzo fa bene e che nonno era sempre stato in salute per quello; ma tanto, quando ci mettevano a letto, passavamo l'intera ora a parlare sotto voce. -
- Mio nonno invece dormiva solo poche ore la notte....era un

motore che non si fermava mai.-
- Direi che è una caratteristica di tutta la vostra famiglia.-
- Sì è così, siamo sempre stati tutti indaffarati.-
- Perché avevate qualcosa da fare ! -
- Cioè ? -
- Voglio dire che la vita che vi ha sempre circondato è stata varia, interessante...tutti i vostri impegni, la presenza in società...-
- Beh, non credere; non è proprio come dici...-
- Mi sembra che non abbiate mai conosciuto la noia....sai, quella noia che vince nei pomeriggi estivi, quando non hai proprio niente da fare, o non puoi fare niente per il grande caldo. Mi ricordo di ore passate sul pavimento ombreggiato del soggiorno, con l'orecchio incollato alle piastrelle e la curiosità di sentire cosa succedeva nell'appartamento di sotto; non accadeva niente neanche lì. Nostra madre, passando nel corridoio, ci diceva " avete finito di fare gli stracci ? " , ma poi ci lasciava fare, perché stavamo buoni. Scommetto che tu queste cose non le hai mai fatte, vero ?-
- E' vero, lo ammetto.-
- A volte ci addormentavamo in quella posizione, facendo il riposino pomeridiano a nostro modo. Spesso vedevo l'ombra di qualche uccellino filtrare tra le fessure delle imposte chiuse, e sentivo le zampette aggrapparsi alla ringhiera di ferro bollente. E poi il russare di nonno, nella stanza con la porta socchiusa, " così passa un filo d'aria ma non troppo, che un mio amico c'è morto per aver preso freddo allo stomaco dopo pranzo, povero ragazzo. -
- Insomma tuo nonno amava il letto..-
- Sì, credo che considerasse il riposo come un bene imprescindibile, una regola di vita seria. -
- E il monumento ? -
- A quanto ne so ancora nessuno lo ha accontentato -

Anna rise, e si girò verso il finestrino; mancava poco all'arrivo.
- Ti aspetto in un bar, che dici ? Pensi che ci metterai molto ? -
- Sarà necessario un po' di tempo, è meglio se mi aspetti in albergo. -

- Pensi che il diamante di cui ti hanno parlato sia quello giusto ? -
- Ci sono buone possibilità -
- Bene, un altro tassello che va al suo posto -

Appuntamento nel primo pomeriggio, Anna avrebbe avuto da fare sicuramente fino a sera. Ludovico decise di attenderla in camera, magari sdraiato sul letto, a sonnecchiare, come avrebbe fatto suo nonno.

Nell'ombra intensa del fogliame, i due ragazzi giocavano a perdersi, sfidando le indulgenze dei genitori e i rigori della buona creanza. Mano nella mano, dividendosi le poche parole comuni, nel tentativo di scavalcare la lingua che li divideva, parlavano di piccole cose. Arianna ascoltava molto e non abbandonava mai il suo sorriso. Senza che lui se ne rendesse conto, osservava con grande attenzione la forma delle sue mani, il vestito tagliato così bene, il passo leggero e composto, i capelli raccolti in una breve coda che si rompeva nel bavero rialzato. La sua figura era sottile, alta, quasi fragile; sembrava che non si trovasse a suo agio in quell'ambiente un po' selvaggio, ed i passi, che muoveva con incertezza , erano irregolari, mal tarati. Lei, invece, appariva disinvolta, con un'aria sicura che le donava le movenze di un animaletto selvatico.

D'un tratto, sciolse la mano da quella di lui per inoltrarsi nel verde e riemergere con un gambo morbido senza fiore. Continuando a sorridere, gli offrì quella piccola pianta per assaggiarla, e davanti al suo stupito diniego non si perse d'animo e la masticò lei stessa tingendosi per un attimo i denti di verde. Poi si avvicinò a dei fiori e gliene raccontò la composizione con termini scientifici che il ragazzo mostrò di non conoscere ma di capire comunque senza troppe difficoltà. Infine, gli indicò i piccoli uccelli bianchi che abitavano sui rami e lui ne rimase rapito soffermandosi a guardarli con molto interesse. Tanto bastò ad Arianna per renderla davvero felice.

Il ragazzo le disse che quella era una terra bellissima e che sarebbe stata perfetta se vi fosse stato anche un corso d'acqua. Tutto sommato, però, il rumore di un fiume avrebbe disturbato il canto degli uccelli, e questo sarebbe stato un vero peccato. Arianna non

rispondeva più, ma univa al suo sorriso taciturno, il fulgore degli occhi che vibravano come la luce tra la fitta cupola di foglie.
Al loro ritorno si separarono per i preparativi della cena; si cambiarono d'abito, e tornarono nel salotto per sedersi insieme ai genitori. Poco dopo si disposero intorno alla tavola, e a causa dell'aria calda che durante il giorno aveva invaso tutte le stanze e che il tramonto non era ancora riuscito a rinfrescare, furono aperte tutte le porte mettendo in comunicazione la sala da pranzo con gli ambienti vicini, incluso l'ampio spazio dell'ingresso che si apriva a sua volta sul piazzale ovale antistante la casa. Oltre il biancore della ghiaia, esaltato dalla luna, si ergeva il recinto alto di alberi neri, puntinato dal volo delle lucciole. La madre del ragazzo guardò con un certo timore quel limite oscuro, ma constatando la tranquillità dei commensali, si distese anch'essa, e tornò ai piaceri del banchetto.

Emergendo dal buio di quel bosco, si veniva immediatamente colti dalla brillantezza delle finestre, ed in particolare dal portone del tutto aperto dal quale provenivano le voci degli abitanti. La carrozza ,terminato il viale, si trovava nell'occhio bianco di sassi che rimaneva attonito sotto il cielo stellato; all'interno del portone, si poteva scorgere inaspettatamente la tavolata che, circondata da numerosi candelabri ardenti, risaltava ancor meglio e più intensamente delle altre luci che trapuntavano la facciata del palazzo. Due camerieri si tenevano pronti a ricevere l'ospite atteso, e quando questi scese dall'abitacolo e salì i primi gradini della scala d'accesso principale, trovò davvero bizzarra quella composizione di persone e arredi visibile già dall'esterno.
Al di là di questa stranezza, ebbe modo di apprezzare l'ospitalità ineccepibile, e poté unirsi alla cena accolto con le cortesie che si addicono ai migliori padroni di casa.
Terminato il banchetto, le signore si accomodarono nella veranda posta sul retro, per godere dell'aria più mite, e i due signori invitarono il terzo arrivato, con giustificato ritardo, a sedersi con loro nello studio per discutere insieme. La riunione si protrasse per quasi due ore, e nessuno li disturbò. Parlarono fittamente, dando l'aria di confrontarsi ripetutamente su una certa quantità di idee che, alla fine, trovò una composizione soddisfacente per tutti.

Celebrarono il risultato bevendo ripetutamente e scambiandosi parole di apprezzamento reciproco. Le signore si ritirarono per prime, ed i ragazzi non fecero molta attenzione a cosa succedeva in casa, abbracciati in una stanza buia, nascosti a tutti, respirando in un solo bacio.

E' senz'altro uno dei proverbi più diffusi, più pronunciati, "la speranza è l'ultima a morire", e forse non muore affatto, neanche quando l'animo agonizzante nel mare degli accadimenti, dopo aver esaurito l'ultima resistenza sotto il filo dell'acqua, ritira la mano sulla quale portava il desiderio estremo di salvarsi inabissandosi per sempre, e liberando le ali di questa chimera per lasciarla migrare verso altre sfortune. Allora è evidente che questa creatura senza fine fa il nido nelle sciagure, e le abbandona solo quando crollano soverchiate dalla loro stessa natura infelice. Se invece le cose vanno bene, si prende tutti i meriti, e gli uomini se la scambiano come pane caldo, la augurano, la raccomandano. La speranza aleggia sulle vele oceaniche, senza provare mai stanchezza; pasteggia con i sospiri che i marinai le lanciano nel becco, e vede nella notte meglio di qualsiasi civetta, o gatto randagio. Forse perché non ha nemmeno gli occhi, ma va a fiuto e trova che il lezzo della paura sia fragrante, che solletichi l'appetito. Cieca, dalle grandi ali, è capace di fare ombra al disperso nel deserto, concedergli di vivere più a lungo, sopportare il sole e ristorare la sua carne frollata.

Appollaiata sul cassero, quello dal quale avevano calato le due scialuppe, era rimasta immobile da quando erano entrati nella grotta, e il capitano, con i suoi marinai, ne respirava le piume durante il sonno, e si svegliava con la voglia di rimanere sul veliero, di attendere ancora l'alta marea che venisse a liberare lo scafo dalle rocce. Ne contarono nove, ma il mare non ebbe la forza di sollevarli abbastanza, e dopo il sinistro beccheggiare contro le pietre, seguì sempre la stasi, e la posizione di prima, così che le brande, il timone, gli alberi, rimasero ugualmente obliqui, inclinati come una smorfia di sopportazione. In quei giorni si adeguarono al buio, al freddo, e mangiarono la cambusa fino alle ossa. Pescarono i pesci che vivevano nell'acqua della caverna, che erano bianchi fino a mostrare le viscere, e le febbri dilagarono. Bevvero l'acqua delle rocce, raccogliendola a volte gelida e limpida dagli interstizi invisibili, altre, verde e amara, trasudante lenta dalla pelle grigia dei massi. Il veliero non si staccò dal suo appiglio, rimase sospeso ed immobile assimilandosi alla montagna; per salvarsi lo si doveva abbandonare.

I marinai iniziarono a desiderarlo, senza più considerare la nave come la loro casa, il loro lavoro. Fuori dalla caverna avrebbero trovato altri velieri, altre occasioni di vita, e qualunque cosa avrebbe fatto al caso loro, piuttosto che rimanere nel buio di quella prigione. Il capitano fissava il cassero, ascoltava il verso della speranza che non si interrompeva mai.

Alcuni membri dell'equipaggio si erano allontanati con una scialuppa per raggiungere l'esterno e chiedere aiuto, ma avevano ammutinato; nessuno sarebbe entrato nella grotta per tentare di strappargli il veliero, e nemmeno per portare in salvo i suoi abitanti.

Dopo la ricorrente marea, quando il capitano constatò la totale inerzia dei marinai che rimasero incuranti dei traballamenti della nave e non mossero un dito per compiere la pur minima manovra di aiuto, decise di consegnare il suo comando allo sfacelo. Il grande uccello si mosse, e batté le ali seguendo la corrente d'acqua che si allontanava dallo scafo; bisognava seguirlo.

Furono calate tutte le scialuppe disponibili, i remi, le lanterne, le merci più importanti, ed ebbe inizio una processione vacillante che imboccò l'altissimo corridoio dal quale erano transitati quasi due settimane prima. La sagoma del veliero si confuse nel buio, e sembrò un cane spinto contro la grande parete di pietra, distratto dall'esca putrida della balena ed ignaro di venire abbandonato.

Gli uomini pensarono di ritrovare l'uscita guidati dalla luce del sole ma il conto dei giorni non era stato preciso e l'alba non era ancora sorta. Le lanterne mostrarono i muri tutti uguali, e si accorsero di aver sbagliato direzione quando notarono che i margini del torrente in cui navigavano erano troppo vicini per permettere il passaggio di un veliero; quella, non poteva essere la strada percorsa durante la fuga. Ormai l'orientamento era del tutto perduto e diversi canali si aprivano davanti a loro. Erano tutte gole senza fine e nessuna di esse si distingueva dall'altra . Accostarono le barche toccando le prue e formando un fiore al centro del quale si strinsero gli uomini sconvolti dalla paura. Decisero di esplorare tutti i corridoi e di lasciare una scialuppa nel punto di partenza per fare da riferimento.

Presel si inoltrò in un passaggio che non tardò a rivelarsi un budello sempre più angusto; il soffitto si abbassava progressivamente ed infine terminava tuffandosi nell'acqua che creava una piccola risacca e spingeva la barca indietro. Tornato al punto di partenza, vide che già un'altra imbarcazione lo attendeva, avendo incontrato lo stesso ostacolo. Ne rimanevano due, che non mandavano alcun segnale. Dopo qualche minuto gli uomini iniziarono a gridare temendo che i compagni si fossero persi e avessero bisogno di un punto di riferimento. Attesero ancora del tempo ed infine si decisero ad entrare anch'essi nelle due gallerie, questa volta però legando una cima ad uno spuntone che si trovava al centro del bivio. Una barca scomparve nell'ombra e subito dopo l'altra intraprese la via alternativa; ne rimase una come contatto per entrambe; Presel sedette dentro questa.

Nei minuti successivi non si mormorarono parole, né ci furono respiri che fossero in grado di disturbare il silenzio; solo l'attesa senza suono, immobile come un cristallo. Le ali della speranza si erano divise nelle due direzioni e volavano a pelo dell'acqua, facendo strada ai marinai.

Dopo circa un'ora, un tempo che quegli uomini non furono in grado di contare, il terrore si fece insopportabile; afferrarono una cima e iniziarono a tirarla. Era lenta, senza peso. Pensarono che i compagni non si fossero allontanati molto e che non avessero sfruttato tutta la sua lunghezza; ma questa idea durò un istante perché si resero conto che all'altro capo non c'era nessuna barca ma solo un taglio lacerato. La paura calpestava la loro mente rendendogli difficile ragionare; sembrava che il loro proposito di cercare la via d'uscita fosse più pazzo di quello di rimanere sul veliero. Afferrarono con impeto la seconda cima e tirarono febbrilmente. Al contrario della prima, questa era inamovibile, rimaneva tesa e durissima e non indietreggiava di un metro. Si trovavano davanti a due situazioni inverse, e questi estremi li confondevano fino ad ammutolirli. Adesso erano più soli ancora e non sapevano cosa fare; valutarono la possibilità di seguire la corda che poteva essere stata tesa dagli altri per far capire che avevano trovato l'uscita, oppure quella di rimanere immobili ed aspettare che qualcosa accadesse, ma in quel mondo sotterraneo sembrava che nulla potesse succedere e che l'eternità delle rocce rimanesse indifferente ai loro gesti, alle paure

di esseri viventi. Si abbandonarono ad un riposo malato, seminati ai bordi della barca come un grumo caldo di deboli respiri che quasi non si percepiva. Lo spavento, la frustrazione, si risolsero in sonno.
Giovanni Presel si assopì come gli altri e si concesse il lusso di sognare la libertà; si ritrovò su un prato soleggiato, grandissimo, al termine del quale c'era uno strapiombo ed il cielo azzurro. Dalla parte opposta, sempre a grande distanza, iniziava un bosco rigoglioso. Improvvisamente calava la sera, velocissima, ed era subito notte. Si rammaricava di non essere rientrato in tempo, e la preoccupazione di muoversi nel buio lo angustiava. Il bosco era in attesa, lo invitava ad addentrarvisi e allo stesso tempo lo minacciava. Si sentiva una creatura debole, nuda, di fronte ai pericoli della vegetazione. D'un tratto, una visione lo rincuorava: mentre si avvicinava agli alberi, iniziava a scorgere dei candelabri legati ai rami, e sui candelabri brillavano delle candele accese di una fiamma fredda, che non bruciava il legno. Si stupì che non scaturisse un incendio e, anche se con riluttanza, si inoltrò nella macchia. Incredulo ai suoi occhi, decise di arrampicarsi fino al primo ramo e di toccare una di quelle fiamme che, una volta raggiunta dalla sua mano, si rivelò gelida, talmente fredda da intorpidirgli il braccio fino alla spalla. Pensò che gli alberi fossero salvi dal fuoco ma che stessero morendo stretti dall'inverno di quelle luci. A breve, il bosco sarebbe appassito, e lui con esso, assiderati in una notte di ghiaccio.
Si svegliò all'improvviso e sentì il braccio ancora gelido; vide che era sospeso e gocciolante al di sopra della sua testa e che uno uomo lo impugnava dal polso. Il sonno si dissipò in pochi istanti e riuscì a riconoscere in quella persona uno dei compagni che erano spariti con la seconda scialuppa e che adesso gli era al fianco e lo sorreggeva dicendogli che mentre dormiva si era lasciato scivolare verso l'acqua e che aveva tenuto sommerso il braccio tanto da farlo diventare bianco ed esangue. Presel prestò poca attenzione alla sua mano intorpidita perché si accorse che gli uomini che affollavano le scialuppe erano l'equipaggio completo delle due scomparse; soltanto, contò una barca in meno. Era accaduto che la prima barca si era incagliata in un pertugio di rocce affilate e che non era stato possibile liberarla, fortunatamente quel passaggio era collegato a quello che aveva imboccato la seconda scialuppa ed era stato possibile raggiungerla a nuoto, seppur correndo il rischio di ferirsi su quei rasoi di pietra.

Alcuni di loro, infatti, avevano le mani e le gambe insanguinate. Il fatto che non fosse stato possibile ritirare la seconda fune, era dovuto all'intenzione di mantenere ferma la scialuppa per farla raggiungere ai naufraghi. I marinai avevano tentato di comunicare a voce la situazione, ma avevano capito di non essere uditi; una volta recuperati tutti i compagni erano tornati indietro.

Durante la spedizione, che non aveva rivelato nessun passaggio praticabile, i marinai che si erano incagliati su un fondo bassissimo avevano potuto notare dei pesci colorati. In quella situazione, non era un dettaglio da poco perché rappresentava una varietà che poteva provenire dall'esterno. Si concretizzò immediatamente un'idea comune e, quasi senza proferire parola, gli uomini iniziarono le manovre per muovere le scialuppe. Si mise in testa quella del capitano, che montava due lanterne a prua, a circa cinquanta centimetri dall'acqua, per illuminare il piccolo banco di pesci senza disturbarlo troppo, a seguire le altre barche silenziose ed ordinate in fila. Benché quelle creature si mostrassero febbrili nel seguire una determinata direzione, cambiarono il proprio andamento diverse volte, e confusero spesso gli uomini, ma man mano che il cammino procedeva, si univano a quella specie altri piccoli animali a testimonianza del fatto che quel mondo segreto si riduceva metro dopo metro. L'equipaggio non si accorse immediatamente che la luce delle lanterne veniva sostituita da quella del giorno, fintanto che un raggio di inequivocabile sole non tracciò una linea chiara nel fondo di quel bacino. I pesci scomparvero e l'uscita si mostrò nel bagliore che definiva i profili delle rocce. Una volta fuori dalla montagna poterono rivedersi , riconoscersi nei chiaroscuri che definivano il volto. Gli occhi si aggrottarono di nuovo, per difendersi dal sole, come quando il veliero gonfiava le vele e li portava in mare aperto. Si riscaldarono e asciugarono i vestiti durante il tragitto fino al primo approdo. Constatarono le ferite, le pelli lacere ed ammuffite, le pupille semi cieche, i pochi averi scampati al buio della caverna. Presel contava con le dita le sue pietre salvate nella tasca; il capitano non aveva più niente.

Non esiste un porto uguale all'altro, ma in tutti c'è lo stesso odore. Non potrebbe essere diversamente perché hanno il mare in comune e questo, anche se ritagliato dalle lingue di terra, posa il suo mantello ovunque, isolando i paesi come briciole di biscotto a galla in una tazza. Alfredo sprofondava nella poltroncina del caffè e, consumando il suo aperitivo, guardava le navi che arrivavano a Genova. Mentre attendeva Anna e Ludovico, si divertiva all'idea di un lungo viaggio che circumnavigasse l'Italia e che avesse come partenza quella città e come arrivo il porto di Trieste. Avrebbe visto la penisola raddoppiandone la lunghezza per sfilare davanti a tutte le sue coste; un tragitto lento e paziente che di certo lo avrebbe ispirato, divertito, annoiato.

Immerso in questo pensiero fissava due grandi navi immobili che sembravano abbandonate: non si vedevano passeggeri né operatori addetti alle stive, nessuna attività che le interessasse, soltanto una sosta lunga e desolata. Le paragonò ai grandi velieri del passato, considerando quest'ultimi in un'aura di prodigio per il fatto che li si realizzassero esclusivamente in legno. Nell'anatomia di quelle imbarcazioni si poteva intuire la grandezza delle piante di cui erano fatti, la maestà di quei tronchi trasformati in tavole ricurve, il loro grande corpo che lamellava la chiglia ; di fatto, un modo pratico per considerare le dimensioni totali della nave. A differenza dei transatlantici odierni, dove le lunghezze e le altezze si perdono in distese omogenee di lamiere, nei loro predecessori si poteva apprezzare la ripetizione ordinata dei materiali che la natura forniva, e nell'insieme, un'imbarcazione del passato doveva apparire sicuramente come un grande oggetto artigianale. Paragonati a quelle città di ferro, però, Alfredo non poteva non considerare i velieri come dei gusci fragili che si perdevano nel mare e gli appariva senz'altro un mistero il fatto che un piccolo gruppo di uomini trovasse la volontà di attraversare il pianeta sul filo dell'acqua isolandosi per mesi e sopravvivendo grazie ad un letto di assi galleggianti. Le navi che osservava nel porto davanti a sé, davano l'impressione di non soffrire il pericolo dell'inabissamento perché i loro scafi erano talmente vasti da poter appoggiare la loro pianta sul fondale marino. E poi avevano il radar, la radio, i sistemi di sicurezza moderni, e navigavano in un mare molto più popolato rispetto a quello del passato, dove ci si sentiva meno soli. Invece nel settecento, la solitudine gonfiava le vele dei capitani avventurosi, e anche nell'attracco, i velieri erano condannati all'esilio, se il porto verso il quale viaggiavano non era sufficientemente grande da ospitarli. Era il caso di Trieste, che non aveva banchine così generose da fornire riparo ai bastimenti di grande tonnellaggio; allora rimanevano all'esterno e si facevano raggiungere da piccole imbarcazioni, come il trabaccolo esposto nel museo, e svuotavano le stive in mezzo all'acqua, attendendo che l'equipaggio tornasse dopo il riposo sulla terra, pronti per ripartire. Con un po' di fantasia, Alfredo immaginò le scialuppe che riportavano a terra i marinai e gli ufficiali poco prima del tramonto, le merci ammassate sulla banchina, e il veliero lasciato sulla striscia di mare annerita dalla notte.

- Ecco il professore !-
- Ciao fratello, come stai ? -
- Non mi lamento. -
- E tu Anna ? Tutto bene ? -
- Sì Alberto, anche se stanca.-
- Il viaggio è stato faticoso ? -
- Un po'...avevamo i tempi stretti per via dei treni ...-
- Il fatto è che Anna viaggia più volentieri in treno che in macchina, e allora gli appuntamenti si trasformano in maratone a tempo. -
- Oh fratello quanto sei polemico ! Ha ragione Anna invece ! Il treno è un mezzo più meditativo, più consono alla concentrazione rispetto all'auto. ..ma tu sei sempre il solito insensibile...non è vero Annuccia ? -

Anna rise come sempre alle scaramucce improvvisate dei due fratelli.
- Ha ragione Alberto..e poi lo sai che in macchina mi viene il mal di stomaco se leggo. -

- Sì lo so....quando torniamo dagli incontri lei si mette subito a riordinare i suoi appunti e allora la macchina si rivela scomoda. -
- Giustissimo cara. Vedi fratello? Questa è la vita degli studiosi...tempo, calma, dedizione...e un peculiare disinteresse ai mezzi moderni, alle corse sfrenate, ai ritmi senza posa.-
- La smetti di parlare come se vivessi nell'ottocento ? Sei ....-
- Ah non dirlo ! Non sono mai affettato, ne abbiamo parlato già tante volte ! Piuttosto, come vanno le ricerche ? -
- Diversi incontri si sono rivelati proficui, ed il puzzle ha

ritrovato molti pezzi. Il mio antenato aveva realizzato qualcosa di davvero eccellente, un pezzo fuori dal comune. -
- Intendi un gioiello molto prezioso ? -
- Non solo, direi che ideò un gioiello unico nel suo genere. Lo scudo che conserviamo a casa è la base di un'opera che dovette coinvolgere diversi artisti e che Giovanni Presel coordinò seguendo un progetto preciso. Fu un lavoro di contatti, di ricerche, di viaggi e, sebbene il disegno fosse già stabilito, ci fu senz'altro una forte componente di improvvisazione e di adattamento dal momento che si rivolse ad artisti molto diversi. Quello che affascina, è la sua perseveranza, l'impegno con il quale portò a termine il suo lavoro. Le parti del gioiello hanno storie varie, provengono da laboratori distanti l'uno dall'altro, questo vuol dire che non si accontentò di bussare alle botteghe che aveva sotto casa ma selezionò le collaborazioni ovunque arrivassero le sue conoscenze. -
- A quei tempi, spostarsi, non era certo una cosa rapida come oggi. Fin dove credi che sia arrivato per richiamare le migliori maestranze ? -
- Penso che abbia viaggiato, come minimo, per tutta l'Europa. -
- Senza dubbio la committenza doveva essere importante. -
- E paziente, dal momento che la coordinazione dei diversi lavori dovette comportare una notevole spesa di tempo. -
- Quindi ti aspettano dei viaggi all'estero ? -
- Qualcuno....però il gioiello si è disperso prevalentemente in Italia. -
- Hai avuto modo di ricostruire le dinamiche di questo smembramento ? -
- Non ancora. Non ne è chiaro il motivo e quindi faccio fatica a fare delle ipotesi. -
- Capisco....magari la committenza non era più interessata. -
- Potrebbe essere, in questo caso Giovanni sarebbe ricorso alla vendita separata per ricavarne il maggiore guadagno, oppure, ipotesi che mi sento di sostenere, perché il gioiello era stato tanto personalizzato da non renderne più possibile la vendita ad un altro cliente. -

- Quindi le pietre e le varie lavorazioni avrebbero preso ognuna la loro strada.... -
- Sì. Ed è un vero peccato perché, benché molto preziose, non furono più legate dal disegno che le completava, e che aveva a sua volta un grande valore. Questo, è andato perduto per molto tempo, ma se tutto va bene, riusciremo a recuperarlo. -
- Ma il recupero sarà solo momentaneo. -
- In effetti, varrà il tempo della mostra, ma almeno rimarrà documentato....E tu ? Quali novità hai ? -
- Purtroppo non molte, ma almeno ho fatto un'ipotesi sul perché il diario di Giovanni Teodorico Presel si trovasse sul trabaccolo. La spiegazione è semplicissima, a quell'epoca le iniziative di Maria Teresa d'Austria avevano giovato al porto di Trieste e i lavori di ingrandimento procedevano con vigore, tuttavia, a dispetto delle sue intenzioni, le banchine non erano in grado di far attraccare i bastimenti oceanici, e questi potevano fermarsi solo ad una certa distanza ed essere raggiunti da imbarcazioni di servizio, come trabaccoli, scialuppe, etc, che provvedevano a scaricare le stive. Quindi il signor Presel dovette servirsi più di una volta delle barche del porto, sia per portare a terra le sue merci che per scendere egli stesso.
- Potresti avere davvero ragione, in effetti non avevo mai fatto questa ipotesi. -
- Perché tu pensi solo a fare le barchette dei ricchi con dentro le tv al plasma, ma la cultura è un'altra cosa caro ! -
- Il porto di Trieste aveva un limite di tonnellaggio, e non era molto alto....-
- Infatti ho trovato dei censimenti, che vennero riportati all'imperatrice, dove i suoi funzionari tentarono di velare i limiti del porto che lei aveva voluto sviluppare. Appariva evidente che i grandi attracchi desiderati da Maria Teresa non erano stati potuti realizzare e che in quelle acque c'era solo un intenso via vai di piccoli scafi che smistavano le merci.
- Quindi, ecco spiegato il perché del ritrovamento sul trabaccolo conservato nel museo. -

- Certo Anna, è l'ipotesi più plausibile. Rimane da ricostruire la dinamica nel particolare. -
- Effettivamente non si spiega ancora come mai il diario sia rimasto lì, Giovanni era un uomo senza dubbio fuori dagli schemi, impulsivo nelle sue iniziative....direi romantico, ma allo stesso tempo ordinato e metodico nella sua organizzazione. -
- Ed infatti mi hai sempre detto che vi sono giunti molti documenti che egli conservava con cura, annotando ogni spesa, vendita etc. -
- Se la nostra famiglia avesse potuto conservare il taccuino, come ha fatto con le altre carte, adesso non faticheremmo così tanto a ricostruire le vicende di quegli anni. -
- A proposito.....il diario ? -
- E' tornato nella sua bacheca, non abbiamo più bisogno di consultarlo. Attende un ultimo restauro, più che altro un consolidamento...e poi verrà esposto insieme al gioiello. -
- Comunque, caro il mio professore, non hai ancora assolto il tuo compito...tutto quello che veniamo a sapere è che i velieri non attraccavano nel porto di Trieste. -
- Pazienza fratello, pazienza, le ricerche proseguono e vedrai che prima o poi ti stupirò ! -

Alfredo proferì queste parole vuotando il fondo del bicchiere d'acqua addosso al fratello. Sulla camicia di Ludovico si formò una macchia scura, ma egli non fece una mossa. Anna rise quasi di nascosto, incrociando uno sguardo di intesa con Alfredo il quale, al di sopra del suo sorriso, contraccambiava con gli occhi divertiti e furbi. Ludovico, incurante di loro, si incantava verso un punto impreciso.
Consumarono insieme l'aperitivo e poi si divisero. Alfredo rimase seduto con l'intenzione di pranzare lì, ma prima di richiamare il cameriere rimase a guadare Anna e Ludovico che si allontanavano a piedi, mollemente abbracciati e con un passo svogliato e ciondolante. Le loro figure nascondevano , in lontananza, l'albero più alto di una nave che tornò a scintillare davanti ai suoi occhi non appena la coppia ebbe svoltato liberandogli la vista. Nell'istante in cui lo mise a fuoco, sentì un richiamo ai suoi pensieri, e l'albero sul quale erano fissati un radar immobile e qualche antenna più piccola tornò a sfocarsi, a sciogliere la sua presenza tra le altre sagome

indefinite del paesaggio. Alfredo lo riportò indietro nel tempo con l'immaginazione, retrocedendolo ad albero di legno, piantato sul ponte di un veliero. Seguì la sua fantasia che ricostruiva le forme del porto, e vide il vascello fermo all'ancora, lontano, su acque profonde. Da quella nave vide arrivare le materie raccolte nei commerci delle Compagnie Orientali, i lavoratori del porto che disponevano sulla terra ferma grandi casse marchiate, bauli, involucri. Si immaginò tra quella gente, come un commerciante che passi al vaglio i suoi acquisti. All'apertura di quegli scrigni la curiosità si faceva pungente; aveva contrattato e comprato oggetti lontani, senza poterne conoscere l'aspetto. Erano cose fabbricate altrove, da uomini che non avrebbe conosciuto mai e dai quali sarebbero potuti giungere lavori inaspettati, invenzioni mai pensate: il genio di uomini inconoscibili deposto su quello spiazzo a filo del mare. E se qualcuno di questi avesse abitato sui velieri? Se avesse terminato di scolpire, lisciare, tessere, tingere la sua merce un attimo prima di consegnarla nelle mani dei traghettatori? Forse qualche straniero dimorava davvero sul vascello, per essere salito nell'intento di terminare il suo lavoro durante il viaggio. Allora poteva essere plausibile che, mentre le sue opere venivano portate a terra, ne seguisse il breve tragitto e poi spiasse l'espressione dei suoi clienti, cercasse di indovinarne la soddisfazione. Forse non aveva il permesso di sbarcare, non aveva i documenti, e rimaneva cittadino del mare. Ricevere i suoi lavori era come ricevere un indizio sul suo autore, sulle sue idee, il frammento di un grande edificio inconoscibile e del quale si sarebbe potuta tentare la ricostruzione sommaria in un disegno d'insieme, fatto di scienza e fantasia.

Che fosse una collana mai vista, o una lettera impensata, il prodigio che rappresentavano era quello dell'invenzione inattesa, dell'idea mai apparsa prima. Allo stesso modo giungono pensieri improvvisi, intuizioni le cui radici sono invisibili tanto sono remote e sembrano non appartenerci. Lampi di intendimento che illuminano brevemente ma che non si spengono nella nostra memoria, la quale ci consola di questa perdita, mette in ordine i frammenti rimasti, tutti i particolari che è riuscita a salvare. E con essa rimaniamo in attesa di un nuovo lampo, come di un nuovo sbarco che affolli ancora la banchina.

Dal largo dei nostri pensieri, dove i loro profili si sciolgono in un'aria inesatta, sorgono momenti di felice lucidità, e ci fanno immaginare tesori ben più vasti che non vogliono giungere a terra. Attendiamo, rimuginiamo, studiamo le menti altrui, e dopo giorni, o anni, a volte pochi secondi, ancora un lampo bellissimo.

Abituati a percorrere le sole sponde del nostro animo, non sappiamo cosa attendere dalle sue onde, e quando accade di poter raccogliere qualche lamina argentata che reca un messaggio, stentiamo a credere che sia per noi. Eppure, questa poca esperienza ci insegna che un po' prima del largo, abitano navi ricolme di cose, e che sono nostre, anche se lontane. Ma a quelle distanze ci si sente stranieri comunque, come vittime di un'amnesia davanti allo specchio. Peccato però, non raccogliere.

I velieri non approdano; li guardiamo, lontanissimi, abitare il nostro mare, veleggiare a distanze che ci sconcertano. Ci mandano pochi frammenti, ogni tanto.

- – Il signore vuole pranzare ? -
- – ..... sì, grazie -
- – Le porto il menu ? -
- – No, mi porti la specialità del giorno. -
- – Abbiamo....-
- – Prego, non c'è bisogno, sarà senz'altro buonissima. -

Arianna aprì gli occhi, era sveglia. La constatazione di essere uscita dal sonno la raggiunse faticosamente perché il sogno tardò a nebulizzarsi nella luce del giorno. Forse per il fatto che le finestre erano oscurate, o che la giornata precedente l'aveva stancata molto, si alzò tardi. Nessuno l'aveva disturbata, ed era rimasta sdraiata nel letto a lungo concedendosi un tempo illimitato per accettare che il suo amore era partito. Le palpebre le massaggiavano gli occhi e la proteggevano dalla vista della sua stanza che le appariva come un ambiente nemico o, quanto meno, duro ed insensibile ai suoi patimenti. Eppure, quando era giunto, ogni oggetto sembrava sorriderle, incitarla alla gioia, accompagnarla nella felicità. Le cose di uso quotidiano si erano rivestite di una lucentezza inaspettata, sembravano apparse per la prima volta ed erano la cornice ideale per quei momenti emozionanti. Dopo quasi due ore aveva deciso

di uscire dal suo nascondiglio, ma una sonnolenza persistente le appesantiva le gambe. Attraversò il corridoio che si spezzava nella scala centrale ai piedi della quale si apriva un grande ambiente luminoso; le tende erano annodate e lasciavano entrare il sole, ma Arianna non si sentì sollevata da quella bella giornata, le parve che ogni cosa fosse contundente,o che potesse tagliarla, e se ne scansava con un'attenzione che gli altri non vedevano, apparendo ai loro occhi insolitamente schiva, in un certo senso disgustata. Il tempo doveva riprendere la sua routine; le fu servita la colazione e la consumò in solitudine perché i genitori erano già impegnati : il padre era uscito un'ora prima, per lavoro, e sarebbe rientrato nel pomeriggio, sua madre seguiva la servitù ed impartiva alle cameriere le istruzioni per rassettare la casa dopo la permanenza degli ospiti. Quando vide Arianna disfare i letti in cui avevano dormito non resistette e andò a vestirsi; poco dopo uscì e si inoltrò nel bosco per cercare riparo nell'ombra e tra i rumori che non ripetevano voci umane. Qualsiasi cosa la allontanasse dalla sua nostalgia era bene accetta. Non sapeva quando avrebbe rivisto il ragazzo dal momento che il viaggio che li separava era lungo e comunque, gli impegni di lui e della famiglia avevano la precedenza. Passeggiò tra gli alberi assediata da dolci ricordi e struggendosi dei mille particolari che la memoria faceva rifiorire. Suo padre le aveva promesso un futuro perfetto e l'amore di quel giovane uomo con il quale avrebbe vissuto in una casa bellissima. Non distingueva tra la tristezza e l'impazienza; pativa, più che altro, di quella sosta negli avvenimenti e si sentiva sola, messa da parte mentre il mondo si affaccendava per costruirle un avvenire superbo. Si sedette appoggiando la schiena ad una corteccia umida e chiuse gli occhi come aveva fatto poco prima, nel suo letto; era una ricetta sicura, quella di nascondersi dietro le ciglia, ma il tempo passava comunque lentissimo.
Trascorso qualche mese si abbracciarono nella casa di lei, dietro le finestre gelate che guardavano il bosco, abbagliate dalla neve. Poi lui partì di nuovo, sparendo in fondo ai binari segnati nel ghiaccio dalla sua carrozza.
Il giorno dopo, un ospite li percorse a ritroso con il suo cavallo, ma ad Arianna non fu presentato nessuno.

Anna era nuovamente in viaggio, questa volta per Vienna, dove avrebbe incontrato un commerciante di preziosi molto in vista nella città. Ludovico non aveva potuto seguirla per impegni di lavoro improrogabili.

Il commerciante era italiano ed aveva una casa vicino il centro, divideva la sua attività tra la madre patria e l'Austria. La sua famiglia assomigliava in tante cose a quella di Anna : si occupava di gioielli da molte generazioni e godeva di una buona posizione negli ambienti più vicini alla casa regnante, ai tempi di Maria Teresa d'Asburgo. In qualche modo, Presel e quella gente, avrebbero anche potuto incontrarsi, ma le fonti non erano abbastanza consistenti da provarlo.

Anna raggiunse l'indirizzo che le era stato indicato e suonò al portone di un palazzo severo. Dal citofono udì una voce gentile e compassata che la invitò a salire al primo piano. Il cameriere le aprì la porta e la accompagnò dal padrone di casa che sedeva su una poltrona più vecchia di lui; al suo ingresso si alzò e le strinse la mano. Era un uomo molto anziano, un po' tremante che indossava una preziosa veste da camera ed un paio di occhiali pesantissimi. Si scusò per averla ricevuta senza cambiarsi ma addusse diverse scuse di salute. Anna si sedette su una poltrona non molto più recente di quella che l'anziano era tornato ad occupare, lo osservò con calma, aiutata dalla lentezza del parlare che le lasciava l'agio di girare con lo sguardo sulla sua persona e sulle cose che lo circondavano. Si concentrò sul tavolino che gli era vicino, di modesta fattura, avrebbe detto addirittura dozzinale, sormontato da un lume ingiallito; la polvere rendeva opaco il basamento dell'abatjour e andava a posarsi sulle altre cose di uso quotidiano tra cui il telecomando, tre scatole di medicinali, la custodia degli occhiali, delle riviste. A poca distanza, in bilico su un tavolinetto d'acciaio, lo schermo nero della televisione rifletteva l'immagine del vecchio alle cui spalle campeggiavano due dipinti del settecento austriaco. Vi era poi una parete ricoperta dalla boiserie di legno di mogano ed inserti di noce annerito, due finestre molto alte che traforavano il muro affacciandosi su un'altra coppia di serramenti gemelli, anche questi finemente lavorati, che fungevano da doppio vetro per fronteggiare i rigori del cielo. I soffitti erano decorati con stucchi barocchi che andavano ad incorniciare delle allegorie affrescate con colori squillanti. Non mancavano i tappeti

e l'arredo di diverse epoche; l'intero ambiente era curato e rifinito con un gusto impeccabile, colto, rigoroso. Ma l'anziano signore che possedeva tutto questo se ne stava seduto, quasi al centro della stanza, con le sue cose ordinarie, sprofondato nella brutta poltrona anni settanta e con il televisore che spargeva i suoi cavi sul pavimento.
Il cameriere si affacciò silenziosamente e gli rivolse uno sguardo.
- Gradisce una tisana calda ? Un tè ? Cosa posso offrirle signorina Presel ? - chiese l'ospite.
- Gradirei davvero qualcosa di caldo, un tè andrà benissimo. -
Il cameriere si ritirò senza attendere istruzioni né cenni dal vecchio signore.
- E' una giornata fredda, e mi rincresce di averla fatta venire in questo periodo ma, se non sbaglio, la sua ricerca deve proseguire e pertanto...
Chiuse la voce in uno strascico leggero, tremante, quasi avesse voluto masticare le ultime parole invece di proferirle. Anna si accorse ben presto che quello era il suo modo di parlare e di terminare le frasi; sembrava che non volesse affrontare la fatica di finire quanto aveva da dire, nella certezza che i concetti principali fossero già chiari e che non occorresse concluderli. La sua testa ondeggiava delicatamente, come se insistesse in un no incompreso, e le labbra lasciavano aperta la via al respiro senza serrarsi mai. I capelli erano pettinati ma rimanevano allo stesso tempo in disordine, come se un colpo di vento fosse sopraggiunto a disturbarli. Sulle spalle, una leggera polvere bianca sporcava la vestaglia pesante. Mentre parlava le mani restavano ferme, era una persona abituata a non gesticolare, ingessata in un'educazione di altri tempi, e la sua affabilità era incantevole. Anna conosceva quelle buone maniere fin da quando era piccola, ma il mestiere che l'uomo metteva nei più minimi gesti le faceva scoprire una nobiltà totalmente spontanea, la misura ideale tra formalità e naturalezza.
Dopo aver bevuto il tè e conversato amabilmente, fu invitata ad accomodarsi in una stanza vicina, per visionare il diamante in questione. Il vecchio si fece precedere ed il cameriere illuminò tempestivamente il corridoio. Entrati nella camera si accomodarono accanto ad un tavolo sul quale era posato il diamante adagiato su un panno grigio.
- Ecco i sassi di cui parlavamo. -

- Sì, esatto, sono proprio loro – disse Anna sorridendo – Come ne è venuto in possesso ? -
- La mia famiglia li comprò a Trieste da un gioielliere che aveva affari piuttosto modesti, di certo non il suo antenato. I miei predecessori dovettero comunque conoscere il signor Presel , ma è sicuro che non ebbero il piacere di rivolgersi a lui per questo acquisto; tuttavia, sono sicuro che appartenessero al grande gioiello che sta ricostruendo. -
- Ne sono certa anche io, la lavorazione corrisponde, ormai lo capisco al primo sguardo.-
- Si sarà chiesta tante volte quale sarà stata la sua storia .-
- Oh sì, tante volte..- Anna guardò l'uomo, lo fissò con una domanda negli occhi e con la speranza che avesse la risposta; quel signore anziano e carismatico le ispirava piena fiducia e pensò che se mai ci fosse stata una persona in grado di ricostruire l'intera vicenda sarebbe stata lui. L'uomo capì quell'attesa e , senza dire niente, si alzò e andò a sedersi su un divano. Anna rimase sulla sedia, vicina al tavolo ma senza più guardare il diamante.
- Purtroppo non posso aiutarla in nessun modo, se non dandole questo diamante e sperando che concluda il mosaico che da un po' di tempo la sta impegnando. Vede, conosco i gioielli da sempre, vivo fra di essi da quando sono bambino, e potrei raccontarle tante storie che li riguardano. La collezione di famiglia, di cui dispongo, contiene pezzi appartenuti alla nobiltà austriaca, italiana, tedesca, ungherese; ci sono oggetti giunti dall'oriente, e collane che hanno indossato le prime donne nelle feste della Serenissima, o per le danze nei saloni viennesi. Al contempo, posseggo delle pettorine appartenute a dame sconosciute, bracciali di cui non saprei documentare minimamente la provenienza. Presi nel loro insieme, questi oggetti magnifici, perdono di unicità, si assomigliano tutti; un forziere ricolmo non è mai bello quanto una semplice collana allacciata al collo di una ragazza. I gioielli sono una cosa antica, ma non di sempre; prima di loro l'uomo aveva gli arnesi: semplici selci appuntite che ne scalfivano altre , e con esse fabbricavano oggetti in legno, utensili quotidiani, accendevano il fuoco. La necessità

precedette il desiderio, e quando gli uomini calmarono la fame, iniziarono ad assaporare il piacere. Si cuoceva la carne, la si accompagnava con cibi diversi, la si consumava con calma, seduti in un rifugio sicuro, caldo. Ed impararono a fabbricare arnesi più maneggevoli, alleggerirono le pietre per legarle al fianco in modo che non fossero d'impaccio durante la caccia, diventarono sempre più bravi a lavorare i materiali tanto da ottenere forme così sottili da risultare inservibili per abbattere la preda. Crearono oggetti delicati, del tutto diversi dall'esistenza che dovevano condurre, cose che non rispecchiavano la paura, il sangue che li attendeva fuori della capanna; oggetti da guardare quando erano al sicuro, negli istanti di pace. E questi oggetti iniziarono a simboleggiare i momenti di riposo, di piacere, ad evocarli e forse a procurarli. Oggetti di buon augurio, da indossare per attirare la sorte migliore. E ciò che è buono è bello, ciò che è bello è prezioso, e ciò che è prezioso è spesso raro. Così la forza, il coraggio, un corpo vigoroso, tutte le virtù fondamentali nella vita, meritavano di essere espresse sulle persone che meglio le incarnavano, e questi individui furono adornati da oggetti di finissima fattura realizzati con metalli quasi introvabili. Su di essi i simboli decantati della sopravvivenza, dell'audacia nell'esistere. Le forme dei gioielli sono le stesse degli antichi utensili; lame, spuntoni, armi che un tempo ebbero una funzione vitale e che con il passare delle ere hanno conservato un valore primordiale. Le vediamo adagiate sul petto delle signore eleganti, eppure sono coltelli dormienti, larve dell'antica violenza che ci faceva sopravvivere. La prima ricchezza conosciuta dall'uomo è stata l'utilità, che poi si è trasformata in agio, ed infine in sfarzo. I gioielli sono i fantasmi del passato, forme evanescenti di una crudezza messa da parte; la loro luce scaccia il terrore della notte, degli agguati, sono le armi più vicine a noi, la violenza ancora impugnata, l'arma fatta anello. Osservando uno qualsiasi di essi si vede bene che la sua forma è compiuta, che ha un senso che va oltre le mode del periodo in cui è stato concepito; che siano motivi floreali, o geometrici, condividono tutti una logica

della forma, hanno un inizio ed un culmine, un'auge che ne riassume le parti. E' il senso! Il senso che muove l'uomo, le sue azioni, che induce alla coerenza, alla motivazione, alla soddisfazione. Il gioiello è l'impronta fossile dei primi gesti umani, delle attività fondamentali, delle sue emozioni più lontane. E' il passato sotto vetro, innocuo, calcificato, purificato, fatto ornamento.
Sono tanti anni che non ballo con una signora e non ne ammiro il petto circondato di perle, e credo che anche questo, ormai, appartenga ad un passato innocuo, esangue.....
Il vecchio sorrise e si perse nel contemplare un angolo del pavimento, poi, come risvegliandosi, tornò a guardare Anna con un certo imbarazzo, sentendosi colpevole per il suo soliloquio.

- Mi scuso davvero, signorina, per la mia pedanteria... sono discorsi che lasciano il tempo che trovano, chiacchiere che affiorano quando uno sfortunato ospite varca quella soglia.
- Non dica così, la prego. L'ho ascoltata con vero interesse.
-
- Ed io, da parte mia, ho pensato con vero interesse alla sua ricerca. Purtroppo ho soltanto ipotesi, in merito al lavoro del suo antenato, non meno astratte del discorso che le ho appena fatto. Non si conoscono i motivi della committenza, né la committenza stessa, quindi, probabilmente non sapremo mai quale fu la richiesta che diede il via ad un'opera così importante nel suo genere. Però mi sono fatto un'idea di Giovanni Teodorico Presel : ritengo che avesse un talento degno di memoria, e non mi riferisco alle sue qualità artistiche, ma all'invenzione della sua vita. -
- Cosa intende ? -
- Vorrei dire che ciò che mi affascina della sua figura non è, in primo luogo, la fantasia e la dedizione che metteva nel lavoro, tanto meno la vita avventurosa che dovette condurre, ma piuttosto un elemento comune ad entrambe le cose, cioè la volontà di concretizzare un'idea; la prego, non mi fraintenda, non mi riferisco a nessun ideale né ad una visione romantica dell'esistenza,

parlo della concretezza alla quale seppe portare una cosa che vedeva soltanto lui, uno sforzo che lo costrinse a mettere da parte se stesso ed ogni idea che aveva di sé. Credo che lo sforzo che ogni artista compie per realizzare la sua opera sia talmente umiliante da fargli abbandonare ogni genere di vanità.
- Ho pensato spesso alle difficoltà che dovette affrontare per portare a termine la sua impresa, e a quell'epoca poi.... -
- Non fu tanto una questione di epoca, ma di pura ed effettiva realtà......-
- Amava la sua arte, il suo lavoro...-
- L'uomo vive tra le cose, le inventa, le produce; le sue opere lo accompagnano nella storia, e senza di esse...... non avrebbe neppure la storia. Uno dei suoi più grandi talenti è proprio quello di inventare, e senza questo, non si potrebbe parlare di vita umana. -

Anna attese che terminasse di masticare le ultime parole, poi, lo fissò eloquentemente, tanto che il vecchio comprese di essersi ben spiegato. Pensò di congedarsi riportando il discorso in termini più generici
- Insomma, hanno ragione certe signore di mia conoscenza che affermano di non poter vivere senza i loro gioielli....-
- Sì cara signorina, ci sono cose che sono nate con l'uomo, non si sa chi le ha inventate, forse nessuno, oppure qualcuno a cui non faranno mai il monumento...-

Terminò le sue parole al solito modo, ma poi riprese - ci sono cose nate con l'uomo...-

Appena scesa dal treno si diresse in testa al binario, dove sapeva che Ludovico l'avrebbe attesa. Non vedendolo, si girò più volte per rintracciarlo, ma non fu abbastanza abile da prevederne l'abbraccio improvviso.
- Ti ho presa !-
- Eccomi arrivata ! -
- Allora ? Come è andata ? Ne è valsa la pena ? -
- Sì, direi proprio di sì....-
- Però ? Mi sembri dubbiosa....-

– Però non faranno mai un monumento a chi ha inventato il letto! -

Ludovico la guardò sorpreso, rimase un attimo immobile, sorrise, e rinunciò a domandare. Strinse Anna nel suo abbraccio prendendole la valigia e si mescolò, insieme a lei, tra la folla dei viaggiatori.

L'inverno se ne stava andando con riluttanza e lasciava ancora poco spazio al sole, il quale, alto nel cielo, ma trasparente come un disco di vetro, dispensava così poco calore da lasciare intatta la brina mattutina. Arianna poteva però tornare a passeggiare nel bosco, senza coprirsi neanche tanto, come era sua abitudine, e condurre i suoi passi nei sentieri quasi cancellati dalla neve che si era ritirata di recente. I tracciati del suo abituale cammino si erano in buona parte confusi tra il fango ed il tappeto delle foglie disfatte, tuttavia, gli alberi erano composti, come sempre, negli alti corridoi che la ragazza conosceva come quelli della sua casa. Tra i rami, ancora nessuna foglia, e nemmeno le ballerine bianche le quali attendevano altrove il richiamo del caldo, per tornare a stormire nel bosco.

Guardando in alto, senza poter scorgere nessuno dei suoi uccellini preferiti, ebbe modo di intravedere qualcosa che, inizialmente, le apparve indefinito. Avvicinandosi ad un albero, e girandogli intorno, riuscì a ricostruire la forma di quel che vedeva, e a chiarirne il senso; aveva sopra di sé un fascio di rami appuntito e legato al tronco in modo che sbalzasse di almeno un paio di metri. La struttura era stata impalcata con degli arbusti di un certo spessore, secondo un ritmo ed una geometria che ricordavano una gabbia; intrecciati ad essi, c'erano altri ramoscelli di diversa finezza che completavano quel volume, costituendone la pelle.

Arianna non seppe cosa pensare, né immaginare chi mai si fosse preso la pena di allestire una cosa di tale inutilità. Si turbò all'idea che potesse essere una trappola per uccelli ma capì quasi immediatamente che non si trattava di quello. Continuò a camminare, voltandosi ad ogni passo verso l'albero e guardando la costruzione aggrappata ad esso; la perse tra gli altri rami, quando fu abbastanza distante.

Tornò in quel punto anche il giorno dopo, ma nulla era cambiato.

Per più di due settimane non avvenne niente, e smise di passare da quella parte.

Suo padre era partito per lavoro, e lei si occupava, insieme alla madre, della gestione della casa; tuttavia non si faceva mai mancare il tempo per le sue passeggiate, ed il sole, tornava a splendere davvero.

Quando ripassò sotto la struttura di rami vide che era stata ingrandita e che si estendeva, con dei filamenti verdi simili a liane, fino all'albero accanto. Nell'intreccio spontaneo delle piante spiccavano fortemente quelle linee rette, ordinate, e contrastavano piacevolmente con il caos vegetale apparendo ancor più delicate e fragili. Quel disegno appena abbozzato parve definirsi nei giorni successivi e Arianna decise di incontrarne l'artefice. L'indomani raggiunse quel punto al sorgere del sole, decisa a rimanere di guardia fino al tramonto; ma dovette attendere meno di un'ora per incontrare il viso imbarazzato di un ragazzo che portava con sé un fascio di ramoscelli nuovi e degli attrezzi appuntiti legati alla vita. Non si dissero niente, ed il giovane abbozzò un sorriso di saluto prima di lasciare in terra quello che aveva portato e andarsene. Per i pochi minuti che era stato lì non aveva guardato neanche una volta al suo lavoro, che era sospeso a quasi tre metri sopra di lui, ma Arianna aveva avuto la certezza che ne fosse l'artefice. Senza dubbio non si aspettava di trovare qualcuno, e quella sorpresa doveva averlo messo molto in difficoltà tanto da farlo allontanare immediatamente. Lei non si perse d'animo e tornò nel pomeriggio, sicura di poterlo rivedere. Così avvenne.

Si trovava in alto, a circa cinque metri dal suolo, seduto sul nodo delle gambe, con le mani indaffarate come quelle di un pescatore. Sorpreso lassù, non poté esimersi dal farsi vedere, e decise di continuare il suo lavoro, accennando un breve saluto con il capo, e tornando a concentrarsi sulla sua opera. Arianna sorrise, si sedette lì vicino, e rimase ad osservarlo. Quando scese rimasero un po' in silenzio e poi una risata ruppe quell'indugio. Il ragazzo capì che la padrona del bosco non lo avrebbe mortificato, e la invitò a rimirare il suo lavoro con uno sguardo. Era vestito di panni grezzi e malconci, segnati dal verde dei rami e graffiati dalle numerose acrobazie che compiva per destreggiarsi a quelle altezze. Anche le braccia erano graffiate e le mani sembravano dure come la terra. Emanava un odore dolce di pianta strappata ed i suoi gesti erano energici e veloci. Arianna gli chiese cosa stesse costruendo ma lui, notando la sua curiosità e rimanendone lusingato, non le volle rispondere subito e le chiese di attendere che il lavoro fosse finito. Le disse però che abitava all'inizio del bosco e che suo padre lavorava la terra della sua famiglia. Arianna obiettò di non averlo mai visto e di non credere alle sue parole ma il ragazzo insistette ed aggiunse che non si erano mai incontrati perché non gli piaceva fare il contadino ed era spesso in giro per cercare lavori diversi. Da circa un anno era alle saltuarie dipendenze di un uomo che viaggiava molto e che lo portava con sé per farsi aiutare in varie faccende; era il lavoro più bello che gli fosse mai capitato e grazie ad esso aveva visto cose meravigliose e visitato paesi sconosciuti.

Iniziò a raccontarle le esperienze che aveva vissuto e che sperava di vivere ancora: le disse che ogni tanto arrivava quel signore per ingaggiarlo due settimane, o un mese, e che quando tornava aveva la mente piena di immagini e sensazioni impossibili da provare nella vita comune. Arianna lo ascoltò con molta curiosità; il ragazzo non parlava bene e aveva un modo di esporre i suoi ricordi scarno e disarmonico, tuttavia, da quei frammenti, poté farsi un'idea dei viaggi che aveva compiuto,e quelle narrazioni le permisero di trascorrere dei pomeriggi lieti. Un giorno si vantò di conoscere perfettamente il bosco, metro per metro, essendo nata lì ed avendo passato gran parte del suo tempo tra quei sentieri; il ragazzo la contraddì e le assicurò che non poteva conoscerne ogni luogo. Alla richiesta di essere messa alla prova egli si incamminò facendole segno di seguirlo. Era vero, non era mai stata in quell'angolo di boscaglia dove egli aveva nascosto una carrozza modellata con i rami. Scarna come le sue parole, in qualche modo lugubre e triste, eppure con qualcosa di vivido e preciso come la mossa di un animale che spaventato fugge via, la sua scultura appariva in ansia, acquattata in quell'ombra come se temesse di essere predata. Era ingenua ed affascinante allo stesso tempo, concepita da una fantasia grezza ma sensibile, da un ingegno incolto ma intraprendente. Disse che quella era la carrozza con la quale arrivava sempre a prenderlo quel signore fantastico, e quando vi saliva sopra sapeva di iniziare un bellissimo viaggio. Arianna non sapeva di cosa le stesse parlando, ma si accorse che il ragazzo non avrebbe aggiunto altro e si astenne dal chiedere ulteriori particolari. Nelle settimane successive andò a trovarlo nella casa in cui abitava con i genitori e vide molti suoi lavori in legno. Il padre, vista la sua spiccata manualità, gli aveva fatto costruire tutti i recinti, gli steccati, le parti di contenimento per gli animali e quasi l'intera la stalla. Il mestiere glielo aveva insegnato il falegname amico di famiglia, ma il ragazzo si era arricchito nella tecnica grazie anche al suo ingegno. Arianna si divertita ad osservarlo mentre lavorava, e riempiva la noia di certe sue giornate vuote aiutandolo come poteva ed imparando, a sua volta, qualche rudimento di falegnameria. Gli arnesi per il taglio non erano il suo forte ma quando si trattava di lisciare il legno, di limare con cura i manufatti che il ragazzo le affidava, allora se la cavava bene e dimostrava di essere precisa e scrupolosa. Nella sua stanza, poco a poco, iniziarono ad apparire piccole sculture, oggetti che imitavano le forme naturali, pezzi di manici, giunti per lo steccato, posate ricavate da assi inutilizzabili. Formò la sua collezione privata disseminandola tra i libri e gli oggetti personali, e per un certo periodo trovò molto divertente raggiungere il suo amico, costruire nuove cose, distrarsi da quell'attesa che la torturava, dall'ansia del contare i giorni aspettando il suo amato. Quando vide che il ragazzo tornò ad occuparsi della nave incagliata fra i rami desiderò salire anche lei e vedere la sua opera da vicino. Così rimasero tante sere sospesi tra il fogliame a guardare il vascello dorarsi e poi sparire nel buio. Dopo essere discesi, si lasciarono sempre senza dirsi nulla, per tornare a salire il giorno dopo veloci come lucertole, spartiti tra i rami, con i palmi ruvidi, le unghie ormai verdi.

L'albero maestro, un intreccio di tronchi legato stretto che si spezzava ogni tre metri, svettava oltre la chioma ed era visibile da lontano, come uno stecco caduto dal cielo e trattenuto dalle foglie fitte. Sotto di esso, si stendeva il ponte, un tappeto arcuato di fascine calpestabili, l'inusuale linea orizzontale di un mondo che saliva verso l'azzurro . E poi i fianchi morbidi dello scafo che vibravano al vento, ricoperti di fronde frementi come cicale, attraversate dagli spilli del sole che gli girava sopra e che colorava il viaggio di un intero giorno, varcandone tutti i momenti, dal salpare dell'alba fino all'attracco della sera. Arianna percepiva quasi il passo delle ore, sapeva in quanti attimi l'ombra avrebbe coperto la prua, conosceva la lunghezza della nave in base ai minuti del sole. Su quegli alberi, accanto a quello strano amico, si sentì serena, impegnata nella mente, incuriosita, e non soffrì più della solitudine avvertita in casa. Da quando l'uomo che l'aveva fatta innamorare appariva e scompariva dalla sua vita, aveva conosciuto una strana angoscia, il dolore di rimanere sola e di sentire che non bastava a se stessa. Viveva dei momenti terribili nei quali il suo corpo diveniva inospitale, la sua voce straniera, e non riusciva a sopportare di rimanere dentro a quell'involucro di sofferenza. Si stupiva del fatto che le sue risorse non bastassero nemmeno minimamente a superare quel dolore e che il suo carattere, la sua intelligenza, il suo spirito sentito sempre così vivo e lieto, non riuscissero a portarla lontano, in un nuovo animo, fresco ed intatto, pronto per altra vita. I mesi erano trascorsi e il matrimonio che le era stato promesso veniva continuamente rimandato. Le lettere del suo fidanzato arrivavano raramente, a causa della lontananza, ed ogni attesa era infinita.

Si perdeva d'animo, annegava nei dubbi e nelle ipotesi di un domani solitario, deserto, senza di lui. Il vascello ,sul quale saliva ormai quotidianamente, la sollevava da queste ambasce, e le risvegliava uno spirito d'avventura mai espresso interamente. Sognava qualcosa oltre il bosco, e forse lo viveva, in modo confuso, appena accennato, senza dirselo veramente. Aveva sagome immaginarie davanti agli occhi, sensazioni corpose, intense, quasi afferrabili, eppure senza forma precisa: una perentoria presenza, che era fascinosa, spesso entusiasmante tanto da eccitarla e commuoverla, un fantasma bellissimo da seguire, che era una promessa.

Con gli occhi rapiti da quella vista, felici, incantati, distratti, cadde d'improvviso tra gli schianti dei rami che la persero impotenti, ed il suo passaggio fu velocissimo, tra le foglie che le tagliarono le mani e il viso. Il terreno le colpì tutto il corpo in un solo pugno, con una durezza così terribile da farla quasi soffocare dal dolore.

- Allora si può dire che ce l'hai fatta ? -
- No, non si può dire questa cosa, no di certo. -
- Sì Anna, capisco che manca una parte del gioiello, ma è solo una piccola parte! Il resto c'è, è stato ritrovato, l' hai ritrovato ! -
- Ludovico, vedi bene che la parte mancante è quella che sormonta l'intero scudo, ti pare poco ? -

Anna e Ludovico esaminavano il disegno che ricostruiva il gioiello e che elencava tutte le parti ritrovate. Nella composizione campeggiava uno spazio indefinito sulla parte superiore dello scudo, dove una sorta di corona rimaneva vuota. Il resto era completo ed esaustivo, ottimamente eseguito, su commissione di Anna, da un ricercatore che aveva un passato artistico e la mano molto felice. Sarebbe stato esposto insieme al gioiello ricostruito e, insieme al materiale fotografico, avrebbe completato il resoconto di tutto quello studio al quale si era dedicata per quasi due anni. Nella tavola si vedevano rappresentati i quattro leoni che stringevano tra le zampe i rispettivi rubini e sui quali primeggiava un quinto, più grande di tutti.

- No, non mi pare poco....ma vedrai che lo troverai..-
- A questo punto inizio ad avere qualche dubbio... -
- Ti è stato possibile ricostruirne la storia ? Mi dicevi che avevi un'ipotesi..-
- Ne ho diverse ma non riesco a concretizzarne nessuna. Fino ad ora questo rimane un gioiello bellissimo, a forma di scudo, forse di araldo, ma non ha un passato vero e proprio, soltanto i racconti delle persone che ne conservano le parti.
-
- Coraggio Anna, non perderti d'animo, insisti......allora, mi dicevi dei quattro rubini, e di quello che li sovrasta....e poi c'è questo in basso, bellissimo. -
- Quello è uno zaffiro....-

Arianna giaceva nel suo letto, circondata dall'intera famiglia. Il dottore la esaminava quattro volte al giorno, e si mostrava preoccupato. L'ematoma che aveva alla testa era la cosa più allarmante, ma ad esso si aggiungevano le altre fratture e le lacerazioni dovute alla caduta. Il ragazzo l'aveva portata in lacrime davanti alla soglia di casa e poi era fuggito; nessuno aveva più pensato a lui.
Dopo nove giorni, Arianna rimaneva in un totale stato d'incoscienza e non si sapeva cosa fare. I suoi genitori passavano quasi l'intera giornata nella sua camera, fissandole il volto immobile, le bende che le ricoprivano entrambe le braccia, una gamba, parte del busto.

Le contavano i respiri, pregavano per un minimo movimento, si illudevano di averla sentire gemere, si tormentavano con allucinazioni dolorose. Il padre, dopo poco più di una settimana dalla caduta, aveva provveduto a spedire una lettera alla famiglia Kristef, per avvertire dell'accaduto , ed aspettava una risposta.

Arrivarono in un pomeriggio insolitamente gelido di inizio novembre, e portarono nella camera di Arianna un alito freddo e acido di cielo, rimasto sui pesanti soprabiti che non avevano ancora tolto. Per loro parlarono i gesti e gli occhi confusi, le movenze addolorate che ebbero in risposta soltanto la posa immobile di lei. Il giorno dopo, seguendo la scia della carrozza dei Kristef, il cavallo di Presel segnò a sua volta quelle tracce, e le scompose nel fango ancora morbido del novembre più freddo che si ricordasse.

Quando entrò nella stanza i presenti si alzarono e gli andarono incontro salutandolo con cortesia e commozione. Il viso di Presel era immobile, eppure una luce tremante gli animava i tratti, gli tendeva i muscoli che lottavano per rimanere inespressivi. Un contegno che tutti capirono, ed equivaleva ad un pianto palese, di vera partecipazione. Si informò sulle condizioni della ragazza, parlarono del gioiello, del punto a cui era giunto , della bellezza dei rubini che lo avrebbero adornato. Ne parlarono come una speranza, pensandolo non solo come il suggello di nozze tra i due giovani, ma anche come il simbolo del risveglio di Arianna. Lo pregarono di terminare il lavoro al più presto, quasi che la sua guarigione dipendesse da quell'oggetto. Presel rassicurò tutti, promise che avrebbe lavorato senza sosta per terminarlo, e si fece coinvolgere da quella speranza fino a credere davvero che la sua opera sarebbe stata determinante. Mostrò due dei quattro rubini che attendevano di essere incastonati, descrisse le fasi di composizione, raccontò i luoghi in cui si era recato per ricercare le pietre più belle. Si dimostrarono tutti entusiasti; doveva essere una sorpresa per la loro piccola, e nessuno le aveva mai fatto cenno neanche delle visite del gioielliere.

Trascorsero molte ore accanto a lei, e Presel parlò, raccontò, mostrò la sua arte, incantò con la sua narrazione. Il viso di Arianna rimase immobile, ed il petto quasi senza respiro; eppure gli occhi, sotto le palpebre gelose, si mossero per tutto il tempo.

Presel fece vagare distrattamente lo sguardo sul pavimento annerito ed ingombro di limature lucenti e di riccioli di metallo tagliente; si spaventò alla vista del sangue che tracciava la pietra sporca di un rosso puro e vivissimo. C'era una breve striscia che si colmava nel punto in cui la mano di Arianna gocciolava. Corse verso di lei e gliela chiuse in un fazzoletto, stringendo forte e tremando. Lei lo guardò confusa; il dolore della caduta, che aveva sentito diffuso in tutto il corpo, adesso si concentrava nel polso. Ebbe un capogiro e, nel tentativo di rimanere in piedi si appoggiò a lui. Al di là delle sue spalle vide quella che le sembrò una pianta luminosa, dal colore freddo ed inespressivo, del tutto differente dal verde che l'aveva circondata fino ad un attimo prima. Il dolore la disturbava, le toglieva la concentrazione necessaria per mettere a fuoco lo spazio in cui si trovava, ma, malgrado questo, capiva bene di aver lasciato il bosco, passando attraverso al buio che l'aveva invasa per riaprirsi quasi immediatamente a quell'abbraccio, al sangue sul pavimento, alla voce di due uomini unita in un solo rimbombo. La fecero sedere, tutto tornò nitido, anche il suo nome detto da quelle labbra vicine.

- Arianna, come vi sentite ? State tranquilla, chiamo subito un medico -
- Ah signor Presel ! Mi ero tanto raccomandato ad entrambi di non avvicinarvi ! -
- Avete ragione, perdonate, è stata una svista, non era di certo nostra intenzione. Arianna ha avuto un capogiro, ha perso l'equilibrio e nella confusione deve aver sfiorato le piume. -

Arianna non parlava ma osservava l'ambiente in cui si trovava. Vedeva un bancone di legno rovinato e ingombro di attrezzi di metallo brunito. Alle pareti c'erano delle maschere di spesso cuoio ed una grande quantità di pinze di varie dimensioni. Su un altro muro vedeva appesi dei camici, anch'essi di spessa pelle, tutti macchiati, sporchi e tagliuzzati. Sopra la panca che le era accanto c'erano dei guanti ammucchiati disordinatamente, e sembravano mani morte, appena mozzate.

Nell'angolo opposto alla sua sedia, erano appoggiate delle aste di legno, carbonizzate alle estremità, ed il pavimento era sporchissimo, del colore della terra e della cenere grigia. Respirava un odore sgradevole, asciutto, acre, di ferro caldo, come quello che emanavano le carrozze rimaste al sole, che sporcavano la strada con gocce di

grasso sciolto dal calore. Poco distante da lei, c'era la figura di un uomo che indossava uno di quei camici sudici, ed aveva le mani grandi e scavate dalle rughe. Nei palmi tratteneva una punta lucente ed una pinza, senza stringerle, quasi non se ne accorgesse. Aveva gli occhi cerchiati di rosa e le pupille piccole come mosche. Il suo odore era quello dello stanzone in cui si trovavano. Ansimava un po', prendendo aria dalla bocca ed espellendola dal naso. Ad un tratto si spostò e si appoggiò contro una parete parzialmente libera; ad Arianna sembrò che si confondesse quasi perfettamente con il colore incerto dell'intonaco, lasciando in evidenza solo il bagliore degli attrezzi che ancora stringeva. Tutto aveva l'identico chiaroscuro di mattone nero e polvere di ferro, tutto tranne la scultura d' acciaio che a pochi passi da lei balenava incontaminata: un pavone di lame, lucido e complesso con le spire di specchi che dal petto risalivano al dorso e che diventava razionale e geometrico nel ventaglio della coda ricca di riflessi accecanti ed interrotta dal solo filo di sangue di Arianna.
Arrivò il dottore che le bendò il polso e le fece bere una bevanda tonificante che la risvegliò dallo stato di torpore in cui si trovava.

- Mia cara Arianna, mi avete fatto spaventare, state meglio ora ? Direi che sarebbe meglio andare, occorre quasi un'ora di viaggio per tornare all'alloggio. -
- Ha già ripreso colore in viso, si sente senz'altro meglio. -

Le parole di quell'uomo risuonavano di una voce dura e secca, ma la dolcezza di Presel la rincuorò del tutto.

- Allora siamo d'accordo, ci vedremo fra dieci giorni per gli ultimi particolari -
- Sta bene, a presto Presel . -

Il polso non fece più male, e Giovanni Teodorico Presel le apparve immobile e sicuro sopra le onde che cullavano la nave. Curvo sul suo diario, annotava qualcosa, per poi rimanere assorto con lo sguardo fisso in un punto invisibile. I marinai gli passavano accanto senza disturbarlo, e lui non disturbava loro, tanta era l'abitudine a condividere lo stesso mondo e a vivere in esso come uno stormo compatto che si disegni in cielo. Per lei non era la stessa cosa, e fuggiva ad ogni angolo del ponte, incontrando, malgrado le sue attenzioni, lo sguardo severo dell'ufficiale o del mozzo, che gli impartivano senza voce l'ordine di andare altrove, se non voleva farsi male davvero. Con un po' di attenzione poteva comunque visitare l'intero bastimento ed impararne le forme e i meccanismi. La coperta si apriva in una bocca rettangolare, molto grande, facendo scivolare tre sportelli, uno sopra l'altro, e la luce cadeva sulle travi nascoste che gonfiavano i fianchi dello scafo. Si portò vicino ad essa e respirò un intenso profumo di tè. Le sartie erano tese dal vento e le vele ombreggiavano l'intero ponte, piene e impazienti di fuggire. Sentiva scricchiolii, piccoli schianti, e il rumore dell'acqua che spumeggiava contro la prua al di sopra della quale, incantata dalla schiuma, si stendeva la polena con il petto aperto, i capelli scolpiti nel legno dorato.

Quella che le era sembrata monotonia, assenza di accadimenti, stava diventando il flusso ordinato di infinite operazioni che riempiva il tempo dei marinai. Non esisteva la noia, ogni secondo era pieno di atti, di decisioni, di piccoli aggiustamenti che le si rivelavano a poco a poco. Se la nave proseguiva tranquilla sulla sua rotta era grazie a tutto quel lavorio che c'era a bordo e, da un certo punto in poi, il vascello le apparve come un cavallo reso mansueto dalle continue carezze dell'uomo. I mozzi ne lisciavano il dorso continuamente, mantenendolo pulito con acqua sempre fresca e limpida, il velaio riparava i finimenti, il carpentiere e il bottaio curavano la sella, il mare era erba morbida; il vento lo sfamava. Le capitava di sedere accanto a Presel, vicino alla poppa, e di ascoltare la sua voce dolce e melodica. Lui amava spiegarle il veliero, così come gli piaceva parlare del cibo che stavano mangiando, o del porto nel quale sbarcavano. Univa le parole ad ogni atto o situazione, completava il presente con la sua descrizione immediata. Le disse che la nave aveva la sua voce e la portò sulla prora, facendola sporgere verso il punto più estremo, dove la chiglia taglia come una forbice il velo teso dell'acqua.

- Sentite ? Ecco, fate attenzione, quando lo scafo si abbassa, il veliero beve il mare facendo un verso profondo, con una voce scura e spaventosa. Quando si rialza, spinto dall'onda, lo si sente sospirare, ed il suo tono si alleggerisce, diventa chiaro, come se fosse ristorato dal sorso di acqua che ha appena ingoiato. Venite, scendiamo nella sua pancia, sentite che tuoni sommessi ? Non vi pare il rumore del temporale che sta arrivando ? Oppure sono dei mostri che bussano sulle assi ? Credete che vogliano farci del male ?-

Arianna sorrideva senza parlare, spaventata ed incantata, tremante come una bambina.

- Non temete cara Arianna, il veliero ci protegge, ha lo stomaco di legno spesso e nessun leviatano potrà passare. State tranquilla... eppure se poteste vedere cosa c'è dietro queste tavole....avreste terrore ! Un mondo nero e minaccioso, agitato da correnti lontane e creature trascinate per interi continenti. Forze che non potete immaginare e che noi sfioriamo con la bocca nell'aria, guardando il sole per confortarci, senza pensare troppo al gorgo che ci lascia passare. -
- Siamo al sicuro...me lo assicurate vero ? -
- Sì, ve lo ripeto, non dovete avere paura. -

Tornavano sul ponte, e quei rumori sparivano, insieme al timore.

-Venite, mettiamoci qui da parte, che nessuno ci veda, voglio mostrarvi una cosa .-

- Cos'è ? -
- Uno zaffiro, vi piace ? E' per il vostro gioiello. -
- Come lo avete avuto ? Da chi ? Raccontatemi ..-
- Giaceva nell'abisso, è stato portato alla luce da una tempesta che aveva scosso i fondali del mare delle Andamane , in Birmania. Era avvolto da una vegetazione sconosciuta, alghe spesse come cortecce, di un verde così scuro da sembrare quasi nere. Il suo colore cambia se lo si immerge in quelle acque, e si confonde con esse, diventa trasparente, invisibile. Sembra che solo i pesci riescano a notarlo e che ci siano delle selve di zaffiri che ondeggiano alle onde più profonde, simili alle alghe scure di cui vi ho detto. Quando lo si porta all'aria, si secca e diventa blu, come lo vedete, ma la sua vera forma è quella che ha quando è immerso. Si dice che derivi dagli occhi delle donne,che nascondono le loro lacrime in mare lasciandole affondare nell'abisso, libere di fluttuare, e che si cambiano in pietre, se un uomo le cattura. -

- Vecchio mio come andiamo ? -

- Ciao fratello, tutto bene e tu ? -
- Non mi lamento, vieni, entra. Come sta Anna ? -
- Bene anche lei, la ricerca è a buon punto. In realtà le manca un solo pezzo, ma sembra che sia il più difficile da ritrovare .-
- Curioso....anche per me è così -
- Cioè ? -
- Voglio dire che ho delle novità, ma direi che manca un bel pezzo e tutto quello che ho scoperto non mi porta a niente. -
- Dimmi, sono davvero curioso .-
- Ci sediamo ? Anzi, guarda, apro subito una bottiglietta fresca fresca che ho preparato per l'occasione. E' un bianco un po' mosso che vende un mio amico, roba buona sai ? Lo pagheresti undici o dodici euro ma a me lo lascia a cinque...-
- Buon per te. E quindi, dicevi la ricerca.....-
- Mmmm senti che bouquet ! Un profumo appena lo stappi...... ma dove ho messo i calici....ah ecco. Sono puliti ? E' un po' che non li uso....del resto tu non vieni mai a trovarmi ! -
- Dài dài versa ! -
- Piano! Non bisogna disturbarlo ! Ecco qua, prego ! Ah che delizia, ti piace ? -
- Sì mi piace, è davvero buono, vuoi tornare alla tua ricerca ? -
- Stai comodo ? Te lo gusti per bene ? -
- La smetti di fare il cretino? Dài lo sai che sono curioso ! -

Alfredo si era divertito abbastanza.

- Allora...ho scoperto che il nostro bravo antenato lavorava al porto! -
- E che faceva ? -
- Lavorava su una di quelle imbarcazioni di servizio che scaricavano sul molo le merci. I velieri troppo grandi non potevano attraccare e venivano svuotati fuori dal porto. -
- Insomma era uno scaricatore ? -
- No ! Ho detto che lavorava su una barca ! -
- Sì però scaricava le merci ! Anche se prima le caricava sulla sua barca ! -
- Sì è corretto, ma non è la stessa cosa...insomma, era quasi un marinaio...-
- Diciamo che suona meglio così. Cosa ti aspettavi, di avere

antenati illustri come quelli di Anna ? -
- Un po' ci speravo....sai, visto che il nostro nome compare su quel diario. -
- Ci compare perché il nostro caro nonnetto era sul libro paga di Presel . -
- Già, deve essere stato così, è quello che ho pensato anche io. -
- Mi sembra plausibile. -
- Probabilmente si incontrarono su quel trabaccolo, e questo vuol dire che quella barca era nostra ! -
- Non è mica vero ! Poteva essere di chiunque, di un'altra persona che dava da lavorare al nostro avo, tutto qui. -
- Ma se fosse stato così allora perché compare nel diario di Presel ? Il pagamento dovette essere versato al proprietario della barca che poi avrà provveduto al salario dei suoi lavoratori,quindi, la barca era nostra. -
- Sì, in effetti il ragionamento fila. -
- Direi anche io. Magari la barca era di più proprietari, diciamo una società. Comunque, abbiamo avuto rapporti diretti con Presel...bello vero ? Tu guarda le coincidenze ! -
- Ma in fondo, siamo tutti gente di questi posti, anche la famiglia di Anna, e credo che non siano rari certi contatti anche per altri abitanti di Trieste e dintorni. -
- Convengo. Insomma, ho scoperto questa cosa rovistando negli archivi e spolverando anche il più piccolo pezzo di carta. -
- E non sei soddisfatto ? -
- Non proprio . -
- Perché -
- Perché speravo di poter aggiungere un tassello importante alla storia...ed invece ho scoperto un fatto tutto sommato marginale. Insomma, anche se il nostro lontano parente non fosse mai salito su quel trabaccolo, non sarebbe cambiato niente. Speravo di fare luce sul mistero di Presel, sul perché non sono rimaste tracce evidenti della sua impresa.... a proposito, mi dicevi che Anna è a buon punto ...-
- Assolutamente sì. Già piovono le congratulazioni dai vari musei, esperti del settore, addetti ai lavori. Ha fatto un

lavoro eccellente e prodotto molto materiale che sarà utile a molte altre persone. -
- Però le manca un pezzo. -
- Eh già, le manca un pezzo e non sa proprio dove andarlo a cercare. Le segnalazioni non sono interessanti, nessuno sa come aiutarla, ed inoltre, non ha neanche modo di fare ipotesi realistiche.-
- E per il resto? Cosa pensa del gioiello ? -
- La teoria più accreditata è che si tratti di uno stemma di famiglia. -
- Mmm, interessante. E di quale famiglia ? -
- Anche questo non si sa ancora, però Anna ritiene di poterlo scoprire e.....-
- E quindi di scoprire anche in che cosa consistesse la parte mancante . -
- E' quello che spera. -
- Ho capito...bene bene....e dimmi, Anna ? -
- Anna che ? -
- Dico....come va con Anna ? -
- Direi davvero bene . -
- Progetti ? -
- Ne stiamo parlando ... -
- Bene ! A quando le nozze ? -
- Non lo sappiamo, ci andiamo cauti. Intanto andremo a vivere insieme. -
- Viene lei da te o pensate di prendere un'altra casa ? -
- Credo che ne prenderemo un'altra... ad Anna piacerebbe arredarla . -
- Non le piace la tua ? Poverina, ha ragione...-
- No non è quello....è che lei è così...sa tante cose, sa fare tante cose...-
- E i genitori ? -
- A quanto mi pare di vedere la cosa è stata presa bene .-
- Mi sembra un bel passo, no ? -
- Certamente più lungo del tuo ! -
- Eh ma di Anna non ce ne sono mica tante ! -
- Ma smettila ! Non è per quello... sei tu che non molli ! Dovresti provare invece ! -

- Non fa per me. Ho raggiunto una tranquillità alla quale non voglio rinunciare. Chi me lo fa fare ? Com'è il proverbio ? Piede che non andò, mai sbagliò ! Sì sì, meglio la tranquillità. Diciamo che le botte di vita me le prendo con lo studio, con le mie ricerche.....-
- Sì, si è visto che botte di vita ! Il parente scaricatore di porto ! -
- Adesso non ti vantare troppo solo perché andrai ad imparentarti con i Presel ! -
- Non temere, verrò comunque a trovarti, e ti segnerò nel mio diario ! -

Ludovico chiuse il discorso con questa battuta, parlò del vino e di tante altre cose. Cenarono insieme e scherzarono fino a tardi. Ogni volta che il fratello cercava di toccare l'argomento di lui ed Anna, faceva in modo di deviare le parole su qualcos'altro. Era presto per quello, non aveva voglia di fargli vedere tutta la sua felicità.

Le finestre piccole del suo alloggio si illuminarono con grande lentezza; l'alba sul mare le apparve del tutto nuova, particolare. Non era come vederla dalla spiaggia, con i piedi nella terra ed un unico orizzonte davanti: sopra il mare, distante da ogni approdo, l'inizio del cielo era un cerchio, cioè non era l'avvio lineare dell'aria al di sopra dell'acqua, ma una condizione senza principio né termine, senza logica. Per un intero giro della testa, c'erano solo due spazi blu, ribaltabili, intercambiabili. Pertanto, risultava inutile guardarsi ancora una volta intorno, e tanto valeva tenere fisso il collo, e gli occhi, su un punto qualsiasi, che non era più punto. Tutto ciò confondeva anche il sole, il quale, affacciandosi su quei due specchi abbinati, disperdeva la sua luce in modo caotico, con una velocità ingovernabile, da incendio. Ne conseguiva una corsa di riflessi ed il chiarore diffuso in tutta l'aria, un'alba che si disperdeva ovunque. I legni della nave non venivano trafitti dai raggi del nuovo giorno ma sbiancati come un viso impaurito; la piccola noce in cui dormiva Arianna si copriva a poco a poco di un velo freddo, e le cose che la circondavano si ricomponevano ai suoi occhi dopo una notte di

libertà.
Si affacciò, tornò a sdraiarsi, infine si levò e si vestì. Sentiva i passi dei marinai, i loro gesti, e li indovinava senza vederli; forse Presel era già sul ponte, a parlare con il capitano, oppure era assorto, isolato, come lo aveva visto spesso. Prima di aprire la porta, rimase anch'essa assorta, ad immaginarlo.

Alfredo non aveva impegni per quella giornata. La cena della sera prima lo aveva messo a dura prova, per le bottiglie bevute con il fratello, e non gli andava di alzarsi al solito orario. Si rigirava nel letto, cullato dalla penombra fresca della stanza. Pensava alla sua ricerca, ai dati che aveva raccolto, e cercava di fare qualche ipotesi sul passato del suo antenato....
Le nuove lanterne del porto aggiungevano qualche stella al cielo che ne era già invaso, e si poteva intravedere, nel buio rotto dalla poca luna, il profilo duro e razionale dei palazzi costruiti recentemente. Al porto, adesso, si arrivava anche da lì, e la rimozione delle mura ampliava la vecchia città in quella nuova, con strade perpendicolari al loro incontro. Il Molo Maria Teresa era ancora pieno di imbarcazioni immerse nei preparativi per l'imminente uscita in mare; i pescatori, invece, erano fuori da diverse ore, e si sarebbero scambiati le banchine con le barche da carico che, appena fatto giorno, avrebbero raggiunto i velieri in attesa all'ancora. Brazzere al Mandracchio, scialuppe e peatte lungo Vascello San Carlo, brigantini e pieleghi nel Porto Piccolo. Solo il Canal Grande concedeva ai grandi velieri di inoltrarsi fin dentro la città.
Nel Porto Maggiore, presso un'esile lingua di terra, del tutto secondaria, stava ormeggiato il trabaccolo. Il viso dipinto della prua si sporgeva sul molo allungando l'asta di bompresso come la lingua del cane nella ciotola, e fissando, con i grandi occhi verdi e attoniti, il biancore del marciapiede punteggiato di uomini e cose. I marinai attendevano l'alba per spingersi fuori dal porto e raggiungere il veliero; avrebbero caricato e portato a terra merci per tutta la mattina. Il marinaio Pamfili lavorava con gli altri, avvolgeva le cime, preparava le vele, voltava il viso verso il largo dove già vedeva la nave con gli alberi nudi, ancora dormiente.

Nella camera di Arianna si entrava in silenzio, per non disturbare, eppure, svegliarla, sarebbe stato il dono più bello per i suoi genitori. Nei mesi successivi non valsero gli sforzi dei medici, né le cure che ebbero corso, le terapie più diverse; immobile nel suo letto, non diede segni di ripresa, né compì il più piccolo movimento, se non il quasi inavvertibile tremore delle ciglia che, ogni tanto, compariva per brevi attimi ingannando le attese di tutti, deludendo la sensazione di un'imminente schiusa. I Kristef erano tornati a far visita in occasione di un incontro in Italia con dei ministri austriaci, ed avevano raccolto solo notizie sconfortanti; inoltre, gli ultimi movimenti diplomatici, portavano i loro interessi in un'altra area, non così prossima a quella nella quale il padre di Arianna aveva intenzione di operare. Le esigenze dell'impero non erano di facile lettura ed il fervore derivato dalle iniziative di Maria Teresa confondeva gli interessati che si trovavano alle prese con un'amministrazione molto dinamica e, in alcuni casi, dolorosamente rivoluzionaria. C'era la concreta possibilità di trovare una buona posizione, nel nuovo alveo politico, e di poter mettere a frutto la propria presenza, le proprie sostanze, grazie ad una sapiente condotta diplomatica. Questa era la speranza del padre di Arianna, ma egli stesso sapeva bene che i suoi intenti sarebbero potuti fallire nel giro di poco tempo se il suo contatto con l'estero, cioè i Kristef, non avesse convogliato gli interessi di altri ufficiali al suo indirizzo. La posizione sociale della sua famiglia poteva essere utile all'ambiente politico vicino all'imperatrice consorte dal momento che influenzava un discreto bacino di investitori dell'area limitrofa a Trieste, e poteva rappresentare un tramite diretto assicurando una facile gestione del territorio, nonché una risposta fluida e positiva alle iniziative che il trono aveva in mente. L'influenza degli Asburgo stava caratterizzando sempre di più quell'area; molti proprietari contavano sull'intraprendenza di Vienna e sapevano di poter godere delle sue riforme, l'importante, era consolidare la propria presenza negli ambienti opportuni, e per far questo, serviva una guida esperta, introdotta nell'ambiente. I Kristef erano le persone adatte.
La famiglia di Arianna aveva vissuto, fin dai tempi del suo trisavolo, delle rendite ricavate dai possedimenti, ma agli occhi di suo padre, quel sistema reddittizio non era al passo con gli avvenimenti di quegli anni, e sarebbe stato opportuno farsi una nuova visione della

realtà. L'incidente di sua figlia lo gettava nella disperazione, ma, allo stesso tempo, lo lasciava abbastanza lucido da temere anche una ripercussione economica: se fosse finito tutto in tragedia, si sarebbe aggiunto, probabilmente, anche il fallimento dei suoi sforzi diplomatici, perché i Kristef, avrebbero considerato senz'altro anche altri agganci sul territorio. In cuor suo, non pensava che il legame si tenesse esclusivamente per il rapporto amoroso dei due ragazzi, ma sapeva anche che le esperienze tristi rischiano di raffreddare gli animi, se non altro perché lasciano un ricordo doloroso dal quale ci si vuole naturalmente allontanare. Cosa sarebbe successo se Arianna non fosse sopravvissuta ? L'affetto che andava nascendo tra le due famiglie si sarebbe rivelato sincero e duraturo tanto da divenire un legame solido anche nell'estremo dolore ? Quelle persone si sarebbero dimostrate sinceramente affezionate? Avrebbero condiviso il lutto stringendosi intorno alla sua famiglia ? Domande alle quali non trovava risposta, tanto più che, se fossero state mosse a lui, in una situazione speculare, non avrebbe assicurato il suo amore incondizionato per delle persone che, tutto sommato, conosceva solo da qualche anno e che vedeva saltuariamente. L'occasione dolorosa gli dava modo di sondare il suo animo, e quello che vedeva non lo lusingava affatto. Si giustificava, però, pensando che la vita si svolge in questo modo, che ci si procura da vivere grazie ai casi fortuiti, alla gente che si incontra, e che era naturale considerare le altre persone come strumenti occasionali della propria sopravvivenza, secondo una mutua e taciuta collaborazione, un accordo di vantaggio reciproco che vive in alternativa alla concorrenza senza esclusione di colpi, alla guerra economica senza quartiere. Con il tempo, dalla collaborazione si sarebbe potuti passare all'amicizia, e poi alla dedizione, al vero affetto.

In compagnia di questi pensieri, passò interi pomeriggi a contemplare sua figlia, compresso dal terrore, incapace di muovere anche un solo muscolo. Spesso arrivava sua moglie a distoglierlo da quello stato di totale immobilità e lo riportava all'attività di tutti i giorni, ai suoni della casa, ai doveri di capo famiglia. Allora si faceva forza e andava a controllare i terreni, il lavoro dei suoi contadini, dirigeva e governava le proprietà confortandosi al pensiero che Arianna, al suo risveglio, avrebbe trovato tutto a posto, tutto per lei, accudito e assicurato nel migliore dei modi. Avvicinandosi alla casa, rallentava l'andatura del cavallo e guardava la finestra della sua bambina, immaginandola distesa sul letto ancora per un giorno, e poi un altro, ed un altro ancora, senza poterne immaginare il sorriso che concludesse quell'incubo. Labbra sempre chiuse, come un'unica striscia di pelle, dietro di esse nessuna fila di denti, o la lingua rossa di voce. Sembrava vuota, sconosciuta a tutti, sfuggita, fuggita, partita, per dove ?

Un'altra alba, questa volta meno sperduta nella luce perché la costa anneriva i bagliori del cielo aggiungendo colori diversi, tinte sporche di terra. Il veliero, legato all'ancora, rimaneva poco distante dalle banchine, in attesa. Si sentivano, debolissime, le voci degli uomini che si avvicinavano per compiere le operazioni di scarico della stiva. Arianna era salita sul ponte ed attendeva il loro arrivo. Contava le barche che si avvicinavano e poi parlava con Giovanni Presel, gli faceva domande, sorrideva alle sue risposte. Francesco Pamfili ritirava le vele per lasciare il passo ad un altro mercantile che aveva la precedenza, secondo gli accordi portuali, e faceva gli ultimi preparativi per il carico. Accanto a lui gli uomini di sempre, muti ed affaccendati che svolgevano il loro lavoro in una coordinazione ormai assicurata da anni di immutabile servizio.

Avrebbero speso la giornata nel travasare le merci e portarle a riva, in un unico viaggio, per poi caricarle di nuovo sui carri da portare ai vari indirizzi. Marinai e carrettieri, due mestieri che facevano la somma della sopravvivenza, due modi di mangiare in quel porto confuso con la casa. Francesco aveva due figli, e li vedeva crescere nel sonno perché di giorno non tornava mai, e anche quando il lavoro lo lasciava libero, non sapeva che farsene del proprio tetto. Rimaneva a parlare con la gente che conosceva, o con le facce nuove che le navi portavano a terra. Certe notti andava a pescare, e al mattino risaliva sulla barca per il carico nuovo.

Conosceva Presel già da qualche anno e gli era capitato spesso di prendere in carico le sue consegne. Quella mattina, alle sue cose, si erano aggiunte quelle della signorina che gli era accanto. Il noto commerciante aveva un'ospite, ed era anche molto graziosa. Francesco si era soffermato a guardarla soltanto per pochi istanti, dopo che la sua barca era stata legata stretta al veliero ed ondeggiava insieme ad esso, come un unico legno. I passeggeri raggiunsero il porto con altre imbarcazioni e si dispersero per le vie che si aprivano verso la città. Giovanni e Arianna salirono sulla carrozza che li attendeva e si lasciarono alle spalle la banchina alla quale era attraccato da poco il trabaccolo.

- Sono molto eccitata Giovanni ! Non mi credete ?-
- Vi credo eccome, si vede dal vostro viso ! -
- Sono ridicola, scusate. -
- Niente affatto, anzi, mi mettete allegria. -
- Mi avete detto che la vostra abitazione è presso la piazza, non è vero ? -
- Esatto. -
- Dalle vostre finestre si vede ancora il mare ? -
- Purtroppo no, i palazzi lo nascondono. -
- Nessun problema, chiedevo così, tanto per curiosità….è che non sono abituata al mare, ma mi piace veramente tanto. La mia casa è circondata dagli alberi, come sapete, e li adoro, li considero la mia vera dimora !

Presel sorrise a quell'espressione, poi guardò fuori dal finestrino con aria indagatrice, come se stesse controllando lo stato della città dalla quale mancava da tempo e si assicurasse che nessun evento l'avesse deteriorata. Arianna conosceva quello sguardo, era il modo in cui Presel osservava le cose da intenditore, da uomo che conosce già tutto e su tutto ha un parere, una valutazione autorevole. Aveva la sensazione che non si rilassasse mai, che avesse sempre tutto sotto controllo, e questo la affascinava molto.

- Oggi pomeriggio avrò diverse commissioni da fare, vi consiglio di rimanere in casa perché vi stanchereste, ed inoltre, il tempo non promette niente di buono.-
- E' vero, il cielo è molto nuvoloso. Peccato, questa mattina era limpido. -

La carrozza era ormai prossima all'arrivo. Arianna notò che Presel salutava diverse persone durante il tragitto, variando il tono dei suoi cenni, secondo una valutazione tutta personale e sicuramente ben ponderata. Si fermarono davanti ad un portone di legno brunito dal tempo, alto e massiccio come una diga. In pochi minuti entrarono nel grande appartamento.

- Venite, ho pensato di riservarvi questa stanza. Dalla finestra

non si vedono né il mare né gli alberi, però c'è un bel passaggio di gente, ed io ho sempre trovato interessante la folla. Non siete d'accordo ? -
- Avete ragione, mi piace molto. -
- Fate con calma, e per qualsiasi necessità, chiamate la cameriera, d'accordo ? -
- Sarà fatto ! Non preoccupatevi per me, andate pure. -
- Sarò di ritorno questa sera. Ci vedremo a cena. Buon riposo cara. -
- E buon lavoro a voi Giovanni. -

Presel lasciò l'edificio dieci minuti dopo e salì sulla carrozza che era rimasta in attesa davanti al portone. Si diresse verso il lato est della città, inoltrandosi in una matassa di strade che si facevano sempre più sottili, meno capienti rispetto a quelle del centro. Come sempre, la sua attività febbrile non gli lasciava molto tempo per il riposo, tuttavia, il suo metodo di lavoro era tale da non stancarlo mai troppo: aveva una dolcezza nei movimenti, una misura nei gesti che dilagava in ogni atto. Il sonno gli era necessario, ovviamente, ma non vi arrivava mai esausto, e si lasciava sprofondare in esso con lentezza, quasi che se ne servisse come un capriccio, più che per una vera necessità.

Il cocchiere conosceva bene l'indirizzo al quale erano diretti e bastò poco meno di un quarto d'ora per raggiungere la casa del tagliatore. Presel fu accolto da caro amico quale era, e quell'uomo grande e pesante si colorò di un'espressione quasi infantile, quando lo vide scendere dalla vettura. Dopo essergli corso incontro, si aprì ad un grande abbraccio che fece scomparire la figura di Giovanni, inglobandolo tra due braccia immense.

Entrarono in casa e si accomodarono nel salotto. Il tagliatore di diamanti procurò subito da bere e ne servì con dovizia al suo amico, poi, proferì la sua domanda abituale con la quale apriva sempre le loro conversazioni. - Com'era il mare ? -
- Buono davvero. Siamo arrivati giusto in tempo, a quanto pare. -
- Sì, arriverà un bel temporale.-

Il viso del tagliatore rimaneva immobile, tra frase e frase, ed assumeva un'aria burbera, un po' severa. Aveva le sopracciglia sempre aggrottate, in un taglio perfettamente orizzontale che ombreggiava lo sguardo rendendolo sempre scuro e torvo. La bocca si chiudeva malamente, costringendo le labbra ad ammassarsi l'una sull'altra in un disegno sbieco, dall'espressione amara. Sopra di esse, il naso piccolo e tondo, arretrato fino ad essere a piombo con il mento, spartiva gli occhi piccoli e agitati, lucidi di un'acqua sempre scintillante. Come molte persone pesanti, respirava introducendo l'aria dalla bocca ed espellendola dal naso, in modo da avere un moto continuo nel viso che lo faceva somigliare ad un mantice instancabile. Presel, non aveva mai conosciuto volto più dolce.

- Com'è andata ?-
- Ho ritirato i diamanti di cui ti dicevo, te li porterò domani. Come sai, ne avrei bisogno nel giro di due mesi...-
- Non ci sono problemi, eravamo già d'accordo. A che punto è il resto del lavoro ? -
- I castoni sono già pronti, non appena avrai tagliato le pietre, verranno fissate. -
- E lo scudo ? -
- Stiamo terminando il disegno, mancano ancora alcuni particolari, alcune cose da decidere. -
- Va bene, allora aspetto che mi porti il materiale. -
- Domani mattina lo avrai senz'altro. -
- Fermati qui questa sera, ceniamo insieme. -
- Lo farei volentieri ma non posso, ho un'ospite, una signorina molto graziosa...-
- Potevi portarla ! -
- Non credo proprio, l'avresti spaventata !!-

L'uomo rise di gusto immaginandosi, in tutta la sua mole, davanti ad un'esile ragazza impaurita.

- Chi è ? Come mai è con te ? -
- ...non aveva mai visto il mare...-

Iniziò a piovere e Presel decise di rincasare. Durante il tragitto vide che la precipitazione aumentava di intensità e quando scese dalla carrozza fu investito da uno scroscio che non si aspettava. Il vento spingeva l'acqua obliquamente e tormentava le finestre facendole

risuonare in tutte le stanze della casa, dove tutte le candele erano già accese. Si tolse il soprabito bagnato e si preparò per la cena.
Arianna era davvero graziosa, seduta al tavolo in attesa della portata, composta ma a suo agio. Presel fu lieto della sua spontaneità ed il cielo plumbeo non scalfì minimamente il suo umore.

- Mio padre è contento del vostro lavoro ? - chiese lei
- Diciamo che fino ad ora abbiamo condiviso le nostre idee molto piacevolmente .-
- Sarà tutto perfetto, non è vero Giovanni ? Ditemi, non è vero ? -
- Sì, lo sarà senz'altro Arianna. -

- Allenta quella gomena, uscite subito.-
- Che vuol dire usciamo subito ? -
- Che questa sera mi fate ancora un carico. -

Francesco Pamphili rimase interdetto; era ormai tardi, la notte era quasi scesa del tutto ed il temporale si faceva sempre più forte.

- Allora ! Vi muovete o no ? Andate all'altro veliero e scaricate. -

Francesco sapeva che la sua domanda sarebbe stata accolta con disappunto ma decise di tentare ugualmente.

- Non possiamo occuparcene domani mattina? Accostarci adesso vorrà dire lavorare il doppio ! Il mare si sta facendo grosso ! -

Il padrone del trabaccolo lo guardò con rabbia.

- Ho detto che dovete scaricare quel veliero ! Non mi interessa il mare ! -

La barca non era ancora stata svuotata, la stiva era ingombra di bauli, casse e bagagli vari; mettersi in mare in quel momento voleva dire assicurare la merce in fretta e in furia cercando di fare più spazio possibile per quella che sarebbe dovuta entrare. Un lavoro malfatto e massacrante, dopo una giornata già faticosa che invece di concludersi, proseguiva peggiorando insieme al tempo facendosi addirittura rischiosa. Non ci fu modo di ragionare, il proprietario della barca urlò gli ultimi comandi e i quattro marinai manovrarono per lasciare la banchina. La pioggia li battè senza pietà ed il filo dell'acqua si ruppe in movimenti sempre più violenti, man mano che si avvicinavano alla bocca del porto. Una volta in mare si mossero verso il veliero che era quasi del tutto scomparso nell'oscurità e del quale si distinguevano a fatica le punte nude degli alberi senza vele. Il trabaccolo gonfiò le proprie fin quasi a stracciarle, e corse verso la nave schiantandosi su ogni onda. Avrebbero raggiunto il bastimento con una relativa facilità, ma sarebbe stato molto difficile tornare indietro con il vento a sfavore, che soffiava da riva, scaturendo dalle montagne. La barca continuava a correre e Francesco si muoveva rapidissimo nella stiva per non perdere l'equilibrio; le lanterne si dibattevano incessantemente ed agitavano le ombre confondendolo e facendogli perdere minuti preziosi. Le onde martellavano lo scafo creando un suono compatto e continuo, talmente forte da coprire gli schianti delle casse che scivolavano sul pavimento e andavano ad urtare una contro l'altra, o si fermavano a ridosso di una parete per poi tornare a muoversi pericolosamente. Francesco non aveva modo di anticiparle e di scansarsi tempestivamente perché gli era impossibile sentirle arrivare; contava solo sulla sua vista resa incerta dalle luci fioche che rischiaravano un raggio esiguo dell'intero magazzino. Quasi tutto il carico era stato sciolto dopo l'ormeggio e non avevano avuto il tempo di assicurarlo; questo faceva della stiva il luogo più pericoloso, molto più di quanto lo poteva essere il ponte sul quale i suoi compagni si affaccendavano per mantenere la rotta. Attendeva che uno di loro scendesse ad aiutarlo e non riusciva a sentire nemmeno la sua voce che li chiamava con tutta la forza di cui era capace. Appena fosse stato possibile lo avrebbero raggiunto.

Afferrò una cassa delle dimensioni di una grande sedia e tentò di spingerla verso un cumulo che aveva già legato, ma un balzo dello scafo lo sollevò insieme al bagaglio e lo trattenne in una sospensione spaventosa che lo gettò nella direzione opposta, verso un lato quasi del tutto buio dal quale vide, velocissimo, lampeggiare lo scheletro bronzeo di un baule verticale. Un istante dopo, si ritrovò sotto il suo peso, con il volto che si contraeva al freddo di una piastra gelida che lo aveva colpito. Ebbe modo di rialzarsi quasi immediatamente e legò, in un unico pacco, i due contenitori che sembravano già saldati tra loro dalla forza dell'impatto. Altre ombre sfrecciarono alle sue spalle, comparendo e poi dissolvendosi tra le due oscurità che spartiva l'unica lanterna rimasta intatta; si accorse di essere quasi completamente al buio. Aveva paura a rimanere in piedi e si curvò tenendo larghe le gambe per non cadere. Accanto a lui scivolarono diversi oggetti e qualcuno lo colpì senza fargli troppo male; probabilmente qualche cassa si era aperta e disperdeva il suo contenuto. Avrebbero dovuto far presente al padrone che tutto il carico era ormai slegato e che non si poteva davvero ripartire in quelle condizioni, ma nessuno di loro se l'era sentita di contraddirlo. Era tutto sbagliato, assurdo: un attimo prima lavoravano al sicuro nel porto, sopportando la pioggia come avevano fatto tante altre volte, ignorando la burrasca alle loro spalle, adesso erano dentro le sue spire e facevano di tutto per non uscirne. L'ultima lanterna si ruppe, e Francesco si spinse contro una parete libera aderendovi con la schiena, puntando le gambe per non lasciarla e premendovi contro tutto il timore e la rabbia che provava. Sembrava un posto sicuro perché ascoltava il passaggio degli oggetti a poca distanza e capiva di essere fuori dalla loro traiettoria. Ad un tratto sentì un lieve colpo al piede destro, e poco dopo un altro uguale. Cercò, nel nero perfetto che lo circondava, l'oggetto che lo aveva raggiunto, ed afferrò un cilindro piuttosto leggero e corto. Lo esaminò con le dita e sentì che alle estremità aveva una forma convessa. Capì che si trattava di un cannocchiale e gli venne istintivo legarselo ad un fianco, per proteggerlo, per evitare che si rompesse e che il padrone gliene chiedesse i danni. Una volta assicurato, tornò a premere la schiena sulla parete, ma nel momento in cui sentì di aderirvi perfettamente, questa lo rifiutò facendolo sobbalzare in avanti con un colpo fortissimo che avvertì dolorosamente in tutta la cassa toracica. Rimase per qualche istante in piedi, mantenendo l'equilibrio senza alcun appiglio e si concentrò sul respiro che gli veniva a mancare. Tentò di aprire il torace come se fosse stato una gabbia indurita dalla ruggine e si accorse solo in un secondo momento che il trabaccolo aveva iniziato ad ondeggiare dolcemente. Capì che avevano raggiunto il veliero e si erano fissati ad esso, e che la mole della nave calmava la follia di quella conchiglia con la quale avevano sfidato la bufera. Poco dopo lo raggiunsero i suoi compagni, i quali constatarono la dispersione di masserizie che invadeva l'intera stiva. Gli si rivolsero con il volto esausto per la fatica, gli occhi accecati dai lampi della tempesta.

- Come va qui sotto ? Accidenti ci saranno danni ? -
- Non lo so davvero, ho fatto il possibile. -

- Le lampade ? Perdute ? -
- Tutte. -
- Dannazione sono cadute tutte le pile ! -
- Aspetta, fammi luce qui – disse il marinaio che era entrato per ultimo e che aveva avuto modo di vedere meglio il magazzino illuminato dalle luci degli altri già presenti.
- Da questa parte il mucchio è abbastanza compatto, non è andato in giro, e sembra che le casse abbiano retto. -
- Credo che se ne sia rotta qualcuna. - disse Francesco.
- Sì, sembra anche a me – disse quasi sospirando il marinaio che sembrava il più anziano di tutti. - A questo punto- ,continuò, - l'importante è che non si sia mescolato tutto......-

Osservò l'interno della stiva e vide che una buona parte era in disordine ma che il carico era quasi integro. La barca continuava a muoversi insieme al veliero ed il carico libero continuava a disperdersi sul pavimento. Per una rapida associazione di idee Francesco portò la mano al cannocchiale che aveva legato al fianco, per assicurarsi che non si fosse rotto, ma lo fece con discrezione, senza farsi vedere dagli altri. Ad una prima verifica gli sembrò che fosse integro. Ci fece ricadere sopra un lembo della camicia affinché fosse del tutto invisibile e poi si diede da fare per riordinare il magazzino. Rimase con lui un compagno, mentre gli altri uscirono per raggiungere il ponte del veliero; malgrado la burrasca, dovevano caricare la merce e tornare nel porto. Portarono nella stiva altre lanterne, e le operazioni di sistemazione proseguirono con una certa regolarità. Quando fu fatto spazio ed il materiale venne assicurato definitivamente, si iniziò il trasbordo delle nuove casse e dei bauli. Il lavoro si protrasse per circa due ore, ostacolato dai movimenti delle imbarcazioni e dalla pioggia che ,spinta dal forte vento, si abbatteva con violenza senza dare un attimo di respiro. Una volta chiusa la stiva, l'equipaggio del trabaccolo iniziò le manovre per il distacco dal veliero, ma l'operazione risultò molto difficile perché le onde strinsero i due scafi uno contro l'altro in una morsa impossibile da aprire. Decisero di attendere che la tempesta si calmasse, che arrivasse giorno, e che la luce del sole permettesse loro di constatare le condizioni del carico. Senza dubbio, li attendeva un'accoglienza delle peggiori; sapevano bene che, persino in quel momento, con quel temporale violentissimo, il padrone li sorvegliava dalla banchina e contava i minuti di ritardo. Nessuna spiegazione l'avrebbe convinto, e nemmeno la voce immensa della natura sarebbe valsa come scusante. Si rassegnarono e decisero di andare a riposare perché quella breve traversata li aveva spossati più di una notte intera di navigazione. I marinai della nave li invitarono ad utilizzare le loro brande, dal momento che sul veliero si sentiva un po' meno il mare ed era più facile prendere sonno. Accettarono di buon grado e, nel momento di salire a bordo, diedero tutti uno sguardo alla loro barca, per vedere che fosse assicurata davvero bene. Francesco si lasciò cadere sul letto, esausto, e toccò il cannocchiale, che era ancora in perfette condizioni. Sentì le spinte del mare lungo lo scafo e gli sembrarono le carezze scherzose di un amico, brusche ma allo stesso tempo innocue. Su quella grande nave, l'acqua divenne olio, liquido molle e senza violenza, incapace di affondare, di spezzare, di sopprimere. Pensò alla loro barca, che avevano legato disperatamente perché non si perdesse, ripassò nel buio ogni sua parte; vide il ponte, una schiena di legni ampia e robusta, capace di sommergersi interamente nelle onde per poi riaffiorare dopo averle sputate di nuovo in mare. Vide la sua pancia vorace sempre ingombra di cose come quella dei pescecani, capaci di ingoiare cadaveri e relitti, senza distinzioni. In tutti quegli anni di lavoro, non era mai salito su un veliero oceanico, e provava una grande meraviglia. Tutto gli sembrava gigantesco, ampio, dilatato. Riconosceva tutte le parti di una comune imbarcazione, ma lì erano ingrandite e ripetute all'infinito. Persino quel semplice alloggio gli appariva maestoso, tante erano le brande allineate fino in fondo, dove intravedeva la porta che li separava dagli altri locali. Ed i rumori erano lontani, ammorbiditi, un po' più forti del suo respiro.

Il bosco si stava perdendo nel buio ed i rami diventavano, poco a poco, una strada incerta. Il ragazzo decise di scendere e avviarsi verso casa; l'indomani sarebbe andato ad aiutare suo padre, come promesso. Da diversi mesi non riceveva la visita di Presel, e il suo invito a seguirlo in qualche viaggio gli mancava tanto. Continuava ad intrecciare i rovi, a scolpire gli alberi per mimare le meraviglie del mondo che scopriva visitando nuovi paesi, conoscendo gente e lingue diverse, case, strade impensabili. Il resto della vita scoloriva a confronto di quelle esperienze, e non desiderava altro che perdersi ancora dietro i passi di quel mago. L'ultima volta che lo aveva visto, gli aveva parlato di un nuovo viaggio e gli aveva detto che sarebbe tornato il mese successivo. Ma l'attesa non aveva portato alcun frutto, ed il tempo non si era più mosso. Aveva rifinito il suo veliero sospeso tra gli alberi, modellando tutti i particolari che la memoria era stata capace di fornirgli, ma ora non aveva altro da aggiungere, ed il desiderio di partire non lo lasciava mai. Pensava ad Arianna, anch'essa scomparsa dopo quella terribile caduta. Sapeva che riposava nella sua stanza, ma non aveva mai avuto il coraggio di andarla a trovare perché la sua famiglia era elegante, raffinata, e ne provava soggezione. Quella solitudine lo torturava e pensava che forse sarebbe stato meglio se non avesse conosciuto né Presel né lei, dal momento che adesso li desiderava entrambi sopra ogni cosa e che pensava solo a loro. Tutto sommato provava nostalgia per la sua vita di prima, quando si accontentava di giocare sui rami e di aiutare suo padre nei lavori in casa o nel campo, e quella nostalgia si trasformava in rabbia perché si sentiva escluso. L'invidia per le vite dei suoi amici lo afferrava d'improvviso e gli guastava tutti i bei pensieri che gli aveva dedicato. Era uno stato d'animo confuso, senza senso, senza parole; soltanto la sensazione violenta di voler far giustizia di quell'abbandono improvviso che non sapeva spiegarsi. Ma la rabbia lo rattristava, e allora tentava di ragionare, di farsi un'idea diversa di quanto era accaduto, e pensava ad Arianna malata, impossibilitata a rialzarsi dal letto, incapace di raggiungerlo. Pensava al signor Presel e all'ipotesi che fosse stato coinvolto in qualche sciagurato incidente. Lungo il tragitto per tornare verso casa, si appartò dietro ad una roccia, a ridosso della quale sorgeva un arbusto che aveva modellato con il coltello ed arricchito con altri rami secchi, cercando di imitare un grande candelabro che aveva visto all'ingresso di un palazzo nel quale aspettava il signor Presel. Mentre contemplava il suo lavoro, immaginando altre parti da aggiungere, sentì un cavallo avvicinarsi. In un attimo riconobbe il padre di Arianna e rimase confuso.

– Buonasera signore. -
– Cosa facevi lì dietro ? -
– Niente...niente...-
– Fammi vedere le mani. -

- Ecco signore -
- Ho sentito dei rumori, ti ho chiesto cosa stavi facendo ! -
- Prendevo un po' di legna signore...per la casa.. -
- Ti ha detto tuo padre di farlo ? -
- Si signore, un po' di legna per il fuoco...ma solo piccoli rami. -

- E vieni fin qua a prendere i tuoi piccoli rami ? -
- Non saprei signore...voglio dire....ho camminato un po' e...-
- Fammi vedere ! -

L'uomo fece girare il cavallo dietro la roccia e vide la scultura che aveva fatto il ragazzo.

- E questo? -
- Signore ? -
- Questo ? Cosa sarebbe ? -
- Non saprei proprio, cercavo la legna e ho visto che c'era questa cosa qui dietro...-
- Mi prendi in giro ? Saprai senz'altro chi l'ha fatta ! -
- No davvero, non saprei dire ...-
- L'avrà fatta un perdigiorno ! -
- Sì certo signore ! -
- E non sarai tu quel perdigiorno ? -
- No ! ....o meglio, sì. Ma la distruggo subito se le dà noia ! -
- Semmai la farai a pezzi e me la porterai in modo che ci faccia fuoco per il mio camino ! -
- Come volete signore ..-
- Ti trastulli con la mia legna ! Con i miei alberi ! Guarda come hai sconciato questo ! Diamine ! Una pianta così giovane sformata in questo modo ! Chi ti ha dato il coltello ? Lo hai rubato a tuo padre oppure è stato tanto sciocco da dartene uno lui stesso ? -
- No signore.....voglio dire che ne avevamo uno nella stalla che nessuno usava...-
- E te lo sei preso per fare questi bei lavori ! E cosa altro fai con quel bel coltello ? -
- Niente, davvero niente ....-
- Dammelo! Sono sicuro che avrai fatto altri danni con quell'arnese ! Se scopro che ci hai ammazzato anche un solo insetto nel mio bosco .....-

- No mai davvero signore! -
- Allora? Questo coltello? -
- Eccolo signore. -

Il ragazzo porse a malincuore il suo coltello, sapendo bene che non gli sarebbe stato facile procurarsene un altro, ma quello che più lo angustiava era che il padrone si sarebbe recato di certo da suo padre per lamentarsi con lui.

- Dunque hai fatto tu questo scempio? Dimmi la verità! -
- Sì signore, l'ho fatto io, sono sincero -

Il padrone osservò la scultura celando la sua curiosità. In realtà rimase divertito dall'inventiva del ragazzo, benché fosse allo stesso tempo indispettito per la libertà che si era preso di intagliare una pianta sua. Tutto sommato, comunque, non aveva subito nessun danno, ma si sentì ugualmente di punire il ragazzo.

- Questo lo tengo io, perché voglio riportarlo di persona a tuo padre. -

Il ragazzo rimase in silenzio, spaventato da quell'ultima frase, e l'unico pensiero che gli passò per la mente fu che la tristezza che stava provando poco prima di quell'incontro era poca cosa in confronto a questa dolorosa situazione.

- Avevo giusto in mente di passare per controllare un po' di cose, e domani mattina lo farò senz'altro per sistemare anche questa. -
- Certo signore, vi aspetteremo...-
- Hai combinato altri di questi guai con le mie piante? -
- No signore, assolutamente no! -
- Sarà meglio per te. -

L'uomo girò il cavallo e si allontanò di un paio di metri.

- Buonasera signore. -

Quel saluto lo intenerì e, senza voltarsi né rivolgere parola al giovane, fece volare il coltello in terra, poco distante da lui. Quello, fu il segnale di un inaspettato perdono, che il ragazzo colse come un dono prezioso. Tuttavia un dubbio lo afferrò, e rimase a guardare il padrone mentre si allontanava, incerto sul da farsi, sospettoso che fosse solo una prova e che, nel caso avesse raccolto il coltello, il cavallo si sarebbe girato di scatto e lo avrebbe raggiunto repentinamente rampandogli addosso. Nel giro di pochi minuti rimase completamente solo, e si decise ad accettare quella grazia.

Il padre di Arianna rimase per un po' sopra pensiero, ripassando nella memoria la figura di quell'insolito candelabro, senza fare particolari considerazioni. Quando vide il lato del suo palazzo affacciarsi nella boscaglia, quasi nera di notte, venne percorso da un lampo di immagini: l'ingresso, la sala da pranzo, la sua famiglia e quella dei Kristef, il letto vuoto di sua figlia. Lo colse la paura, e per scacciarla si chiese quanto sarebbe durata quell'attesa, quando avrebbe avuto la gioia di rivedere gli occhi di sua figlia; tutte domande che rimandavano ad un ritorno, al giorno felice in cui Arianna si sarebbe alzata e lo avrebbe di nuovo abbracciato.

Il suo cognome, scritto accanto a quello di Anna, fece sentire Alfredo divertito e dubbioso allo stesso tempo; Ludovico aveva cambiato casa e ora viveva con la sua ragazza. La cosa non lo convinceva molto, ma sarebbe stato senz'altro meglio non condividere quei pensieri con il fratello dal momento che, a differenza di altre volte, lo vedeva davvero contento e sicuro della sua scelta. Del resto, quale donna migliore di Anna ? E come biasimare Ludovico delle sue intenzioni? Qualsiasi uomo avrebbe desiderato averla vicino. Ma era proprio tutta quella perfezione che lo lasciava titubante, forse perché non concepiva che la realtà scivolasse dolcemente sui fatti senza confonderli e renderli, il più delle volte, talmente complessi da farli risultare meno desiderabili di quanto apparissero all'inizio; lo svolgersi delle vicende portava sempre con sé un contributo amaro che si traduceva in disincanto.
Salendo le scale, Alfredo decise di non concedersi a quel cinismo e si dispose con il migliore degli animi, convinto che, in un modo o nell'altro, avrebbe ricevuto una lezione da quella bella coppia che lo attendeva per cena. Il profumo dello sformato invadeva il pianerottolo, e quando aprirono la porta lo investì in tutta la sua fragranza .

- Sformato ! -
- Esatto ! Ciao Alfredo, come stai ! -
- Benone, e tu ? -
- Bene grazie, vieni, ti faccio strada io perché tuo fratello sta in cucina a cercare non ho capito bene cosa.-
- Anna…..ma non avevamo messo la frusta nel terzo cassetto ? -

- Non fa niente Ludovico, ne ho portata una io bellissima che adesso ti provo subito sulla schiena ! -
- Ecco il mio fratello cretino ! Come stai ? Stavo cercando la frusta per le uova....-
- Per le uova ? Perché che ci devi fare con le uova ? -
- Come che ci devo fare ? E' il tocco finale ! Devo spalmare i tuorli sullo sformato un attimo prima di toglierlo dal forno ! -
- Quindi metti le mani nel forno acceso ? -
- No che dici ? Tolgo un attimo lo sformato, spalmo, e poi lo rimetto dentro per qualche minuto ancora. -
- Ma allora li spalmerai DOPO averlo tolto dal forno ! -
- Sì ma DOPO lo rimetterò nel forno ...... sì va bene, lasciamo stare, tanto fai sempre lo spiritoso. -
- Insomma non trovi questa frusta ? -
- No, non capisco dove.....Anna che dici ? Magari l'abbiamo messa da un'altra parte ? -
- Ma smettila con questa frusta ! Per sbattere due tuorli poi ! Fai con una forchetta ! Non è vero Anna ? -
- Ma sai com'è ....vuole fare le cose per bene tuo fratello ....-
- Sì vabè, facciamo con la forchetta. La frusta la cercherò con calma.....è che ancora non abbiamo messo tutto in ordine.... sai, casa nuova....-
- Sì sì immagino...e il posto per questo lo trovi ? Va servito fresco ! Se vuoi ti aiuto, mi pare di aver visto un frigorifero qui vicino...-

Anna rideva come sempre, mentre Ludovico prestava più attenzione alle uova che alle battute di suo fratello. Mise la bottiglia in fresco ed invitò Alfredo ad accomodarsi in soggiorno.
Poco dopo si sedettero a tavola, e la cena trascorse piacevolmente.

- Che si dice al museo ? -
- Tutto procede, ed il direttore fa la sua parte. -
- E per il patrocinato ? -
- Mi riferivo proprio a quello, se ne sta occupando lui e dice che abbiamo buone speranze. -
- Bene bene. Ludovico mi ha fatto vedere i disegni degli espositori, mi sembrano belli..-
- Rispondono alle specifiche. - disse Anna con tono

scherzosamente professionale.
- Devo ancora disegnare le bacheche..-
- Per i documenti ? -
- E per le foto....fa tutto parte della ricerca. -
- C'è molto materiale ? -
- Occorreranno tutte le stanze del museo ! -
- Accidenti ! Cara Anna, mi devo davvero complimentare con te, hai fatto un gran lavoro. -
- Lavoro che ancora non è finito, come sai. Ma direi che il più è fatto. -
- Sei stata bravissima, davvero. E sono sicuro che sarà una bellissima mostra.... nonostante l'intervento di Ludovico. -
- E ti pareva che non dicevi qualche scemenza .... -
- Sssss, quando si mangia non si parla ! -
- Ma tu lo fai ! -
- Ma i grandi possono farlo ! ...Torniamo a noi Anna cara. Allora hai monopolizzato il museo ? -
- Così sembra . E tu, che ci racconti ? -
- Oh ! Ho anche io delle novità ! Devo mostrarvi delle cosine che ho trovato in giro ! Si tratta di vecchi documenti, ma proprio vecchi ! -
- Cioè ? - chiesero in coro Anna e Ludovico
- Sono le pagine di un contratto d'acquisto, e riporta il nostro cognome ! -
- Accidenti, davvero ? Dài, sediamoci sul divano così ci fai vedere bene..-
- Sì Anna, iniziate a sedervi, io vi porto il sorbetto . -
- Ehilà ! Anche il sorbetto ! Che trattamento questa sera ! -
- Lo sai che tuo fratello ti vizia ! -
- Hai ragione Anna, lo ammetto, quando sono a cena da voi è tutto perfetto ! -
- Allora, facci vedere. -

Si disposero intorno al tavolino che era vicino al divano, e Alfredo aprì le stampe delle foto che aveva scattato al documento.
- Tanto per cambiare i fogli erano molto rovinati, e non si riesce a leggere tutto, però ci sono molte parti chiare. Vedete ? Compare il nome di Francesco Pamphili, accanto a quello di altre tre persone, e qui è espresso che la barca descritta è

di loro proprietà. -
- La descrizione della barca non è molto leggibile .-
- E' vero Anna ma si capisce bene che doveva essere un'imbarcazione mercantile perché si legge il tonnellaggio e vengono specificate alcune parti date in dotazione. Che dici Ludovico ? -
- Fammi vedere....hai ragione, quasi parla di centotrentacinque tonnellate. -
- Una bella barchetta, non è vero ? Che mi fa pensare ad una in tutto simile ... -
- Nooo ! Ma dici sul serio ? -
- Mia cara Anna, è solo una supposizione, un po' romantica, lo ammetto, ma sarebbe bello no ? -
- Il trabaccolo del museo ! Sarebbe davvero una bella coincidenza. -
- Beh, magari non sarà quello, anzi, è probabile che non lo sia perché, come insegna mio fratello, molto più esperto di me, di quelle barche era pieno l' Adriatico. -
- Ragazzi, ma ci pensate ! -
- Sì Anna, potrebbe essere una bella coincidenza, lo abbiamo detto. -
- Ma no Ludovico ! Non segui il mio pensiero ! -
- Oh beh questo è normale Anna, mio fratello è limitato.... anche se, in effetti, questa volta non ti seguo neanche io..-
- Potremmo ampliare la ricerca ! Fare delle ulteriori ipotesi sul legame che ci potrebbe essere tra il trabaccolo del museo, la mia famiglia e la vostra ! Magari potremmo scoprire davvero come sono andate le cose e ricostruire del tutto il gioiello ! Pensateci, la pista dei vostri antenati non è mai stata presa in considerazione! . -
- Ma Anna, la nostra famiglia non ha un passato come la tua, se così fosse non saremmo quello che siamo e ti assomiglieremmo di più, o come minimo avremmo lasciato qualche traccia.... -
- Beh non è detto .. -
- Tesoro non ti riconosco...ti stai facendo prendere dal fascino dell'idea ma....pensaci , se ci va bene saremo i discendenti di un pescatore ! Che legami vuoi che troviamo ? -

- Si, in effetti......è che mi piaceva tanto una cosa del genere ....-
- Vabbé però direi che vale la pena continuare su questa strada, non credete ? Cercherò ancora negli archivi . -
- In quali archivi ? -
- In quelli del museo del mare di Trieste ! -
- Sei andato a rompere le scatole al museo del mare ? -
- Ovviamente ! Ehi, sono un professore, uno stimato professore, e quando mi sono presentato ed ho espresso il mio interesse circa il loro materiale sono stati ben contenti di metterlo a mia disposizione ! -
- Ah sì sì, non ne dubito ! -
- L'idea che il gioiello, il trabaccolo, e la nostra famiglia appartengano tutti alla stessa storia è proprio allettante....-
- E romantica, non è vero amore ? -
- Certo Anna, sarebbe una coincidenza davvero incredibile...-
- Non così incredibile, tutto sommato parliamo di un'area geografica modesta: Trieste e i suoi dintorni.....potrebbe essere accaduto che il signor Presel abbia incontrato il signor Pamphili .-
- E che dopo più di due secoli Ludovico Panfili abbia incontrato Anna Presel...-

Detto questo Ludovico guardò Anna con intensità, ed il suo sguardo fu subito ricambiato. Quando Alfredo uscì dal palazzo per tornare a casa, pensò a quegli occhi che si erano incontrati, e tornò al pensiero che lo aveva accompagnato mentre saliva le scale, all'inizio della serata; gli sembrava tutto ancora troppo perfetto, in antitesi con il suo modo di vedere le cose, ma lo prese una voglia intensa di addentrarsi a sua volta in quel sogno, e di arricchirlo come meglio poteva. Avrebbe proseguito la ricerca, avrebbe scavato nel passato fin dove gli sarebbe stato possibile, nella speranza di legare le due storie di famiglia che il tempo aveva sparigliato. E se non avesse trovato altro che le sue supposizioni, si sarebbero accontentati di quelle, lasciando che la verità rimanesse nel suo nascondiglio, e sostituendola con un pensiero, fors'anche più prezioso.

Il corpo di Arianna giaceva su un fianco, la sua vestaglia era fresca di bucato, appena cambiata, e la cameriera aveva ricevuto la raccomandazione di adagiarla sulla schiena non prima che fosse trascorsa un'ora. Ma dopo poco più di venti minuti tornò nella stanza sua madre e la congedò, dicendole che avrebbe provveduto lei a muoverla. Si sedette accanto al letto e fissò gli occhi sul viso della ragazza. Poco dopo, il suo sguardo si spostò sul collo e lì rimase per un tempo indefinito. Non mosse le pupille neanche per battere le ciglia, ed osservò il palpito del sangue che quasi impercettibilmente smuoveva la vena di tenero verde che le spariva sotto il mento. Nell'immobilità poté percepire quella traccia di vita come qualcosa di enorme, incredibilmente evidente; vide il battito ingigantirsi, farsi grande come il collo stesso, talmente prorompente da rivelarsi quasi mostruoso, se non fosse stata la traccia evidente di un corpo appartenente alla vita, indiscutibilmente attivo, capace di alzarsi ancora, di emettere suoni. Si strinse tutta nel desiderio , nella speranza di vederla sveglia davanti a sé, dimentica di quel lungo sonno, incapace di addormentarsi ancora, viva ed invincibile davanti a qualsiasi male, forte come un elemento della natura, infinita.

Arianna si svegliò, aprì le lenzuola e sporse le gambe dal letto cercando il pavimento caldo di legno, che scricchiolò debolmente quando mosse i passi verso la finestra. Fuori c'era la città illuminata dal sole bellissimo che aveva lasciato in dono il temporale. L'aria era limpidissima, assente, nella sua perfetta trasparenza, e la gente animava le strade, riempiva i negozi, i caffè, le carrozze. Presel doveva essere uscito, come aveva detto la sera prima, per raggiungere il tagliatore di diamanti; l'avrebbe atteso, pazientemente, per tutta la mattina.
Il tagliatore di diamanti aspettava il suo amico seduto accanto ad un banco di lavoro, lucidando alcuni arnesi con calma e silenziosamente. Presel entrò nella bottega, gli si sedette accanto, estrasse l'involucro di diamanti grezzi,e li esaminò insieme a lui. Ne discussero il taglio, considerarono il disegno generale del gioiello, parlarono fittamente, da intenditori, e alla fine si distesero in una conversazione da vecchi conoscenti, raccontandosi gli ultimi accadimenti. Dopo qualche ora si salutarono, e Presel risalì sulla sua carrozza per tornare a casa.

Pranzò con Arianna e le promise che nel pomeriggio avrebbero passeggiato insieme. Poco dopo si spostò nel suo studio e si mise a lavorare, immerso nel silenzio e nei fogli ingombri di disegni e di scritture avvalorate da bolli di cera e timbrature nere Dopo circa due ore tornò da Arianna, per adempiere alla sua promessa, ed anche perché era in attesa che gli venisse consegnato dal porto il resto del bagaglio. Quando scesero in strada, la ragazza poté sentire sul viso il calore del sole misto alla freschezza dell'aria, e quella luce adamantina che aveva rischiarato la sua stanza come uno spettro accecante ed incorporeo, assunse la concretezza di un'incarnazione di suoni, profumi, soffi di vento dal mare. Si specchiò nella vetrina di una boutique, incrociò lo sguardo con se stessa. Presel era voltato dall'altra parte, non si accorse del sorriso di lei.

Il trabaccolo si staccò dal fianco del veliero e mosse verso il porto. Francesco, che era sceso quasi immediatamente nella stiva, si sentì soffocare in quell'ombra e desiderò tornare sul ponte per respirare un po' d'aria del mattino. Il mare era del tutto calmo, denso e silenzioso, e si lasciava solcare dolcemente. Si allontanarono dalla nave, che alla vista si fece sempre più piccola e perse tutte le sue parti in un grigio uniforme. Di essa, rimase la sagoma appiattita nell'azzurro. Pochi istanti prima, l'odore del legno maturato nel sale colpiva i sensi, e si sentivano le sartie, intrecciate agli stralli, suonare nel vento. Le gabbie erano perdute nel cielo, inarrivabili come nidi di aquile; impossibile avere una visione d'insieme, se si era a bordo, tanto si estendeva quel corpo complesso e articolato, fatto di tanti scheletri incrociati dai quali spuntavano uomini piccoli come formiche. Ma una volta lontani, si ricomponeva la sagoma precisa degli alberi piantati sulla grande noce a filo dell'acqua, si coagulava il segno di una nave. Francesco la guardò ancora una volta e poi si volse verso il porto, insieme ai suoi compagni che manovravano per impostare la giusta direzione che li avrebbe condotti alla loro banchina. Portò la mano nella tasca sinistra ed estrasse il cannocchiale che aveva salvato dall'inferno della notte prima. Iniziò a guardare la riva, gli uomini affaccendati intorno alle merci, i carri che arrivavano e quelli che partivano. Puntò verso il loro attracco e vide il marciapiede vuoto.

Vagò oltre il porto, sui tetti dei palazzi che anticipavano la città, scrutò la campagna che la circondava, lontana. Il piacere che gli derivava da quello spiare gli fece sorgere il desiderio di tenere per sé il cannocchiale. Forse era un oggetto di poca importanza, per il proprietario che attendeva il resto del bagaglio, e magari non si sarebbe neanche accorto che mancava. Dopotutto, in seguito ad una tempesta del genere, era plausibile che qualcosa andasse perduto, rientrava nei rischi del trasporto, e poi, chi poteva affermare che di quello smarrimento fossero colpevoli i marinai del trabaccolo? Poteva essere andato perduto già sul veliero; impossibile appurare la verità. Chissà a chi apparteneva? Probabilmente ad un ricco signore che faceva viaggiare la sua mercanzia per i mari di tutto il mondo e ne traeva un grande profitto. Senza dubbio in questo momento era ancora nel suo letto a dormire, e una volta sveglio, la servitù gli avrebbe apparecchiato la colazione, preparato il bagno caldo, i vestiti profumati. Un mondo sterminato di oggetti ed averi nei quali di certo non ricordava quel semplice cannocchiale.

Francesco guardava le nuvole vicinissime, nella magia delle lenti, e quando un uccello gli sfrecciava davanti era un lampo enorme, quasi fin dentro agli occhi. Abbassando la mira, tornava la terra con i suoi uomini ingranditi, visibili in volto, animati da espressioni vicendevoli e raggruppati in tanti nodi di teste. Piccole masse di operai che si passavano i bauli, signori con il bastone che impartivano gli ordini per il trasporto a terra. Un tratto di verde, la cancellata prossima alla loro banchina, la linea pulita e sgombra del marciapiede, le guance vuote ed asciugate sulle ossa del viso del loro padrone. Colto alla sprovvista da quell'immagine, Francesco abbassò la lente e controllò ad occhio nudo quanto aveva visto. A quel volto si era sostituito il segno minuscolo di un uomo solitario sul molo, ma tanto gli bastava per riconoscerlo e temerlo come sempre. Lo spiò ancora una volta ingrandendolo tra le dita, ma fu cosa di un attimo perché lo colse un senso di disagio e di pericolo allo stesso tempo. Tornò immediatamente nella stiva, aprì la cassa, e vi ripose il cannocchiale.

Dopo venti muniti attraccarono e scesero a terra, iniziando immediatamente lo scarico senza che nemmeno una parola sfuggisse dalle loro bocche. Ma questo non fu sufficiente.

– Diavolo! Cosa avete combinato! –

Non riuscirono a rispondere, non lo guardarono mai in viso e continuarono il lavoro con una fretta sfiancante.
- Ero stato chiaro, non è vero ? Doveva essere tutto qui entro la mezzanotte !-
- Non siamo riusciti ....-
- Non è vero ! Non avete voluto ! Non avete voluto fare le cose come andavano fatte ! E non venite a dirmi che il mare era grosso perché vi annego tutti ! Adesso devo risolvere questo problema ! Tutte le consegne in ritardo ! -
- Scarichiamo subito, saremo veloci...-
- Senza meno ! Faremo i conti a fine giornata ! -

L'uomo se ne andò, ma Francesco ed i suoi compagni sapevano bene che in realtà non si era allontanato di molto. Era andato a sedersi con i padroni come lui, a bere e a parlare di soldi, a controllare da lontano i suoi uomini senza essere visto. Lo sapevano, ed era il potere che usava con loro: allontanarsi per essere più vicino. Due ore dopo, i carri erano pronti, e si avviarono verso la città. Uno di questi fu seguito personalmente dal proprietario del trabaccolo, a bordo di una carrozza ordinaria e sporca della melma del porto. Giunti a destinazione, l'uomo entrò nel portone e bussò all'abitazione di Presel. Quando questi gli venne incontro assunse un'aria compita ma allo stesso tempo insolente, quasi volesse dimostrare qualcosa a tutti i costi e malgrado le rimostranze del cliente.

- Signor Presel il suo bagaglio è davanti l'ingresso, posso farlo consegnare ? -
- Certo, faccia pure. -
- Mi scuso per il ritardo ma questa notte il mare era in burrasca...insomma, spero che non sia un problema per voi....-
- No, non preoccupatevi, procedete pure. -

L'uomo non si sentì soddisfatto, ebbe la sensazione di essere stato impedito nella sua spiegazione.

- ....un mare....che non era così da anni. Ma come vede abbiamo provveduto, ed il carico non ha subito danni. Sappiamo il nostro mestiere Signor Presel, sappiamo com'è fatto il mare ! Ecco...la vostra consegna, come sempre, perfetta...-
- Sì sì, certo, va bene...-
- Per servirla Signor Presel....sapete...può succedere a volte

un piccolo inconveniente, ma eccomi qua, come avevamo concordato per questa mattina...-

Presel trovò fuori luogo tutta quell'insistenza.

- A dire il vero, eravamo d'accordo per ieri sera. Aspettavo il mio bagaglio per l'ora di cena o subito dopo. -
- Permettetemi, gli accordi ......-
- Gli accordi erano quelli che vi ho detto. Quindi, non vedo cosa c'entri il mare di questa notte.-

Il suo interlocutore cambiò atteggiamento, assunse un'aria più servizievole, un po' smarrita, e perse buona parte della sicurezza con la quale si era presentato. Tuttavia tentò ancora di resistere.

- C'entra perché non è facile tornare in porto con quel tempo ....-
- Non vedo perché parlate di ritorno, dal momento che sapevo la vostra barca attraccata già ieri sera, poco dopo il mio arrivo. Evidentemente avevate qualche altro carico urgente e non avete svuotato la stiva perché volevate ripartire subito, ma la burrasca vi ha trattenuti fuori tutta la notte, e quindi ecco spiegato il vostro ritardo. Comunque, non c'è nessun problema, vi ringrazio per il vostro servizio... procedete pure. -
- Certamente Signor Presel...-

Una volta portati nell'appartamento i bagagli, Presel congedò l'uomo con fredda cortesia e ordinò alla servitù di smistarli. Si fece portare nello studio due piccole casse che si accinse subito ad aprire. Constatò con disappunto che una di queste era danneggiata e che il coperchio era stato richiuso con imperizia. Esaminandone l'interno non riuscì a ritrovare alcuni documenti e capì che il carico doveva aver subito danni e che alcune cose erano andate smarrite. Si innervosì molto, pensando alla scena di poco prima e alla sfacciataggine del trasportatore. La consegna era stata ritardata e adesso mancavano delle carte indispensabili al lavoro che stava svolgendo in quei giorni. Decise di raggiungerlo al porto e di fargli avere le sue lamentele di persona. Si trattenne in casa per tutta la mattina, pranzò, e poi uscì. Quando raggiunse la banchina dove sapeva di trovare il suo uomo, vide che i marinai si apprestavano a caricare delle casse molto pesanti sulla barca e che il loro padrone sovrintendeva con severità alle operazioni. Gli giunse la sua voce sgarbata, i suoi motti violenti e grossolani e ne fu infastidito. Quando questi si girò verso di lui, osservò una certa lentezza nella sua comprensione, come se avesse difficoltà a riconoscerlo, e questo lo indispettì ancora di più.

- Ho creduto bene raggiungervi per informarvi che mancano dei documenti dal mio bagaglio.-
- Come dite ? Dei documenti ? -
- E' quello che ho detto. Una cassa era chiusa male, danneggiata, e all'interno non ho trovato dei fogli molto importanti. -

L'uomo non si mosse per qualche istante, poi si girò verso gli altri che non avevano smesso un attimo di lavorare; li raggiunse tutti con uno sguardo di rimprovero ma non emise parola.

- E' sicuro Signor Presel....-
- Come vi permettete ? Sono qui proprio per questo motivo. -
- Sì certamente....rimedieremo senza dubbio .-
- Vorrei indietro quei documenti, la prego di occuparsi di questa cosa. -

A questo punto il trasportatore decise di chiamare tutti i suoi uomini e, ordinandogli di scendere immediatamente dalla barca, si rivolse loro con una rabbia calcolata, contenuta per l'occasione.

- Posso sapere cosa è successo ? Sapete niente del bagaglio del signore ?

Il più anziano rispose per tutti.

- Abbiamo avuto cura delle cose, come sempre. Non ci sembrava che ci fossero danni.-
- E invece ci sono stati ! O non lo avevate ancora capito ? Chi era di manovra ? -
- Siamo stati tutti sopra coperta, perché il mare era grosso ! -
- E il carico ? Non era legato il carico ? -
- Sì, come sempre. -
- Non lo avete controllato ? Con quella burrasca nessuno è sceso a controllarlo ? -
- Sì certo, lo abbiamo fatto . -
- Chi è sceso ? Eh ? Chi è andato sotto a vedere ? -
- Francesco, è andato lui. -

Il padrone si rivolse a Francesco girandosi con uno scatto. Nei suoi occhi c'era lo sguardo eccitato di uno sciocco che crede di avere in mano la soluzione di un grande mistero.

- Cosa è successo ? Non avevi legato bene il carico ?

Francesco non poté protestare, non si sognò neppure di ricordare al padrone che l'ordine di salpare immediatamente non gli aveva dato tempo di assicurare il bagaglio. Temette di peggiorare la situazione e rimase in silenzio.

- Cosa mi rispondi ? -
- Signore...è stata una tempesta....qualcosa si è slegato e... -
- Non doveva accadere ! Adesso rimedierete ! Forza, andate nella stiva e risolvete questa cosa immediatamente ! -

Dopo aver impartito l'ordine si rivolse a Presel con un'espressione ancora agitata, sgradevole, faticosamente contenuta.

- Vi domando scusa, questi incapaci ci hanno messo davvero in difficoltà. -

Dicendo questo portò il suo sguardo, e quello di Presel, su Francesco, il quale tentò di sopportare entrambi, ma detestando la vista del suo padrone si soffermò sul secondo ravvisandone comunque la severità. Ci fu un attimo di silenzio.

- Vai a rimediare, muoviti !-
- Sì signore, chiedo scusa signore. -

Proferì queste parole senza guardare il padrone, con lo sguardo fisso negli occhi di Presel, i quali rimasero immobili ma poco attenti, quasi altrove. Questa espressione lo offese più di un rimprovero ma non poté indugiare oltre. Salì sulla barca e scese nella stiva.

- Signor Presel le consegnerò personalmente i suoi documenti, al più presto. -

Presel lo guardò senza perdere la sua aria vagamente trasognata; quella vicenda lo aveva un po' stancato, e aveva voglia di allontanarsi quanto prima.

- Va bene, risolviamo questa cosa in fretta. -

Francesco, risalito per un attimo sul ponte, vide la carrozza di Presel allontanarsi. La fissò soltanto per un istante perché vide il padrone nell'atto di girarsi verso di lui e non volle farsi sorprendere. Scese velocemente e camminò spedito verso un angolo del magazzino. Provò uno strano conforto in quell'ambiente scuro e desiderò rimanere a lungo lì sotto, per non vedere più il suo padrone, per non incontrare più Giovanni Presel.

Anna era di nuovo in viaggio, stava raggiungendo Torino per visionare lo zaffiro che ancora mancava al suo scudo. Come sempre, aveva scelto di muoversi in treno, per lasciarsi il tempo di perfezionare i suoi appunti, di leggere, di studiare. Il vagone era pieno a metà, e accanto a lei non c'era nessuno. Guardando fuori dal finestrino vedeva riflesso il suo volto ed il profilo degli altri sedili vuoti. La velocità del treno rapiva le chiome degli alberi, le facciate delle case, e non permetteva agli occhi di posarsi neanche un istante su di loro, eppure, alzando di poco lo sguardo e mirando in lontananza, il paesaggio tornava quasi immobile, seguiva il convoglio con passo lento. Il sole stava tramontando su una giornata piovosa, e la sua luce, già debole, era prosciugata dalle nuvole in collera che si stringevano una contro l'altra con una violenza tale da rompersi in tuoni fragorosi. Le gocce d'acqua striavano il vetro sul quale si incorniciava il suo viso, ed ella fu attratta dai suoi occhi, i quali, abbandonato il panorama in lento cammino, si concentrarono su se stessi. Si studiò per qualche istante e constatò che la sua espressione era serena. Solitamente il maltempo influiva sul suo umore, e quel temporale avrebbe dovuto turbarla, ma non fu così. Si rese conto allora che la vicinanza di Ludovico le conferiva una sicurezza che non aveva mai conosciuto, e al pensiero che al ritorno da quel viaggio ci fosse la loro nuova casa ad attenderla, che Ludovico l'avrebbe accolta con un abbraccio, l'avrebbe liberata dei bagagli e fatta accomodare a tavola servendole la cena, le si scaldò il cuore. Piccoli avvenimenti quotidiani, consuetudini che ormai erano diventate sicurezza, un pulviscolo di azioni in cui i suoi giorni galleggiavano lieti, una vita che si era rinnovata senza clamore, dopo l'incontro con Ludovico. Da quando si erano conosciuti, aveva capito chiaramente i suoi sentimenti ma non aveva voluto incoraggiarlo più di tanto, forse per mettere alla prova la sua autenticità; e Ludovico si era fatto avanti a poco a poco, con gentilezza, pazienza, fermezza. Tanto era bastato a deciderle nell'animo un'accoglienza totale, e la certezza che quel ragazzo si sarebbe preso cura di lei. Questa tranquillità la fece sentire un po' incompleta, perché ricordò alcune lacrime di sua madre, di sua nonna, di certe amiche. Non che lei non avesse mai pianto, ma da molto tempo non provava una tristezza tanto forte da provocarle una vera commozione. Per un inspiegabile senso della misura sentì che prima o poi le sarebbe stato necessario disperarsi per qualcosa, in modo da bilanciare la felicità che stava vivendo.

Rimase assorta in questo pensiero per un po', poi si scosse ed il suo viso scomparve dal vetro. Tornò a guardare il tramonto che si era quasi del tutto consumato, cercò di nuovo i suoi tratti riflessi nel finestrino bagnato e sorrise dello sciocco timore che aveva provato. Dopotutto, le lacrime non andavano per forza spese, e la vita non era poi così ordinata, equilibrata, equa.

Il taxi la portò in una strada del centro e si accostò al lungo porticato del palazzo che la protese dalla pioggia. L'appartamento era al terzo piano e da lassù il rumore del traffico si sentiva gradevolmente attenuato. Le stanze erano silenziose ed i tappeti addolcivano il passo, senza farlo echeggiare. C'era un'aria delicata, tiepida e sottile, come se fosse stata del tutto depurata dalla polvere che ci si sarebbe aspettati in una casa così antica, nella quale, da tempo indefinibile, stavano enormi tendaggi e tappezzerie sontuose. Probabilmente tutto era originale di un'epoca vecchia di almeno due secoli, ma la cura che i proprietari avevano avuto per ogni cosa faceva risplendere la dimora come ai tempi in cui era stata edificata.

La cena era pronta, Anna non aveva potuto rifiutare un invito così cortese.

- Ha dovuto ricorrere al taxi...mi rincresce davvero signorina Presel.-
- Nessun problema, si immagini. Tra l'altro, il tratto di strada è stato breve. -
- Torino non è molto grande, tuttavia avrei voluto raggiungerla io stesso alla stazione, e risparmiarle l'incomodo di raggiungerci da sola e con questo brutto tempo. Purtroppo sono tornato anche io da un viaggio ed ho incontrato parecchio traffico che mi ha fatto tardare. -
- Lei è molto gentile, non si preoccupi..-
- Ha fatto buon viaggio almeno ? -
- Sì certo, sul treno c'erano poche persone, ho viaggiato tranquilla. E poi...non mi muovo quasi mai in macchina, non è il mio mezzo preferito. -
- Ha ragione, se avessi scelto anche io il treno non mi sarei trovato intrappolato nel traffico dell'autostrada ! Ma purtroppo i miei ritmi di lavoro non mi permettono di abbandonare l'auto. Le confesso che la invidio, se davvero ha modo di spostarsi sempre in treno. -

- Quasi sempre, in effetti. -
- La sua occupazione deve avere tempi più distesi della mia, senza dubbio....è proprio una fortuna. -
- Beh, in questo periodo, la ricerca che conduco mi permette di organizzare il lavoro in quasi totale autonomia, quindi approfitto di buon grado. -
- Mi auguro che potremo esserle d'aiuto, in merito alla sua ricerca, voglio dire...-
- La documentazione che la signora mi ha fornito mi ha già aiutato tanto...-
- Mia moglie è la persona più indicata, tra di noi, per questo genere di cose, non è vero cara ? -
- E' stato davvero un piacere signorina Presel rispondere alla sua richiesta. Mio marito esagera un po', in merito alla mia competenza, ma di certo sono molto interessata alla sua iniziativa e sarò ben contenta di metterle a disposizione la cornice per la mostra. -
- Dopo cena gliela mostreremo molto volentieri, adesso però si riposi dal viaggio e ci faccia compagnia....-

La serata fu molto gradevole, Anna conversò amabilmente con la famiglia e, terminata la cena rimase sola con la signora per visionare quella che doveva essere una parte fondamentale del gioiello da ricostruire. Giunte in una stanza piuttosto piccola, la donna si accinse ad aprire la cassaforte che rimaneva dietro una tenda, incassata nel muro. Anna si discostò un po', per discrezione, ed andò a fissare una stampa sulla parete opposta. Quando si avvide che la padrona di casa aveva appoggiato un cofanetto sul tavolo, le si accostò con una certa emozione. Aperto l'involucro, le sfuggi un piccolo fremito perché fu subito chiaro che la ricerca aveva avuto buon esito; la cornice di piccoli diamanti apparteneva senza dubbio al gioiello che aveva composto Giovanni Presel.

- Trovate che ci sia corrispondenza ? - chiese la signora sorridendo
- Sì, senza dubbio -
- Forse avrete bisogno di fare qualche comparazione, qualche misurazione ? -
- Non credo che sarà necessario, ormai conosco molto bene il gioiello... -

La signora sorrise ancora ed invitò Anna a sedersi sul sofà che era lì vicino. Le luci dell'appartamento si spensero a poco a poco, il silenzio invase le stanze. Il corridoio, ancora rischiarato, portò un riflesso caldo e debole nella stanza dove le due donne sedevano, l'ombra della governante si intravide per un attimo. Anna ascoltò la signora, la fissò, quasi la contemplandola, perché i suoi modi erano così dolci da infondere una grande tranquillità. La sua voce era chiara , ma parlava pianissimo, lasciando spazio al silenzio che incombeva.
Se Anna si fosse alzata in quel momento, e avesse esplorato la grande casa, avrebbe visto tutti gli ambienti debolmente illuminati dalla luce della strada che filtrava dalle imposte in stile classico. Si sarebbe fermata a spiare la via per poi voltarsi verso il camino del salotto, dove un tempo ardeva il fuoco che si univa a quello dei candelabri seminati sulle mensole di marmo o nelle nicchie. In tutte le stanze, avrebbe visto signore affaccendate, e gli uomini di casa davanti allo specchio, a rifinire i mustacchi, chiudere la camicia. Una certa agitazione, voci alte, risate, e la corsa delle ragazze da una stanza all'altra per rubarsi i pettini e i nastri. La carrozza in attesa nell'androne, per portarle alla grande festa, e la più piccola di loro alla quale era stato concesso di indossare la preziosa pettorina che avevano acquistato da poco: una corolla di diamanti meravigliosa. Giunta al ricevimento, avrebbe danzato con il suo cavaliere . Una notte d'incanto, attraversata a passo di danza, tra le braccia di quel giovane che la accompagnava stringendola a sé, con i palmi caldi di emozione, tanto da scolorire il fazzoletto rosso con il quale avrebbe evitato di bagnarle il vestito col sudore della mano, ma che sortì l'effetto contrario, lasciandole una rosa indimenticabile, da chiudere nell'armadio e tornare a spiare ogni tanto, per provare una commovente memoria.

– Che bel vestito signora . -
– Mi scusi se gliel'ho mostrato, lei è qui per ben altra cosa. Tuttavia, questo abito e la cornice non hanno una storia diversa: furono indossati da una nostra antenata, quando era ancora giovanissima, e le valsero il matrimonio con un rampollo di ottima famiglia, dal quale discendiamo. La cornice fu modificata in gioiello per la persona, quando venne acquistato, ma non saprei dirle da chi fu messo in vendita . La provi.... ecco, guardi come le dona. -

Arianna si guardò allo specchio e rimase ammaliata
 – Potrebbe essere una magnifica pettorina, non trovate Giovanni ? -
Presel sorrise
 – Ma non lo sarà, fa parte del vostro regalo, un regalo molto più grande . -
 – Eppure è già splendida così. -
 – Attendete ancora un po' signorina, ormai è quasi finito. -

Tre giorni di permesso, e la possibilità di venire a consultare anche il sabato mattina. Alfredo aveva sommato questo arco di tempo per isolarsi completamente da ogni impegno ed attività che non fosse lo studio delle cronache locali. La fonte che aveva individuato si era dimostrata così ricca da impegnare i primi due giorni nella divisione dei documenti e nel loro riordino secondo una mappatura della città e degli avvenimenti. Erano a sua disposizione centinaia di atti giudiziari, cronache locali, atti di compravendita, articoli sulla vita dei quartieri, documenti vari e di diverso interesse. A mano a mano che la lettura proseguiva, certi nomi si facevano ricorrenti, alcune vie si rivelavano i luoghi demandati ad attività pubbliche. C'erano piazze nelle quali la gente era solita riunirsi e dove, di conseguenza, accadevano gli eventi più curiosi, o rappresentativi. Si parlava della strada dove decine e decine di carrozze si erano infrante, per colpa del selciato mal composto che faceva scivolare i cavalli, o della necessità di riqualificare certi quartieri nei quali risiedevano attività strettamente connesse al porto che rischiavano di insudiciare oltre ogni dire le vie, i muri, le facciate delle case, mettendone a dura prova il decoro. Veniva documentata la nascita di numerose attività commerciali, sempre legate alla vitalità portuale , ed enumerati i progetti destinati all'urbe per adattarla ai cambiamenti che erano all'ordine del giorno. Una ragnatela di carte che ricalcava quel cambiamento sociale nel tentativo di darne una connotazione ordinata e razionale, e dalla quale trasparivano i tratti chiari della tensione dovuta alla trasformazione, oltre agli appannaggi e agli sfruttamenti che ne potevano conseguire. Seppure Alfredo non avesse avuto modo di rintracciare documenti legali in particolare, poteva attingere alla pubblicazione frammentata di verdetti e capi d'accusa, esecuzioni di atti e provvedimenti in nome della legge vigente. Ricorrevano diversi firmatari che avevano siglato le condanne ai danni di attentatori ai nuovi patrimoni, eminenze dell'ordine che tempestavano le esuberanze dovute alla tentazione delle ricchezze recenti. Fogli, che nel loro profondo essere, avevano l'esigenza di circolare ben visibili e di ammonire i potenziali corruttori del nuovo assetto politico ed economico. Dai progetti per un'urbanistica più funzionale, alle note di spesa per edificarla, dalle postille di una regolamentazione che si diramava in tutti i casi possibili senza lasciare il vuoto decisionale, ai nuovi accorgimenti dell'erario imperiale che si adattava ai tempi di risposta dei contribuenti, ottimizzandoli fino alla devozione coatta. Un sistema di incremento del reddito che abbracciava più popolazione possibile, ampliandone lo spettro delle aspettative e dei desideri fino al punto da farne il soggetto dell'inventiva commerciale. Il porto franco, le compagnie marittime, i nuovi sistemi di attracco, le vie di comunicazione che aprivano Trieste al trasporto oltre le montagne. E poi le strade cittadine, perpendicolari e veloci, sicure e di facile manutenzione, dalle quali si vedeva netto e definito il movimento della gente, le loro teste in cammino, ed il culmine delle vele maestre legate nel mare.

Con le dita perse in questo immenso diario, Alfredo si dimenava fra la cronaca acre dei misfatti e le gongolanti perifrasi degli scrittori di palazzo, coglieva le indecisioni dei ministri a fronte di certe ritrosie locali nei riguardi dell'amministrazione della regnante; faceva risorgere, dallo scheletro dei rendiconto, la vitalità di un potere senza rinunce, gli echi delle tenzoni europee che avevano insediato Maria Teresa. Con la sua sensibilità sfiorava l'animo dei notai, gli umori dei bancari, ascoltava i conteggi nelle botteghe, le pretese di pagamento, gli accordi per il mese successivo, gli schiocchi dei bauli che si aprivano dopo un viaggio sull'oceano. Questo grande disegno comprendeva i salotti migliori, le istituzioni generali, le milizie speranzose, e riduceva le voci delle memorie più vicine, delle poche facce in dialetto. Eppure Alfredo attingeva da tante pagine di letteratura minore, dalle storie di piccole chiese, di quadrivi poco trafficati, che l'impero non aveva saputo eliminare. L'intera testimonianza che gli cantava il passato lo faceva a tinte forti, decise, e vinceva sul lamento esangue dei funzionari del regno, che si ammassavano nei pertugi del servizio, ripetendo la cantilena monotona dell'amministrazione. In quel mare di fogli non comparivano gli atti più segreti, le cospirazioni da scrivania, le insanie dei legislatori, né i loro vizi; non c'era traccia di verità storica ma solo il riflesso mal celato di un gioco di potenti; e allora quell'accordo di cui si lamentava un operaio era senz'altro la confisca del carro a saldo del debito contratto, l'abbandono della casa da parte del fornaio era in realtà un esproprio.

Nulla di nuovo, pensò il professore, ed al terzo giorno, ebbe l'impressione di aver camminato su un terreno arso da tanti altri passi. Sapere di vecchi nomi, di figliate senza fine, di agnizioni impensabili, non lo aiutava di certo, ed il suo cercare non avrebbe portato ad altro, se non avesse intravisto, sotto un portico ormai inesistente, un anello di ferro, del quale nessuno gli aveva mai parlato.

- Tu sapevi di un portico in piazza Hortis ? -
- No, direi di no -
- Neanche io...eppure ho scoperto che l'edificio sulla destra aveva addossato un portico..-
- Ah....non lo sapevo....-
- E tu dirai " e quindi ? "-
- Veramente non credo che lo dirò -
- Immagino per farmi un dispetto... -
- Vabè !...allora dimmi che c'entra adesso questo portico -

Anche se erano al telefono, i due fratelli sapevano indovinare facilmente le espressioni reciproche, ed il gioco aveva luogo come se si trovassero uno davanti all'altro.

- Il portico c'entra perché c'entra con il nostro cognome..-
- Vuoi dire che prendeva il nome da noi ? -
- No, ma sembra che il nostro antenato avesse qualcosa a che vedere con quell'edificio, ed in particolare con il portico. -
- Spiegati...-
- Non ho molto da spiegare, al momento. Stavo studiando delle cronache della prima metà del settecento e ho visto comparire il nome di Francesco Panfili, legato a quella costruzione.-

- Ma va ? -
- Sì...e lo scritto citava le seguenti parole " Francesco Pamphili, permane in piazza Hortis, sotto portico, giorni tre e una notte " -
- E basta ? -
- No, diceva pure " occupa l'anello ".
- Non altro ?
- No, solo questo. Purtroppo il documento si interrompe così.-
- E a cosa si sarà riferito ? -
- Ancora non so...ma in ogni caso sono abbastanza convinto che citi il nostro Francesco. -
- Cosa te lo fa pensare ? -
- Lo credo perché non ho trovato fonti che parlino di un altro Francesco Panfili; voglio dire che le ricerche che ho fatto sulla genealogia della nostra famiglia citano un solo Francesco che visse nella prima metà del settecento, e la sua presenza è documentata grazie ad un' anagrafe che si rese necessaria sotto gli Asburgo, i quali vollero la registrazione della maggior parte della cittadinanza partendo dalle famiglie che rivestivano cariche pubbliche fino a quelle che rientravano nei libri paga dell'impero, anche solo per semplici mansioni. Mi convinco sempre di più che il nostro predecessore si dovette dar da fare nel settore del trasporto marittimo e che decise di acquistare il Trabaccolo potendo contare su un volume di lavoro piuttosto sicuro. Probabilmente questa sicurezza gli veniva dagli appalti che l'impero gli aveva assegnato e che ruotavano tutti intorno al servizio dei velieri, i quali, come abbiamo già detto..-
- Non potevano attraccare in porto...-
- Appunto. -
- Va bene...e il portico ? -
- La mia ipotesi è questa: potrebbe essere che il buon Francesco avesse una parte propria di commerci e che smerciasse in città nelle piazze adibite a mercato, o comunque alla vendita ambulante. Con ciò, avremmo che l'attuale piazza Hortis doveva essere un luogo attrezzato a tale scopo, e da qui la presenza di un porticato. -

- Un mercato coperto ? -
- Sì, un mercato coperto. -
- Ma non si è mai saputo di un mercato in quella piazza ...-
- Questo è vero...però, magari, se continuo a documentarmi troverò qualche traccia che possa confermare questa ipotesi. Dopotutto, parliamo di un mercato, mica di un palazzo nobiliare o cose simili....forse se n'è persa la memoria perché non era una costruzione importante..e di fatti, oggi non esiste più. -
- E' plausibile.. -
- Continuerò le mie ricerche in questa direzione, devo andare a rompere le scatole a quelli del catasto.-
- Dici che ti lasceranno rovistare ? -
- In linea teorica il catasto è a disposizione dei cittadini e di pubblica consultazione; basta avere le motivazioni per l'accesso ai documenti. -
- Fammi sapere se hai difficoltà....Anna potrebbe fare una richiesta a nome del museo; in fondo, la tua ricerca è collegata alla sua...-
- Vedrai che non ce ne sarà bisogno...mi saprò spiegare. -
- Non ho dubbi in merito. -

La nebbia non abbandonava il bosco e ne confondeva la complessa vegetazione, gli alberi riducevano la loro presenza ad ombre incerte, sparivano in un bianco senza profondità. Arianna dormiva ancora, e se fosse stata sveglia, in tutto quel tempo, forse sarebbe cresciuta. Ma in quell'assenza, suo padre poteva solo immaginare una voce appena cambiata, o gesti un po' più adulti, ed espressioni del viso meno incredule. La sua bambina sarebbe cambiata di certo, se non avesse subito quel sonno di cera.

Il cavallo seguiva il sentiero senza alzare gli occhi e riconoscendo, nell'ordine dei sassi, il ritorno verso casa. Da quella parte, la tenuta si faceva più difficile da attraversare, per via della boscaglia fitta e del terreno in pendenza. Da molto tempo non camminava su quel sentiero, ed il disuso l'aveva corrotto in grosse macchie di erba che

si diramavano a forma di stella. Alcune zolle erano state smosse parecchi mesi prima ed ormai si erano calcificate assumendo il colore spento del selciato, divenendo pietre anch'esse. Un passaggio senza utilità, dismesso proprio per la sua marginale funzione, ma l'uomo, in quel momento, aveva piacere a percorrerlo, forse per temporeggiare il suo ritorno a casa e rimanere con i pensieri che non poteva dire a nessuno. La sella ondeggiava monotona, e le foglie sotto gli zoccoli rendevano il suolo di carta, muovendosi in un fruscio delicato. Lo sguardo del cavallo e del suo cavaliere fissavano il terreno, e sembravano riflettere sulla stessa, vuota cosa. Il padre di Arianna però si accorse di un'ombra che d'un tratto lo sovrastò, era un'ombra poco definita, perché la luce si sfumava nella nebbia e non permetteva a nessun corpo di delinearsi. Alzò lo sguardo e vide una nave che volava tra i rami, un veliero di foglie morte e arbusti intrecciati che sembrava incagliato a pochi metri dal suolo, senza ciurma né vento per salpare. Rimase attonito, confuso, senza riuscire a darsi una spiegazione. La curiosità vinse lo stupore, e si fece ben presto ammirazione; iniziò a girare intorno alla scultura e ne contò i particolari , la perizia di certe legature che tentavano di ritrarre con fedeltà le parti autentiche di una nave. Scese da cavallo e camminò tra gli arbusti più fitti per raggiungere le diverse posizioni che lo avrebbero aiutato a vedere meglio l'intera struttura. Si fermò sotto lo scafo, una pancia vuota, delineata come in un disegno a penna, che però imitava bene il volume del fasciame e restituiva un colpo d'occhio convincente. Anche l'albero maestro, e gli altri due, sembravano sostenere la forza delle vele. Era un gioco di equilibri, tra il vuoto, che vinceva sul pieno, ed il segno delle fronde, che ingabbiava l'aria e la rendeva volume. La nebbia poi, modellava le forme con il suo corpo opalino, ed affabulava lo spettatore portandolo a ricostruire la propria idea di nave sulla falsa riga dei rami morti.
Il pomeriggio si fece sempre più buio, e l'uomo dovette continuare il suo cammino verso casa. Si lasciò alle spalle il veliero e sentì i pensieri di prima tornare a posarsi su di lui, ma con una nuova intenzione. L'averli sospesi con il pretesto di quella visione li aveva cambiati, ed un sospiro gli sollevò le spalle. Si dimenticò anche di riflettere su quanto aveva visto, sulla particolarità di quella apparizione, e non si chiese chi ne fosse l'artefice, né il perché di quell'opera così singolare.

Anna stava in piedi, davanti ad una grande finestra, e la sua figura era in contro luce. Ludovico la trovò bellissima, e rimase a guardarla per un istante, cercando di non fare rumore. Il suo tentativo non ebbe buon esito perché lei si accorse quasi immediatamente della sua presenza e gli venne incontro sorridendo. Si abbracciarono, si guardarono intensamente.

- Allora, come va qui al museo ? -
- Tutto procede.. -
- Anna, hai fatto un grande lavoro.. -
- Così pare. Vieni, ti faccio vedere.....questi sono gli ultimi studi. In base a questi disegni verrà ricomposto il gioiello. -
- E quando arriveranno le parti ? -
- Tra due settimane. -
- E a quando la mostra ? -
- Tra quaranta giorni; la fondazione si sta occupando di tutto. -
- Pubblicizzeranno l'evento ? -
- Certo...pensa, ci sono anche i manifesti, i totem, i volantini, tutto...-
- E sopra ci sarà il tuo nome ? -
- Sì ci sarà anche quello -
- Accidenti, che emozione ! -
- Speriamo che vada tutto bene... -
- Vedrai che sarà perfetto. Per quanto rimarrà in mostra ? -
- Per tre mesi -
- E poi tutte le pietre torneranno a casa loro...-
- E' inevitabile. Però avremo a disposizione tanto materiale ed uno studio approfondito. -
- E poi ? Che farai ? -
- Ci sono altri progetti, che gravitano intorno a questo, nuove possibilità di ricerca. Questa esperienza ha dato luogo ad un metodo interessante che alcuni professori vorrebbero testare con altro materiale. E poi...non dimenticare che il gioiello non è stato completato -
- Hai ragione. Ci sono speranze per il futuro ? -
- Le speranze ci sono sempre, ci devono essere. Anche perché

manca una parte davvero importante. -
- L'apice dello scudo...-
- Sì, la parte più alta, quella che sovrasta l'intera composizione. -
- E' importante, vero ? -
- Senz'altro. Potremmo interpretare con maggiore sicurezza tutto il gioiello -
- Beh, magari in queste due settimane non salterà fuori nulla di nuovo, ma sono sicuro che in futuro completerai il tuo lavoro. -
- Vieni...-
- Dove mi porti ? -
- Qui vicino..-

Anna si incamminò verso il corridoio che collegava gli uffici alle sale espositive, lo percorse fino alla metà, tenendo per mano Ludovico, e si fermò davanti al cartello che diceva " Sala del Trabaccolo ".

- Dorme sempre ? -
- Sì, non si è mai mosso, da quando sono qui a lavorare. -
- Almeno non ti ha disturbata...-

Entrarono nel grande ambiente, ed iniziarono a contemplare la barca come se la vedessero per la prima volta.

- Quanta parte avrà, questa vecchia barcaccia, nella tua relazione ? -
- Non molta...ne parlerò solo nella prima parte, in rapporto alla storia della mia famiglia....e dire che ...-
- Che sicuramente ci sarebbe dell'altro..-
- Ne sono certa...-
- Purtroppo mio fratello non ti è stato di grande aiuto -
- No, che dici ! E' stato bravissimo invece ... -
- In realtà non ha scoperto molto -
- Forse, ma comunque è stato importante per me parlare con lui. Mi ha dato un quadro molto vivo dell'epoca ed un contesto storico ben dettagliato -
- Il professore.....-
- Adesso dove sta cercando ? -
- Nel catasto -
- Instancabile, vero ? -
- Questo è certo ! -

Tacquero, abbracciandosi. Il riverbero delle loro voci si sospese nel silenzio della sala, ed i sensi provarono una piccola vertigine. All'udito subentrò la vista, e l'olfatto, ed il tatto, che si posarono sul legno antico e mimarono un rumore di respiro. Quasi fosse un'esigenza, ricostruirono la vita in quel fossile, e ne nacque il timore che ne seguisse uno scatto, che venissero afferrati da una bocca improvvisa, di carbone. Uscirono, senza voltarsi.

- Giovanni....-
- Eccomi a voi Arianna. Date a me..-
- Vi ringrazio, quel piccolo sacco pesava più di quanto pensassi. -

Giovanni Presel affidò l'involucro ad un marinaio ed aiutò Arianna a terminare la passerella che portava a bordo.

- Si parte subito ? -

Giovanni sorrise perché conosceva bene l'impazienza di Arianna. - Sì, si parte subito. -

- Allora non andrò neanche nell'alloggio ! -
- Sapevo che lo avreste detto..-
- Certamente ! Sapete che adoro salpare ! -
- Mi stupisce che questa cosa non vi abbia ancora annoiata ! -
- Non mi annoierà mai ! E non varranno neanche il doppio dei viaggi che abbiamo fatto fino ad oggi per togliermi il gusto di lasciare la terra ferma ! -
- Il vostro entusiasmo mi diverte davvero ! -

Arianna rimase sul ponte fino a quando la costa non divenne una linea insicura e disabitata. Poi, si recò nella cabina che le era stata riservata. Il giorno trascorse tranquillo, si assopì dopo pranzo, poi tornò sul ponte. Presel la raggiunse poco dopo.

- Quanto dura il viaggio ? -
- Qualche giorno mia cara...-
- Dove siamo diretti ? -
- E' una sorpresa... -
- E' sempre una sorpresa.. -

La notte nascose il mare, ma il suono delle onde non si fece sopire e continuò a battere sul fondo della nave, cullando il sonno di Arianna. L'abitudine che aveva fatto alla navigazione la rendeva tranquilla e le conciliava il riposo come una carezza di madre. Era una notte serena, senza nuvole e quasi senza vento; la luna entrò dall'oblò e disegnò un cerchio bianco sul letto. Arianna si svegliò per quel chiarore e quando guardò fuori vide il profilo lontanissimo di una città che sembrava affondare. I tetti riverberavano così forte da creare un'aura argentata ed il loro riflesso si specchiava nell'acqua vicinissima. Non vedeva strade, né alberi, né carri immobili, soltanto l'immagine di quelle case in pericolo che facevano ressa ai bordi del mare, trattenendosi l'una con l'altra per non scivolare nelle onde. Lo stupore che provò la incantò per qualche minuto, poi si accese in lei un lampo di gioia perché capì che erano quasi arrivati a Venezia. Non era mai stata in quella città ma l'aveva sempre sognata ammirando le stampe e i quadri che la ritraevano. Suo padre le aveva raccontato cose magiche di quel luogo eccitando la sua fantasia ed il desiderio di recarvisi. Finalmente poteva vederla, finalmente avrebbe passeggiato in quelle strade senza cavalli, sarebbe entrata nelle botteghe che aprivano i battenti sull'acqua. Non riuscì a trattenere l'emozione e si vestì furiosamente; poi, uscì dalla cabina e corse sul ponte. Vide le case immerse nel buio ma rischiarate dai raggi lunari, osservò i piccoli sentieri lastricati che le univano saltando sui ponti minuti, cercò di scorgere qualche abitante, ma la lontananza non le permise di vedere bene. D'improvviso una mano si posò sulla sua spalla, ma non si spaventò perché ne riconobbe il palmo carezzevole.

– Giovanni ! Cosa fate qui ? -
– Dovrei chiederlo io a voi... -
– Non mi avevate detto che andavamo a Venezia ! -
– Non vi dico mai dove andiamo... -
– Sì, è così. -
– Che ne dite ? -
– E' bellissima, più dei miei sogni ! -
– E allora, da questa notte, i vostri sogni saranno ancora più belli -

Tacquero per un po'. La nave si avvicinò verso la città, ma lo fece con una lentezza tale da non dare l'impressione dell'approssimarsi. Agli occhi di Arianna le case rimasero sempre alla stessa distanza, e le chiese che riuscì ad intravedere, grazie alle lucide cupole, non diedero segno di ingrandirsi. Persino le stelle rimasero più grandi delle poche luci che tremavano su alcune facciate dei palazzi. Questa però non fu una sofferenza per lei, piuttosto un gusto lento e sinuoso che le lambì la mente. Ebbe la sensazione che anche il tempo si fosse innamorato di quella vista e avesse fermato il passo per sporgersi da quel ponte, meravigliato a sua volta ed incapace di muoversi ancora. Presel non parlò, rimase anch'esso immobile dietro di lei, fino a quando non le fece segno di voltarsi e di guardare verso il largo. Arianna lo seguì, e vide una lingua nera, piccolissima, vacillare sull'orizzonte.

- Vedete Arianna ? E' una gondola -

Arianna ne riconobbe subito la sagoma, le punte gemelle che ricordavano due arpe senza corde.

- E' molto lontana dalla costa, si deve essere slegata nella notte. -
- E credete che se ne siano accorti ? -
- Penso di no, si deve essere staccata dall'ormeggio molte ore fa, mentre tutti dormivano.-
- Si perderà ? -
- E' probabile. -
- Ma...è così bella....-

La luce dell'alba rischiarò il tratto di cielo più vicino al mare, e fece apparire l'acqua come una massa nera, opaca, senza vita e senza riflessi. La gondola venne assorbita da questo volume oscuro e se ne poté vedere soltanto la sagoma sottile, priva di colore; ma la delicatezza delle sue forme, la calligrafia minuta delle due prue, la fecero risaltare, e ad Arianna sembrò di vedervi la cresta di un essere abissale in emersione. Giovanni la invitò a tornare nel suo alloggio, per riposarsi ancora un po', e lei seguì il suo consiglio; quando si risvegliò, sentì i passi dei marinai, i rumori del vascello, e vide che il sole era alto. Dopo essersi preparata per l'imminente sbarco, raggiunse il ponte e vide subito la costa vicinissima. Immaginò la gondola perduta scintillare in pieno giorno, disturbata dai gabbiani che vi si sarebbero posati sopra formando una fila bianca e discontinua, come un sorriso imperfetto. Pensò al salotto di pelle rossa, vuoto e aperto al cielo come l'intestino squarciato di una preda; sarebbero bastati pochi giorni di abbandono per spegnere quei riflessi di ori e di lacche, la posa degli uccelli, il graffio del sale, l'assillo del sole. Senza il balsamo dell'uomo, la gondola sarebbe morta in poco tempo. Tornò a guardare la splendida città che si approssimava, vedeva

ormai i volti delle persone che camminavano sui moli, le piccole strade che si inoltravano nel dedalo strettissimo delle case, le finestre dallo strano disegno di fiamma.
- E' più bella di quanto avessi mai immaginato ! -
- Sono contento della vostra sorpresa. -
- Non saprei come dire la mia ammirazione...-
- Molto bene. Tra poco attraccheremo. Il tempo di sistemarci, e vi porterò a visitare tutta la città.....volete ? -
- Non desidero altro Giovanni....-

Quando Alfredo si approssimò al parcheggio, vide che c'erano già molte macchine e si accorse di essere un po' in ritardo. Uscendo di casa, non aveva calcolato bene i tempi di attraversamento della città e provò un certo fastidio per la sua inettitudine; senza dubbio il ricevimento era già iniziato, e avrebbe dovuto scusarsi con Anna e con suo fratello. Lo rincuorò vedere che altre vetture si affannavano a trovare un posto e che quindi non era davvero l'ultimo ad arrivare. Quando varcò l'ingresso del museo lo trovò cambiato, e ne fu colpito: era stato sistemato per l'occasione, illuminato e decorato, reso quasi abbagliante come il foyer di un teatro. Alcuni arredi erano stati spostati, altri eliminati, ed altri ancora aggiunti; i vecchi espositori di materiale informativo avevano lasciato il posto a dei totem illustrati per intero dall'ingrandimento di un rubino, e sostenevano dei vassoi di plexiglas trasparente dal quale si potevano prendere i dépliant della mostra. Sulle pareti, campeggiavano tre video nei quali si accendevano e spegnevano, in dissolvenza, le immagini del grande gioiello, e delle casse nascoste diffondevano un brano di musica classica che non seppe riconoscere. L'ambiente era stato spogliato dei vecchi poster incorniciati, che ricordavano eventi espositivi passati da molto tempo, e lunghi cartelloni in acrilico, simili a stendardi, pendevano morbidamente dall'alto soffitto. Alfredo consegnò alle guardarobiere il soprabito leggero, prese un volantino tra le mani, e si avviò verso la sala preparata per la conferenza. Trovò che la mostra era stata allestita in grande stile, e che Anna aveva immaginato la presentazione del suo lavoro come un evento mondano, alla moda, molto attuale, rimuovendo la polvere abituale del museo, i

suoi silenzi da tempio abbandonato. Tutto l'insieme ora appariva minimale, pulito, quasi clinico, e la presenza della gente faceva il resto, animando la serata di voci, gesti, saluti e conversazioni.
Il cellulare di Alfredo squillò, era Ludovico.
- Sei arrivato ? -
- Sono già seduto. -
- Tutto bene ? -
- Sì certo. -
- Che te ne pare ? -
- Direi che Anna ha fatto le cose per bene. -
- Infatti.....forse un po' stile Hollywood.....comunque bello..-
- Beh, non avevo mai visto il museo così -
- Gli ha dato una bella ripulita ! -
- Ha pensato lei a tutto ? -
- Si è fatta aiutare da alcuni suoi amici che lavorano nel settore della pubblicità e degli eventi -
- Si vede. E comunque è anche merito suo....voglio dire, ha voluto lei questo stile.....-
- Sì, tutta farina del suo sacco...a proposito, adesso sta parlando con i giornalisti. Tra poco sarà da voi. -
- Tu dove sei ? -
- Nell'ufficio vicino alla segreteria, aspetto ancora un po' e poi vengo a sedermi. Noi ci vediamo dopo la conferenza. -
- E il gioiello ? -
- Dopo la conferenza, appunto. -

Le luci si fecero più soffuse, ed il grande schermo che era stato montato sulla parete più spaziosa della sala si animò mostrando le immagini relative alla ricerca di Anna: foto di frammenti dorati, di pietre, mani di artigiani, documenti. Alcuni professori e storici illustrarono la genealogia della famiglia Presel e i suoi legami con il territorio, fornirono numerose notizie in merito al periodo preso in esame, e tratteggiarono la figura di Giovanni Teodorico.
Alfredo stringeva il volantino tra le dita, tormentandolo in mille piccole pieghe, e rimaneva nella scomoda posizione che aveva assunto all'inizio della proiezione, senza allentare il nodo delle gambe, la curva della schiena. Aveva gli occhi fissi sulle immagini, stretti come in uno sforzo di attenzione, e la sua mascella non trovava riposo contraendosi continuamente. Alla fine della relazione, i presenti

furono invitati a spostarsi nella sala espositiva più importante, quella in cui si trovava il gioiello.

Si formò un ampio anello di persone intorno ad esso, che si mosse con una circolarità regolare. Lo scudo riluceva nella sua incompletezza, ma a parte l'ultimo frammento mancante che lasciava vuoto lo spazio più alto, si poterono ammirare i preziosi che avevano trovato la loro sede originaria dopo tanto tempo. I quattro leoni d'argento, disposti al centro dello scudo, che con una zampa sorreggevano i diamanti rappresentanti gli incarichi della famiglia presso la corte dell'imperatrice Maria Teresa d'Austria, erano stati modellati finemente ed in piccole dimensioni, per dare risalto alle pietre, come voleva lo stile dell'epoca. Sopra di loro, il diamante di primavera brillava morbidamente, appena ridestato dalla stagione imminente; la cornice a pavé di piccoli diamanti riuniva il tutto in un disegno delicato ed ondeggiante.

- ...Prego professore... - Disse Anna dando la parola ad uno dei relatori.
- La committenza di questo gioiello risale alla metà del settecento, i documenti che la famiglia Presel conserva, lo attestano con certezza. Fu una famiglia ungherese a volerlo, e si rivolse a Giovanni Teodorico Presel, attivo appunto in quell'epoca, e relativamente noto negli ambienti nobiliari e dell'alta borghesia. Si tratta di un'opera che celebra la costituzione di un nuovo araldo, cioè l'unione di due casate; per quanto ne sappiamo, la famiglia rappresentata al centro dello scudo è quella dei Kristef, vicina a Maria Teresa, ed attiva, per essa, nel territorio del nord Italia, in particolare nell'area triestina. In seguito alla Dieta di Presburgo, i nobili ungheresi riconobbero la legittimità al trono dell'Imperatrice, opponendosi alle pretese del Duca di Baviera. E' celebre il giuramento che le fecero nel motto " moriamur pro rege Maria Theresia ", pronunciato al suo cospetto l' 11 settembre 1741. Le conseguenze politiche di questa presa di posizione non sono ancora del tutto chiare, ed i pareri restano discordanti; è condiviso però, il fatto che l'attività imperiale coinvolse le classi più elevate della società ungherese, e che ne animò le attività, in particolare diplomatiche. Pertanto, la famiglia Kristef si mosse nel

territorio che abbiamo detto, lasciando numerose tracce della sua presenza negli archivi di stato e tra gli atti ufficiali. In questi documenti abbiamo identificato i motivi della loro araldica, che vediamo appunto riprodotti nello scudo e simboleggiati dai quattro diamanti che si riferiscono alle cariche di cui furono investiti ed al loro lignaggio. L'attività dei Kristef in Italia, rientrava principalmente nell'affermazione territoriale dell'impero asburgico, che stava conoscendo nuovo impulso in seguito alle iniziative liberali di Maria Teresa. Ci riferiamo alle concessioni commerciali, alla rimozione dei dazi, ed ai lavori di ampliamento relativi al porto, iniziative che seguirono a quelle già avviate da Carlo VI, come la patente di porto franco del 18 marzo 1719. Le franchigie doganali fecero affluire nella città una grande quantità di gente di tutte le razze e di ogni ceto; arrivarono serbi, sloveni, croati, ebrei, greci, e per essi fu promulgato l'editto di tolleranza, nel tentativo di permettere una rapida assimilazione da parte della popolazione locale. Come si può immaginare, questa riforma sociale non fu sempre facile, ed in alcuni casi, l'intolleranza venne inasprita dalle successive decisioni di Maria Teresa, la quale investì di cariche pubbliche e di poteri persone che non appartenevano al territorio, ed impoverì contemporaneamente alcune di queste. Insomma, il rinnovamento statale, politico e privato che la città di Trieste conobbe, portò con sé l'esigenza di un'amministrazione attenta e capillare. In questo contesto possiamo inquadrare l'attività dei Kristef, la quale si occupò di relazioni particolari, connesse strettamente con le identità del luogo. Nel tentativo di rendere effettiva la politica dell'imperatrice a tutti i livelli, questa famiglia, come altre di simile estrazione ed importanza strategica, si adoperò con ogni mezzo per creare legami con la popolazione a carattere economico, diplomatico, ma non solo. A nostro avviso, fu necessario formare relazioni più intime, cioè di parentela, ed alla luce di queste considerazioni introduciamo quella che forse rimarrà solo una congettura, ma che ha comunque diversi elementi per trovare conforto: secondo la nostra opinione, la famiglia Kristef decise di rafforzare la propria presenza in Italia tramite un matrimonio. La loro genealogia ci è nota in buona parte, e abbiamo identificato nella persona di Jànos Kristef, figlio di Gyorgy Kristef, il primogenito destinato a tal fine. Dicevamo però che questa rimane una congettura dal momento che, a quanto ne sappiamo, il matrimonio non ebbe mai luogo, e la famiglia della sposa ci è sconosciuta. La mancanza nella parte più alta del gioiello ci impedisce di identificarne l'identità e la discendenza; non siamo in grado, pertanto, di dire che tipo di famiglia fosse, a quale ceto appartenesse, né quale sia stato il suo destino. Possiamo soltanto sospendere la nostra ipotesi nell'attesa che nuove fonti ci vengano in aiuto. -

Anna ringraziò il professore e si dispose per continuare l'esposizione. Coprendo la platea di convenuti con un lento sguardo, vide, non molto lontano, il viso di Alberto e gli sorrise. Questi sorrise a sua volta e le fece un cenno di approvazione.

– Abbiamo parlato ampiamente della famiglia Presel durante la conferenza iniziale, ma vorrei dire ancora qualche parola, se me lo permettete, sulla persona di Giovanni Teodorico: fu un commerciante di gioielli, un fine conoscitore dell'arte dell'oreficeria, un uomo colto e raffinato. Attivo nel periodo a cavallo tra il regno di Carlo VI e di Maria Teresa, assistette ai profondi cambiamenti del panorama politico europeo; sappiamo che viaggiò molto, sia per motivi economici che per interessi del tutto personali. I centri principali della sua attività furono Triste e Vienna, ma i commerci ai quali si dedicò lo portarono in molti altri paesi, tra i quali l'Ungheria. Non possiamo dire con certezza se la conoscenza dei Kristef sia avvenuta nella loro nazione o nella nostra, e tutto sommato, questo non ha importanza decisiva. Ci sembra invece più interessante identificare Giovanni come la persona che fece da anello tra questi due paesi, e che rappresenta la spiegazione ed insieme l'enigma del gioiello. Tramite il diario rinvenuto sull'imbarcazione che questo museo custodisce, siamo riusciti ad identificare, anche se in pochi tratti evanescenti, il profilo di alcuni artisti che collaborarono con lui alla realizzazione di questo oggetto unico. Artigiani raffinatissimi, personalità quasi del tutto sconosciute che diedero il loro contributo prezioso e che la storia non ha mai messo in luce. Giovanni fu un personaggio carismatico, convogliatore di talenti e di ispirazioni, artista e amante degli artisti, viaggiatore e amico del mondo. La sua scomparsa non è documentata, la sua fine è un'interruzione repentina che non lascia risposte. Questo gioiello non fu terminato, probabilmente a causa di un ripensamento, del matrimonio mai celebrato, ma rimane l'ipotesi della sua morte improvvisa. La nostra casa conserva molti documenti che ne raccontano l'esistenza, ma quando si giunge al periodo che vede la nascita di questo scudo, i fogli vengono a mancare, e si spegne la luce di quella memoria così affascinante. Le speranze che serbavamo nel rinvenimento dei testi del trabaccolo non si sono rivelate del tutto ben riposte e rimangono molte domande in attesa di risposta. Quello che vedete è, a nostro parere, un lascito involontario, l'ultima parola interrotta di un uomo che avrebbe raccontato ancora. -

Il pubblico di quella sera rimase molto affascinato dalla mostra che aveva organizzato Anna, ed il gioiello venne ammirato a lungo. Sfilarono davanti ad esso numerosi intenditori, storici dell'arte, personaggi della cultura, ed Alfredo.

- Caro Alfredo, eccoci qui..-
- Sì, eccoci davanti al gioiello della tua famiglia, finalmente ricomposto, per quanto è stato possibile. -

Comparve Ludovico, che fino a quel momento si era tenuto in disparte, per lasciare la sua Anna alle attenzioni dei partecipanti.

- Fratello, come stai ? -
- Non c'è male, e tu ? -
- Piuttosto emozionato direi…è una serata particolare ! -
- Senz'altro: il traguardo raggiunto dopo un anno e mezzo di lavoro..-
- Hai contato bene Alfredo, sono in viaggio per l'Europa da un anno e mezzo, e credo che il mio lavoro non sia ancora finito. -
- Non ti rassegni vero Anna ? -
- Certo che no. Devo fare nuove ricerche, contattare altre persone. Non dico che troverò il pezzo mancante, ma sono

sicura che in giro c'è qualche altra cartaccia vecchia sulla quale c'è scritto quello che mi interessa. -
– Sì, forse....-

Ludovico passò un braccio sulle spalle del fratello – Allora...è bello o no questo gioiello ? -
– Bellissimo, davvero meraviglioso. -

L'intera sala, le persone che la riempivano, le luci che la facevano brillare, si riflettevano sullo scudo e vi facevano ressa riducendosi ad immagini miniate, incastonate come i diamanti e i rubini che lo componevano. Alfredo si chiese quanti volti si erano specchiati in quella meraviglia, quanti desideri aveva risvegliato, quante invidie, quante brame. Rimase qualche istante incantato in questo pensiero, poi, Ludovico lo portò via con sé.

– Beviamoci qualcosa ! Vieni a vedere che bel rinfresco che c'è di là. -

Come loro, altre persone si spostarono nell'ambiente attiguo, dove un buffet ricchissimo fiammeggiava sopra un lungo tavolo. Anna fu presto circondata da uno stuolo di persone che le fecero domande, osservazioni, complimenti. In pochi istanti divenne praticamente irraggiungibile.

– E piuttosto corteggiata, vero ? - chiese Ludovico al fratello.
– E' la sua serata ! -
– Sì, e ne seguiranno altre, tante altre. -
– La sua vita è così, e tu ci sei caduto dentro...immeritatamente, ritengo. -
– Tutta invidia la tua...-
– Beh, ammetto che per una donna così sarei sceso a qualche compromesso.-
– Ma senti l'orso della famiglia ! Il mio professore solitario ! -

Risero insieme e si fecero compagnia, quella sera, mentre Anna intratteneva i suoi ospiti. Poi Alfredo si appartò un po', riconobbe qualche viso, salutò diverse persone, ed infine, quando vide che Ludovico si era riunito alla sua fidanzata li raggiunse.

– Ragazzi, per oggi mi fermo qui, grazie per tutta questa meraviglia e complimenti di cuore .-
– Vai via Alfredo ? Non rimani un altro po' ? -
– No grazie Anna, preferisco avviarmi -
– Sei il solito vecchietto ! -

- Concordo. Ci vediamo presto allora..-
- Sì certo, magari la prossima settimana, che dici ? -
- Direi mercoledì, a cena, da me. -
- Ah ! Mio fratello ha già organizzato tutto ! Che dici Anna, possiamo ? -
- Sì, facciamo mercoledì -
- Bene, allora vi aspetto. Mi raccomando, non mancate ! -
- Sì sì, stai tranquillo fratellino, verremo ! -
- Non mancate ! -

Alfredo sorrise loro, si girò e raggiunse l'uscita del museo. Ludovico ed Anna rimasero a fissarlo per un po', fino a quando non scomparve tra gli altri invitati. Si scambiarono uno sguardo di domanda, ma furono subito distratti da un signore che voleva far loro delle domande.

L'aria era sempre più calda, la primavera l'addolciva di profumi e della carezza del sole, la stalla non fumava più dell'alito degli armenti ed era illuminata come un grande prato. Mentre distribuiva il foraggio, aveva negli occhi i giochi con Arianna, i pomeriggi passati fra gli arbusti annodati. Non la vedeva più da tanto tempo, né aveva più avuto modo di fuggire per qualche viaggio; soltanto quella terra, il bosco, il lavoro con il padre. Aspettava di rivedere Giovanni Presel, lo immaginava riapparire sul sentiero, con il passo deciso e regolare, ascoltava la sua voce, la sua promessa di viaggio. Quando sarebbe tornato ? Aveva un grande desiderio di partire ancora, di vedere il mare, le vele enormi delle navi tendersi al vento come desiderose di sfuggire ai loro alberi. Sognava il mistero del giorno dopo, un racconto raccolto nell'ellisse di facce invecchiate nel sale, la voce di una strega che gli carezzava il collo. Cose strane e diverse, che non capiva, ma che poteva ordinare nella memoria come le carte in un mazzo truccato, da giocare senza amici.
Uscito all'aperto, vide il padrone parlare con suo padre, indicare in giro, fare gesti ampi che abbracciavano il paesaggio.
Sembravano concordi sul da farsi.

L'appartamento di Giovanni era ancora più luminoso di come lo avevano lasciato, e persino l'ingresso, non troppo grande e che prendeva luce soltanto dalle porte che conducevano verso gli altri ambienti, appariva agli occhi di Arianna molto più chiaro. I bagagli si erano accumulati sul pavimento ed i domestici stavano iniziando a portarli nelle stanze, Giovanni vagliava velocemente la corrispondenza impartendo le prime indicazioni ai servitori.
Nel breve spazio di una mezz'ora tutto sembrava già in ordine ed il ritmo quotidiano riprendeva la sua velocità consueta. Arianna si sentiva affamata , e prima che potesse esprimere il desiderio di pranzare sentì che il braccio di Giovanni toccava gentilmente il suo per accompagnarla nel salone. Il cameriere aprì le due ante decorate di vetri barocchi ed il sole le ferì gli occhi tanto da impedirle di vedere per qualche istante. Perse momentaneamente l'orientamento ma sentì che il braccio di Presel la sosteneva. Cercò di toccarlo con la mano ed avvertì il palmo di lui che ricopriva la sua.

– La mia bambina, la mia bambina ! Cara, finalmente....-
La voce che la raggiunse non aveva un tono, un accento, era puro rumore, ed articolava parole incomprensibili. Si sforzò di interpretarla, e pian piano ne ricostruì il senso. Frasi rassicuranti, accenti di commozione, esortazioni. Il colore del suono prese carattere e si ricompose nel timbro paterno che da tanto tempo non sentiva. Un istante dopo si aggiunse la voce di sua madre.
La luce era insopportabile, violenta come uno schiaffo, e gli occhi le facevano male. Graffiandosi la gola, riuscì a chiedere che le imposte venissero chiuse, e la stanza cadde nell'ombra.
Arianna impiegò molto tempo per riacquistare l'abitudine al suo corpo, alla vista, alla parola; le sue membra erano lontane, e non aveva le forze per alzarsi dal letto. Ogni mattina la madre le praticava le abluzioni aiutata dalla cameriera, e lei si sentiva sollevare da braccia inaspettatamente forti,carezzata da panni profumati di rosa, riposta con delicatezza nell'alveo rinfrescato. Il dolore che sentiva in tutto il corpo, ogni volta che tentava un movimento, iniziò a svanire, cominciando dalle dita, e pian piano si fece più sopportabile anche nelle braccia. Una notte si svegliò per uno scatto delle gambe, e sentì chiaramente che le forze stavano tornando. Soltanto gli occhi tardavano a guarire, e la penombra rimaneva essenziale per non soffrire. Così il viso di sua madre e di

suo padre rimanevano indefiniti, e allo stesso modo le cose che la circondavano; era riapparsa nel mondo, ma il mondo non sembrava volesse riapparirle. Nelle settimane successive non riuscì a lasciare la sua stanza , consumò lì i suoi pasti, parlò con i genitori, ricevette alcune visite. Suo padre passava con lei diverso tempo, ma sempre frammentato, a causa degli impegni che aveva. Non le parlava molto delle sue faccende, e preferiva divagare su altri argomenti. E poi le faceva tante domande, le chiedeva cosa ricordasse, se in quel sonno lunghissimo fosse riuscita a sentire le voci dei suoi cari che la chiamavano instancabilmente. Arianna non sapeva cosa rispondere perché la sua memoria era inconsistente; penombra fuori, penombra dentro. Aveva la sensazione di un'attesa passata, di un lasso di tempo impegnato dal nulla; nessun sapore, nessuna sensazione l'avevano seguita quando era riemersa dal quel buio interminabile, e pertanto, non aveva niente da raccontare.

Si abituò all'idea che la sua vita avesse incontrato un periodo muto, senza significato, e che, per quanto apparentemente inammissibile, fosse necessario fare esperienza anche di quello. Ma questo vuoto non si fermava alla memoria del suo sonno, riguardava anche la vita che aveva interrotto. Arianna mostrò di non ricordare neanche il suo fidanzato, la famiglia di lui, i progetti per il futuro; avvolta in un'amnesia senza fondo, aveva perso qualsiasi età, e non era possibile riportarla sul sentiero degli avvenimenti che avevano preceduto la sua caduta.

Bisognava ricominciare, ricostruirle il futuro, e cogliere questo nuovo inizio per tornare a provare la gioia, il sogno. Padre e madre si dedicarono a lei ancor più di prima, e la accudirono amorevolmente, l'aiutarono in ogni modo per cercare di incamminarla verso una nuova vita. I giorni si mossero con lo stesso passo, lenti e pazienti, e la accompagnarono nell'estate.

In un pomeriggio caldissimo, Arianna aprì la finestra, ed il sole le invase il viso senza ferirle gli occhi. Vide un campo grande e vuoto, e le nuvole che si spingevano sopra di esso, mirando le colline lontane. La parola semplice e disarmante di quella vista la oppresse d'improvviso, le tenne la testa ferma in un punto indefinito mentre dentro le scoppiò una visione fragorosa e struggente. Gli occhi tornarono ciechi, la memoria si rovesciò fragorosa in una cascata di immagini senza pietà.

Il bosco, le chiome verdi vicino alla casa, le passeggiate nell'ombra verde e silenziosa, l'incontro con quello strano ragazzo che giocava sui rami e raccontava dei suoi viaggi, le parole raccolte dalla sua bocca, il signore elegante che lo veniva a chiamare mentre lavorava nella stalla con il padre, i paesi che aveva visitato, le navi sulle quali era salito, i suoi giochi con le foglie, i burattini di erba, le vele gonfie di vento, la voce di Giovanni, i suoi gioielli, le città lontane, il mare che la circondava ogni mattina, la promessa di matrimonio, le due famiglie, le feste in casa, i banchetti, il futuro.
Tornò a vedere, battendo le ciglia, e tremò davanti al prato che dilagava.
Uscì dalla camera e scese velocemente le scale; giunta all'ingresso aprì la porta e rimase in piedi, immobile. La cameriera la raggiunse e le si accostò con aria premurosa, senza dirle niente.
Nel tardo pomeriggio tornò sua madre, e parlarono insieme fino a sera. Arianna le chiese dove fosse il suo fidanzato, perché non era venuto a trovarla da quando si era risvegliata. Quando la raggiunse il padre, le fu spiegato che i rapporti che la sua famiglia stava intrecciando con quella dei Kristef non si erano saldati come avrebbero sperato, e che gli interessi di questi ultimi si erano spostati altrove perché lui, pur essendo un possidente del luogo, pur conoscendone la gente, il territorio, non aveva attitudini politiche e non si era dimostrato un valido interlocutore tra loro e gli ambienti diplomatici italiani. Ammise la colpa di aver provocato il signore ungherese durante un'accesa discussione e di non aver saputo riparare nel modo opportuno. Il figlio, si era fatto da parte, senza più avanzare richieste in merito ad Arianna. Inoltre, lo stato di salute di lei aveva esasperato gli eventi, e non era più stato possibile ricomporre la cosa.
Adesso però la famiglia aveva riavuto la figlia preziosa, ed il futuro era assicurato da nuovi commerci.
La notte passò agitata da sogni insistenti, incubi che la oppressero, ed Arianna faticò ad alzarsi. Si vestì ma non mangiò nulla, camminò per la casa, aprì tutte le porte, entrò nelle stanze e si sedette sulla poltrona che suo padre usava per aprire la corrispondenza e per ricevere le persone con le quali intratteneva i suoi affari. Frugando tra le carte che si trovavano sul tavolo vicino, lesse gli accordi in merito alle forniture, gli elenchi di materiale già a disposizione, i

documenti per la spedizione del legname.
Dalla finestra aperta, quella che soffiava l'aria fresca del mattino anche quando la giornata si prospettava soffocante, sentì lo schianto degli alberi.

Dopo una settimana esatta, Alfredo rivide Anna e Ludovico. Quando aprì loro la porta li accolse con un abbraccio un po' malinconico, e i due se ne accorsero.
- Non fate caso...sono ancora impressionato dalla serata di gala....-
- Cioè ? - chiese Ludovico
- Eravate così belli, al centro di tutte le attenzioni....adesso mi fa uno strano effetto riavervi nella mia modesta dimora...-
- Tra i comuni mortali ? -
- Sì, in un certo senso....-
- Che ne pensi Anna ? Dice la verità ? -
- Non chiederlo a me, è tuo fratello ! -

Anna sorrise dolcemente ad Alfredo, il quale si liberò con imbarazzo dal suo sguardo gentile, ed invitò lei e Ludovico ad accomodarsi. La cena era già pronta.
Bevvero il caffè sul divano, Alfredo abbassò le luci ma ne lasciò una forte puntata sul tavolino basso. Vi dispose sopra diverse carte, guardò i suoi ospiti, fece un lieve sorriso.
- Volevo parlarvi di una cosa -
- Si tratta della ricerca ? -
- Sì fratello. Direi che, anche se con un lieve ritardo rispetto ad Anna, sono arrivato anche io alle mie conclusioni. -
- Benissimo! Dicci tutto Alfredo, sono curiosa. -
- Come sapete mi sono concentrato sull'ipotesi che Francesco Pamphili non fosse solo un semplice marinaio ed un lavoratore del porto. Volevo capire se, oltre a questa attività avesse avuto modo di ampliare i suoi affari, e credo di aver messo insieme un po' di materiale che proverebbe il suo coinvolgimento in, diciamo...., altri settori. -
- Siamo tutto orecchie - disse Ludovico con un sorriso di

incoraggiamento
- Avevo trovato, in una cronaca di metà settecento, il nome del nostro avo riferito ad una permanenza in piazza Hortis; si parlava di una sosta di qualche giorno e di un anello. La mia ipotesi era che in quella piazza esistesse un mercato e che Francesco Pamphili vi vendesse la merce che traeva dalla sua attività di trasportatore. -
- Sì certo, ricordo ...-
- Ecco, ho raccolto altre notizie in merito alla piazza. In effetti c'era un mercato ma, come non è difficile immaginare, non era un mercato simile del tutto a quello dei giorni d'oggi. Voglio dire che in un luogo simile si portavano anche animali da vendere, se ne contrattava il prezzo, ci si accordava non solo con lo scambio di denaro ma anche con una sorta di baratto. Si poteva scambiare della merce, o dei servigi. Questo tipo eterogeneo di attività portava molta gente e gli incontri erano numerosi. Ne conseguiva un grande accentramento di persone.... -
- Certo, immagino....-
- E' vero, sapevo anche io che il mercato, così come lo chiamiamo oggi, era un'occasione...direi di vita cittadina....-
- Si Anna, esatto. Vi chiedo un po' di pazienza per questa mia lunga introduzione, si tratta di pensieri che ho cercato di mettere insieme per capire se la mia ipotesi è verosimile. Dicevo, il fatto che molta gente si riunisse con il pretesto della compravendita era un evento sociale, importante per tutta la popolazione. In un'occasione simile tutti avevano modo di tenersi al corrente delle novità e dei cambiamenti ai quali andava incontro la comunità; era il giornale degli analfabeti. Nel caso specifico del mercato di piazza Hortis, aveva luogo anche l'ostentazione dei colpevoli di reato contro la legge; il condannato veniva esposto, per un certo lasso di tempo, agli occhi della cittadinanza. Nelle cronache che ho studiato sono riportati diversi casi di messa alla gogna, per diversi motivi. A questa punizione ne seguivano altre, più specifiche, inerenti il crimine commesso. Direi che in quella piazza sono passate molte persone, legate ad un anello particolare....

- Vuoi dire che Francesco Pamphili compare tra quelle persone ? -
- Sì caro fratello, il nostro antenato subì la stessa punizione. -
- E dopo ? A quale pena andò incontro ? -
- Non saprei, negli annali non è specificato. -
- Cosa fece per meritarsi......-
- Ho fatto un'ipotesi, basandomi sulla comparazione di diverse fonti...ma resta solo un'ipotesi...-
- Dicci, cos'hai pensato ? -
- Francesco era un lavoratore del porto, prestava servizio su un'imbarcazione non molto grande, tipo il trabaccolo, come abbiamo detto. Il salario basso, il lavoro molto duro, nessuna speranza di avere una vita migliore, né per sé, né per la sua famiglia. Sognava di acquistare una barca, di lavorare senza padrone, di sentirsi libero. Con i suoi compagni ne aveva parlato più volte; avrebbero potuto mettere insieme tutto il loro denaro e dividere la spesa . Ma i soldi non bastavano, e non riuscivano neanche ad avvicinarsi alla somma dovuta per una piccola imbarcazione mercantile. Gli anni passavano, e la meta rimaneva lontana.

La giornata trascorreva così: prima si caricava la merce, poi i signori, che raggiungevano la città insieme ai loro averi. Si deponeva tutto sulla banchina e poi si ripartiva. E di tutto quello splendore, neanche una moneta, una scheggia dorata. Allora un senso di giustizia gli apriva il petto, facendolo sospirare all'idea di risolvere quella sofferenza con un solo, meritato gesto. Di quel traffico di facce non ricordava i nomi, le lingue, le voci, ma quel numero grande non sarebbe venuto meno, se avessero ucciso un solo passante, e sparso nelle tasche il suo tesoro. Forse fu nell'ultimo passaggio, quello immerso nella notte, che gli annodarono il collo e glielo spezzarono nell'acqua, tirandogli le membra nel bianco della poppa, come una rete. Poi tagliarono la cima ed il corpo scomparve. Pochi giorni dopo, comprarono la barca del padrone. Ma la giustizia fece il suo corso, e Francesco fu legato come un cane, nel giorno di mercato. Aveva una lunga catena, e poteva camminare, allontanarsi dall'anello, chiudersi in un angolo. Alla prima notte, lo si sentì girare gli angoli del palazzo grande, e concludere il quadrato dal principio. All'alba tornò indietro; e così la notte dopo, trascinando quel tintinnio di ferro. Occupò l'anello,

chissà per quanti giorni.....-
- Cosa ne sarà stato di lui ? - chiese Ludovico, guardando in basso, senza cercare un punto preciso.
- Cosa ne sarà stato di Giovanni ? - chiese Anna .
- Non so immaginare altro. Come te, Anna, non ho terminato la mia ricerca. I miei gioielli sono vecchie carte, nomi che appaiono nella calligrafia esausta del tempo, un relitto nero che sospira tra la polvere, il diario conservato così a lungo. Forse abbiamo letto lo stesso libro, con occhi diversi, e non abbiamo trovato le ultime pagine. Dov'è Francesco ? Su quella barca immersa nel buio che guarda la vita strisciare via nella schiuma ? E Giovanni ? Attonito in quella morte da assassinio, che cerca il respiro bevendo il mare sempre più immenso ? Possibile che queste due vite si uccidano l'una nell'altra, e che oggi se ne possano riesumare i resti in così poche parole ? Forse non si videro mai, forse Giovanni affidò i suoi averi ad un bravo barcaiolo che morì tranquillo, con la sua barca nel porto, e quel diario cadde in un mattino pieno di sole, mentre Presel tornava a casa contento del suo ultimo viaggio. Gioielli, meraviglie, la pasta del mondo tra le mani, ed un futuro infinito. Poi altre storie, i rubini che hai ritrovato, i diamanti, lo scudo ricomposto. Potrebbe essere stato Francesco, a derubarlo di tutto, dopo averlo impiccato e perso nel mare; potrebbe aver venduto ogni pezzo del gioiello, proprio quando era prossimo al suo compimento. Con quel denaro avrebbe comprato la barca e cambiato la sua vita; ma per quel reato c'era probabilmente la pena capitale. Due esistenze a metà, prese al collo, da una cima e una catena, tagliate nel punto più morbido dei sogni. Ed ora siamo qui, gente dallo stesso cognome. -
- Non sapremo mai...- sussurrò Anna
- La mia famiglia ha ucciso la tua, e per questo fu uccisa. - le rispose piano Alberto
- Eppure siamo qui, gente dallo stesso cognome .- rispose a sua volta Anna.

Seduto sul molo, tra le casse che marcivano, con i piedi bagnati nella saliva di pesci mozzi, il tagliatore di diamanti aspettava il suo amico Giovanni. Era stato proprio un bel lavoro quel piccolo uccellino di pietre; leggero ed elegante, da collocare in cima allo scudo. Adesso era curioso di vedere il gioiello finito. Si erano dati appuntamento al porto per quella mattina, di buon'ora. Nell'attesa, ricordò gli anni passati, le invenzioni di Giovanni, le sue pettorine, le spille, i fini castoni, così sottili da sembrare intrecciati con capelli d'oro. Quando Presel gli aveva mostrato il nuovo disegno, si era raccomandato che il pavé venisse curato alla perfezione. "La ballerina bianca, che rappresenta la voce e la casa di una ragazza molto dolce.... ". Così gli aveva detto, di una bambina che doveva sposarsi. Dalla sua stanza, si potevano vedere le ballerine posate sugli alberi, e lei ne era innamorata. Suo padre viveva di quei boschi, di quelle terre, e voleva trovarle un marito perfetto.

L'immagine di quel piccolo gioiello gli riempì lo sguardo, ma si dissolse al suono di una barca che ormeggiava lì vicino. Era il trabaccolo, il solito, quello con il quale tornava Giovanni.

Si incamminò verso di esso, attendendo, da un momento all'altro, di vedere il volto del suo amico.

I marinai si sporsero sul molo iniziarono subito a scaricare la merce, deposero a terra i primi bauli e fecero avvicinare i primi carri. Si creò un muro di bagagli, di casse e gabbie, e non riuscì a scorgere più neanche i lavoranti. Non osò avvicinarsi oltre, e rimase in attesa, spiando tra le colonne di materiale che si moltiplicarono sulla banchina. Quando le operazioni furono concluse, ed il molo tornò sgombro, si approssimò alla barca, la fissò senza dire nulla, si soffermò sugli occhi del trabaccolo, due pitture sbiadite e senza espressione, che non gli seppero spiegare. Lasciarono in lui una sensazione di cosa ostile, refrattaria ai suoi pensieri, del tutto insensibile al suo malessere, e questa impressione dilagò in tutte le altre cose che lo circondavano. Guardò i fianchi delle altre barche, e gli sembrarono taglienti come coltelli. Nessun uomo aveva un viso amico, tutto era pericolo.

Continuò a guardarsi intorno, masticando una domanda che non sapeva a chi rivolgere.

Arianna camminò sui nuovi prati, nel silenzio del cielo. Suo padre commerciava legname, forse per imbarcazioni, ma non voleva saperlo. Era rimasta una striscia esigua di bosco, ma le aveva detto che nuovi alberi erano stati piantati. Ricordava la loro ombra, le sue lunghe passeggiate, gli angoli reconditi di rovi dove trascorreva i pomeriggi più lunghi. Ricordava le onde che soffiavano sulla prua, e la schiuma che la raggiungeva bagnandole il vestito. Giovanni le era accanto e la invitava a ritirarsi, per non rovinare il cappellino nuovo, ed aveva la voce dolce del sogno, del desiderio più prezioso. Cercò di immaginarlo, in quel momento, forse in viaggio. Immaginò il veliero di rami colare a picco nel verde, ed il ragazzo scomparire. Mentre dormiva, le ballerine bianche si erano alzate in stormo, e nessun giorno sapeva più iniziare, nessuna notte ricordava di lune passate. Solo nero, prima e adesso, soltanto quel che avrebbe voluto e non era stato. Fu un errore volere? Forse avrebbe dovuto semplicemente bere le ore come un latte di bambina, accontentandosi del gesto materno che la faceva sopravvivere, e non cedere alla pazza idea di un anelito, che era soltanto l'inganno di un palpito in più, sbaglio di qualsiasi cuore che almeno una volta rompe il monotono battere. Ma per quanto si spiegasse l'errore della speranza, questa tornava ad ombreggiare nel giorno della ragione. Sapeva bene che il suo presente non poteva cambiare, che suo padre aveva tagliato il bosco, che il matrimonio si era dissolto in una discordia familiare; sapeva che quello sconosciuto così affascinante, intravisto nella sua casa, non le avrebbe più portato il gioiello. Giovanni non aveva finito il lavoro, anche se promesso.

In quell'oggi così nudo, non trovava che se stessa, ritratta nell'ombra ai suoi piedi, e per quanto non le somigliasse, desiderò parlarle come ad una sorella. La guardò per tutto il giorno, e quando venne la sera, la ritrovò più mite, contornata debolmente sull'erba scura.

Se stessa, indelebilmente davanti a sé. Rimasta laddove i velieri non erano più, scampata all'amore, al sogno, all'avventura, alla gioia.

Solo se stessa, di una vita vuota e limpida, come un diamante imperterrito.

— Buon viaggio Anna, ci vediamo venerdì. Buon viaggio tesoro. -

- A venerdì amore.-
- Cosa troverai questa volta ? Un racconto o una pietra ? -
- Magari entrambi...-
- E la parte che manca ? -
- Tuo fratello l'ha trovata ? -
- Non ancora. -
- Chissà, magari a me andrà meglio..-
- Certo, tu sei la più brava...-
- Vado a cercarla, forse la trovo, forse mi fugge via anche questa volta. -

Le porte del treno si chiusero, Anna si ritrasse al suono di avvertimento e rimase a guardare Ludovico dal finestrino dello sportello. Le disse una parola dolce, senza voce, che lui capì senza fatica. Quando il convoglio si mosse, Ludovico si avviò verso l'uscita, e pensò che ormai era un'abitudine, e che le partenze di Anna gli avrebbero scandito la vita. Del resto, era così, e non avrebbe mai smesso di cercare.

- Non è per il gioiello, è per se stessa. Ed in questo non c'entro niente. E' per se stessa. -

Quando salirono in macchina, l'uomo accese subito il climatizzatore. Il sole aveva arso l'interno dell'auto. Il bambino volle tornare in braccio alla madre malgrado il caldo e forse a causa di questo o di una stanchezza che lo rendeva insofferente, ricominciò a piangere silenziosamente.

- Oggi fai tanti capricci, non è vero signorino ? Aspettiamo un attimo a partire, fa veramente troppo caldo qua dentro.
- Va bene. Lasciamo un attimo gli sportelli aperti, così cambia l'aria. -

Il piccolo si strinse alla madre, ma il ciondolo che le pendeva al collo gli graffiò la guancia.

- Mi sembra in gamba quell'ingegnere, vero ? -
- Sì cara, è un tipo scrupoloso. -
- Allora viene bene la tua barca ? -
- Certo che viene bene ! Vedrai ! -

Il bambino non riusciva a calmarsi, piangeva indispettito dal caldo,

dalla noia e dal gioiello che gli pungeva il viso. In un attimo di stizza gli diede uno strattone e lo staccò dalla collana che lo sorreggeva, facendolo cadere fuori dall'abitacolo. Sua madre non se ne accorse. Senza rendersi conto del danno che aveva causato, e contento di essersi liberato di quel fastidio, spinse gli occhi contro la gola della donna e si assopì quasi immediatamente.
- Meno male, si è addormentato .-
- Bene. Chiudi lo sportello, adesso la temperatura è accettabile. -

L'auto si allontanò dirigendosi verso il centro della città ed il rumore del motore morì presto nel silenzio di quel sabato deserto.

La piccola sagoma di diamanti, che ritraeva un uccellino, si confuse in una siepe quando un ciclomotore la colpì, alzandola in un breve volo.

Niente di più prezioso

ROMANZO NEL CASSETTO 011

www.ingramcontent.com/pod-product-compliance
Lightning Source LLC
LaVergne TN
LVHW041937070526
838199LV00051BA/2821